D1729715

Marienhof

Wahre Liebe – falsche Freunde

Ulrich Mathiessen

MARIENHOF

Wahre Liebe – falsche Freunde

Roman zur Serie im Ersten

Ulrich Mathiessen:
Marienhof. Wahre Liebe – falsche Freunde
ISBN 3-9805076-6-1

ISBN 3-9805076-6-1 – 1. Auflage 1997

Gestaltung: Johannes Blendinger, Sigrid Pfannenmüller
Printed in Germany

Inhalt

Eifersucht

"Er kommt!" Bastians Stimme hallte laut durch das Klassenzimmer. Und auf diese knappe Information hin kehrte sofort gespannte Stille ein, wie sie sonst bei der 11c vor Unterrichtsbeginn eher selten vorkam. "Er", das war Olli Ebert, das schwarze Schaf, das Sorgenkind der Klasse. Olli hatte in letzter Zeit sogar für seine Verhältnisse gewaltig über die Stränge geschlagen. Seine kurze, unrühmliche Karriere als Ecstasy-Händler war erst vor wenigen Tagen mit einem Eklat, der seiner Freundin Anna fast das Leben gekostet hätte, zu Ende gegangen. Immerhin war es Olli selbst gewesen, der im letzten Moment einen Arzt verständigt und so Anna das Leben gerettet hatte.

Der vorläufige Höhepunkt war allerdings die Ohrfeige, die er im Zorn einem Lehrer gegeben hatte – ausgerechnet dem alten Dettmer, mit dem sowieso nicht gut Kirschen essen war. Anders als seine Drogengeschichten hatte ihm das – neben einem Schulverweis – eine Anzeige eingebracht – wegen Körperverletzung.

Und heute war der große, von allen mit Spannung erwartete Tag, an dem er wieder in der Schule einlaufen sollte. Natürlich hatte sich die Klasse zur Begrüßung etwas ganz Besonderes ausgedacht, einen kleinen Joke, oder was sie eben dafür hielt.

Das Begrüßungskomitee, in dem neben Bastian auch Paula und Elena vertreten waren, stellte sich in Positur. Als Olli endlich das Klassenzimmer betrat, ging Elena auf ihn zu, machte einen artigen Knicks, hielt ihm eine spitze Tüte aus Zeitungspapier hin und begann in übertrieben

feierlichem Ton und mit zuckersüßer Stimme ihre einstudierte Ansprache: "Lieber Olli! Alles Gute zum ersten Schultag! Wir wünschen dir viel Erfolg in deinem neuen Lebensabschnitt und hoffen, daß du immer fleißig lernst, brav deine Hausaufgaben machst und immer schön artig bist, damit du nie mehr einen Schulverweis bekommst!"
Die ganze Klasse johlte vor Begeisterung. Nur einer konnte das im ersten Moment nicht so witzig finden. Olli lief knallrot an und machte eine wegwerfende Handbewegung. Er überlegte kurz, ob er über das Ganze jetzt auch lachen oder sich darüber aufregen sollte, aber dann mußte er doch in das Gejohle mit einstimmen. "Ihr spinnt ja!", sagte er grinsend. Elena überreichte Olli feierlich die Tüte und wollte ihm noch einen freundschaftlichen Kuß auf die Wange geben. Doch da mußte Anna einschreiten. "Gegen die Tüte ist ja nichts einzuwenden, aber geküßt wird Olli von mir!" Und unter dem Applaus der ganzen Klasse gab sie ihm einen dicken Kuß. So langsam reichte es aber trotzdem. Olli hatte es allmählich satt, den Clown abzugeben. Er wand sich los und öffnete neugierig die Tüte. "Mal sehen, was ihr mir da Schönes eingepackt habt … Igitt, Gummibärchen! Ihr wißt doch genau, daß ich die Dinger nicht ausstehen kann!"
"Sind aber gesünder als deine Pillen", stichelte Paula. Dieses Thema schlug Olli allerdings momentan etwas auf den Magen. Er knüllte die Tüte zum Wurfgeschoß zusammen und holte aus. "Da, dann mampf' sie doch selber in dich rein!" Paula fing das Knäuel geschickt und warf es zu Elena weiter. "Da, was geht mich das an?" Elena blickte seufzend auf das ramponierte Teil. "Die schöne Zuckertüte! Mensch, Bastian, du hast doch gesagt, Olli liebt Gummibärchen. Da, fang!" Bastian fing das Teil lässig auf. "So, hab' ich das gesagt? Naja, zurück an den Absender." Und damit landete das Ding wieder bei Olli. Der stürmte auf Bastian los, um ihn damit abzuwerfen,

aber das war nicht so einfach. Bastian duckte sich, suchte Deckung hinter Stühlen und Tischen, wich immer wieder geschickt aus. Doch endlich hatte Olli freie Schußbahn. Bastian stand vor der Tür – und weit und breit keine Deckung. Olli holte aus, warf mit voller Wucht. Und hätte Bastian auch mit Sicherheit getroffen, wenn der nicht blitzschnell abgetaucht wäre.
Zu allem Unheil ging im selben Moment die Tür auf, in der kein anderer als Herr Dettmer erschien. Dettmer hätte die Tüte mit Sicherheit an die Birne bekommen, doch mit einem pfeilschnellen Reflex, den ihm keiner zugetraut hätte, fing er sie auf. Das allgemeine Johlen verwandelte sich sofort in peinliche Stille, die allerdings gleich wieder durch Dettmers schneidende Stimme unterbrochen wurde: "Wer war das?" Mit funkelnden Augen blickte er sich um. Und seine Augen bissen sich auch gleich an einem altbekannten Ziel fest. "Ach nein, ich muß ja gar nicht fragen! Sie schon wieder, Olli!" Der versuchte schwach, sich zu verteidigen: "Ich ... das ging nicht gegen Sie ..."
"Ach nein?" unterbrach ihn Dettmer scharf. "Sparen Sie sich Ihre Bemerkungen! Ihr kindisches Verhalten bezeugt nur einmal mehr, daß meine Anzeige gegen Sie eine längst überfällige und notwendige pädagogische Maßnahme gewesen ist. Machen Sie nur so weiter!" Olli war abgekanzelt und senkte schuldbewußt den Kopf. Aber Dettmer hatte auch den anderen noch etwas mitzuteilen: "Und was ist mit Ihnen, Herrschaften? Der Unterricht hat bereits vor zwei Minuten begonnen. Und wenn ich in der Lage bin, den Stundenplan richtig zu deuten, haben Sie jetzt Sport. Frau Lindner wartet im Gymnastikraum. Dort bekommen Sie sicher ausreichend Gelegenheit, sich körperlich aktiv zu betätigen. Bitte!" Mucksmäuschenstill schlurften die Schüler unter Dettmers drohenden Blicken aus dem Zimmer. Dettmer

blieb allein zurück. Kopfschüttelnd faltete er das Zeitungspapierknäuel auseinander. "Gummibärchen! So gehen die mit Lebensmitteln um!" Fast automatisch griff er in die Tüte und steckte sich genießerisch ein Gummibärchen in den Mund.

Klempner sind auch nur Menschen. Und für Frank Töppers galt das in besonderem Maße. Gut, er war ein netter Kerl und noch dazu ein Typ, der mit beiden Beinen fest im Leben stand. Aber daß sich seine Freundin Annalena in letzter Zeit mehr für diesen windigen Latin Lover, diesen argentinischen Zupfgeigenhansel zu interessieren schien, als für ihn, Frank Töppers, den Mann, der sie liebte, das war zu viel für ihn. Das konnte er nicht mit einem gütigen Lächeln übergehen. Und so saß er wieder einmal mißmutig am Frühstückstisch, als Annalena dazustieß, müde und verschlafen. "Guten Morgen", gähnte sie ihren Frank an.
"Was an dem Morgen gut sein soll, das möcht' ich mal wissen", brummte Töppers zurück. Annalena hatte es langsam satt. Jedenfalls war sie jetzt wirklich nicht zum Streiten aufgelegt. "Bitte Frank!" wollte sie anfangen. Aber Töppers entschloß sich, Annalenas Beschwichtigungsversuch zu ignorieren und klatschte ein paar Wurstscheiben auf seinen Toast. Zum Abbeißen kam er nicht, denn Annalena war nicht gewillt, die Sache auf sich beruhen zu lassen. Sie zwang sich mühsam zur Ruhe und redete gequält auf ihren Töppers ein:
"Glaub mir doch, ich bin wirklich nur in diesem Musikcafé gewesen, um meine Handtasche abzuholen." Töppers schaltete auf spöttisch: "Klar. Es war ja nicht zu übersehen, daß du deine Handtasche im Arm gehalten hast. Sie war nur ein bißchen groß geraten und hatte eine gewisse Ähnlichkeit mit Miguel. Aber das soll ja vorkommen! So sind sie eben, die kleinen Handtäschchen."

Annalena seufzte. Dieser Töppers! Schon am frühen Morgen! "Hör doch auf! Ich wußte nicht, daß Miguel dort spielt. Es war reiner Zufall!" Und ohne sich weiter um Töppers zu kümmern, goß sie sich Kaffee ein.
Der stand mit offenem Mund da. So kaltblütige Lügen hatte er nicht erwartet! Mechanisch griff er zum Marmeladenglas und begann, sich hektisch Himbeerkonfitüre auf sein Wurstbrot zu schmieren und dabei redete er unaufhörlich auf Annalena ein: "Ja, ja, alles reiner Zufall! Na, jetzt weiß ich jedenfalls, warum ich gestern zuhause bleiben sollte." Annalena mußte losprusten. Allerdings nicht wegen Töppers' Vorwürfen, sondern wegen seines eigenwilligen Brotbelags. Aber für Töppers war jetzt endgültig alles klar. "Ach, das findest du wohl auch noch komisch, was?"
Annalena hatte genug. Wütend stand sie auf. "Weißt du was, Frank Töppers? Du hast eine Totalverstopfung im Gehirn. Ruf doch mal den Notdienst an oder versuch's mit 'ner kalten Dusche!" Und damit wandte sie sich zum Gehen. "Aber Annalenchen, so war das doch nicht gemeint", rief ihr Töppers weinerlich hinterher. Aber seine letzten Worte wurden schon vom Türenknallen übertönt. Weg war sie! Seufzend biß er in seinen Toast – um die Salami-Erdbeerkonfitüre-Mischung gleich wieder angewidert auszuspucken. Verdammt, heute lief auch wieder alles gegen ihn! Zu allem Unheil kam auch noch seine Tochter Mascha hereinspaziert.
Mascha hatte den letzten Teil der Szene noch mitbekommen und wandte sich kopfschüttelnd an ihren Vater: "War ja echt spitzenmäßig, was ihr beiden da wieder abgezogen habt!" Töppers war für irgendwelche Belehrungen jetzt weiß Gott nicht in Stimmung. "Fang du nicht auch noch an", raunzte er sie an. Aber irgendwie rechtfertigen wollte er sich doch: "Er schickt ihr zufällig einen Rosenstrauß. Zufällig treffen sie sich in diesem Musikcafé. Zufällig hat

er dort gerade einen Auftritt und rein zufällig liegen sie sich in den Armen. Das sind alles nur Zufälle, was denn auch sonst!"
Mascha seufzte. Langsam war sie genauso genervt wie ihr Vater. "Paps, du kannst auch weiterhin den eifersüchtigen Gockel spielen. Aber damit machst du alles nur noch schlimmer!"
"Soll ich mich vielleicht noch bei ihm bedanken?"
"So treibst du Annalena jedenfalls erst recht in seine Arme." Mascha würgte im Stehen noch einen Schluck Tee herunter, griff sich ihren Rucksack und verabschiedete sich. "Ich muß los. Ciao, Paps und Kopf hoch!"
Töppers blieb allein zurück. Traurig ließ er den Blick über den Tisch schweifen und grummelte vor sich hin: "Es geht doch nichts über ein gemütliches Frühstück!"

Im mittlerweile leeren Klassenzimmer war Dettmer immer noch mit den Gummibärchen beschäftigt. Lebensmittel durfte man nicht verkommen lassen! Vertieft wie er war, merkte er nicht, daß er nicht ganz allein war, sondern daß eine Schülerin zurückgeblieben war. "Herr Dettmer ...", wandte sich nun Anna Förtig leise an ihn. Dettmer drehte sich wie ein ertappter Dieb um. Aber seinen schneidenden Ton behielt er trotzdem bei: "Was ist denn mit Ihnen? Brauchen Sie eine Extraeinladung?"
"Ich soll heute noch keinen Sport machen, hat Doktor Eschenbach gesagt."
"Haben Sie das schriftlich?" Anna nickte, womit der Fall für Dettmer erledigt war. Hatte ja alles seine Ordnung.
"Herr Dettmer ...", meldete sich Anna erneut zaghaft zu Wort. "Was ist denn noch?" meinte der genervt. Anna nahm ihren Mut zusammen. "Olli ... ich meine, Oliver Ebert ist nicht so ein Typ, wie Sie denken. Sie haben da ein völlig falsches Bild von ihm."

Dettmer legte seine Stirn in Falten. "Ach, ich habe von diesem Flegel ein falsches Bild? Haha, und Sie wollen es korrigieren? Verstehe ich das richtig?"
Anna nickte stumm. "Sie wollen mir klarmachen, daß Oliver Ebert in Wahrheit der liebenswürdigste Mensch von der Welt ist. Nett, fleißig, zuvorkommend ..."
"Nein, das ist er sicher nicht", mußte Anna gestehen. "Nicht?" sagte Dettmer gespielt überrascht. "Na, dann erzählen Sie mal, wie er ist. Ich bin gespannt!" Damit setzte er sich. Ohne Dettmer in die Augen zu sehen, begann Anna, leise zu sprechen: "Olli ist zur Zeit mächtig in Schwierigkeiten. Er hat den totalen Streß! Alle hacken nur auf ihm rum. Ist doch kein Wunder, daß er da anfängt, um sich zu beißen. Und jetzt drohen Sie ihm auch noch mit der Anzeige wegen Körperverletzung."
"Ich drohe nicht", verbesserte Dettmer kalt, "ich habe ihn schon angezeigt." Anna blickte Dettmer in die Augen. "Aber Sie könnten die Anzeige zurückziehen."
"Aha, das ist der Punkt", sagte Dettmer unwirsch. Anna ließ nicht locker. "Herr Dettmer, wenn Sie auf der Anzeige bestehen, machen Sie ihn kaputt. Das verkraftet er nicht! Er wird von der Schule fliegen! Und dann sind auch alle Zukunftspläne futsch ..." Anna kämpfte mit den Tränen. "Ich weiß auch nicht, was dann werden soll."
Dettmer räusperte sich und dachte nach. Gut, er war bestimmt nicht der Typ, der Schülern so leicht etwas durchgehen ließ. Aber ein Unmensch war er auch nicht. Mit ernster Stimme meinte er: "Es gefällt mir, wie Sie sich für Ihren Freund einsetzen. Vielleicht beurteile ich Ihren Olli wirklich etwas zu streng. Aber meinen Sie nicht auch, daß es gerade jetzt für ihn wichtig ist, zu lernen, daß man für das, was man verbockt hat, auch einstehen muß? Helfen Sie ihm, dann wird er es schaffen!" Mit dieser gutgemeinten, aber wenig zufriedenstellenden Mitteilung ging Dettmer und ließ Anna ratlos zurück.

Wie immer zur Mittagszeit war im Wilden Mann die Hölle los. Teresa kam kaum nach mit Abräumen, Servieren, Bestellungen Aufnehmen. Aber als sie Annalena erblickte, die nachdenklich und allein an einem Tisch saß, war die Neugier größer als der Streß und sie blieb doch kurz stehen.
Miguel, auf den sie schon lange ein Auge geworfen hatte, schien mehr auf Annalena zu stehen und das mußte sich ändern! Ob ihre Intrigen gegen sie schon gewirkt hatten? Die Blumen, die sie anonym an Annalena hatte schicken lassen, die Sache mit Annalenas Handtasche? Die hatte Annalena im Wilden Mann liegenlassen, Teresa hatte sie gefunden und ein raffiniertes Spielchen damit abgezogen. "Zufällig" hatte sie sie in dem Laden, wo Miguel seinen ersten Auftritt hatte, entdeckt und Annalena verständigen lassen.
Dann war sie ins Foxy gefahren und hatte sich Annalena selbstlos als Vertretung angeboten, damit sie ihre Tasche abholen konnte. Um gleich darauf Töppers per Telefon hinterherzuschicken. Annalena glaubte natürlich, Miguel habe ihre Tasche gefunden und bedankte sich mit einer kleinen Umarmung bei ihm. Und genau in dem Moment war Töppers, der wegen der Blumen ohnehin schon etwas nervös war, dazugekommen. Für Töppers – Eifersucht macht blind – war das der schlagende Beweis für seine schlimmsten Vermutungen. Und die Szene, die er Annalena dann machte, war dementsprechend. Teresa brannte darauf zu erfahren, ob ihre Giftspritze auch gewirkt hatte und ob Annalena einen Verdacht geschöpft hatte.
"Und, Annalena? Ist alles glattgegangen? Ich meine, mit der Handtasche?" fragte sie mit süßlicher Stimme. "Ja, ja. Keine Probleme! Du hast was gut bei mir." Teresa konnte zufrieden sein. Daß es eine schreckliche Szene mit Töppers gegeben hatte, hatte sich ja schon herumgespro-

chen, jetzt wußte sie auch noch, daß keiner sie irgendwie verdächtigte. Annalena war ihr sogar noch dankbar! Gerne hätte sie noch ein wenig herumgestichelt, doch da betrat er den Wilden Mann – Miguel. "Hi Teresa", begrüßte er sie freundlich aber keinesfalls überschwenglich. Teresa dagegen strahlte übers ganze Gesicht. "Miguel! Wenn du dich einen Augenblick geduldest, gleich hab' ich Zeit für dich!" Pech für sie – Miguel hatte jetzt schon keine Zeit mehr für sie. "Mach nur in Ruhe deine Arbeit, Teresa, ich setze mich zu Annalena."
"Wie du meinst", sagte Teresa unwirsch und kochte innerlich vor Wut. Annalena begrüßte Miguel mit einem schwachen Lächeln, das aber nicht so recht gelingen wollte. "Du siehst nicht gerade fröhlich aus", meinte Miguel besorgt. Annalena seufzte. "Kunststück! Frank hat mich heute morgen gleich wieder belegt." Miguel kapierte nicht. Fragend blickte er Annalena in die Augen. "Belegt, ja. Er hat mich vollgelappt! Zoff gemacht! Mit mir gestritten!" Jetzt verstand Miguel und nickte mitfühlend. "Er hat sogar unterstellt, daß wir ein Verhältnis miteinander haben." Miguel grinste schelmisch. "Ach, schade, daß er sich das nur einbildet!"
Annalena kam erst gar nicht mehr dazu, zu antworten. Denn Teresa, die mit wachsender Verärgerung zugeschaut hatte, wie die beiden die Köpfe zusammensteckten, konnte nicht mehr an sich halten und unterbrach den kleinen Flirt – oder das, was sie dafür hielt. Unwirsch knallte sie Miguel ein Bier auf den Tisch und meinte: "Da, ich hab' dir gleich eins mitgebracht." Miguel tat so, als hätte er Teresas etwas zu genervten Tonfall überhört und antwortete betont freundlich: "Danke, aber ein Kaffee wäre mir jetzt lieber." Teresa schluckte mit Müh' und Not die giftige Bemerkung herunter, die ihr auf der Zunge lag, nahm wütend das Glas vom Tisch und meinte nur kurz: "Kaffee dauert noch." Kochend vor Wut zog sie ab und Miguel

konnte endlich fortfahren, den "guten Freund" zu spielen: "Sag mal, der Töppers, ist der eigentlich immer so?"
"Was meinst du?", fragte Annalena, als ob sie nicht genau wüßte, daß jetzt die Rede auf den unangenehmen Auftritt mit der Handtasche kommen sollte. "Naja, ich fand das gestern unglaublich von Töppers, vor all den Leuten! Eine schöne Frau wie dich, die muß man doch einfach auf Händen tragen."
Annalena mußte tief durchatmen und blickte hilflos über den Tisch. Und so entging ihr, daß inzwischen noch jemand in den Wilden Mann gekommen war. Frank Töppers höchstpersönlich, mit einem großen Blumenstrauß in der Hand und dem festen Vorsatz, sich mit Annalena zu versöhnen! Töppers ging es wie Annalena, er konnte sie auch erst nicht sehen. Aber eine gute Fee war nur allzu bereit, ihm sogleich weiterzuhelfen. "Wenn du Annalena suchst, die sitzt dort ...", teilte ihm Teresa säuerlich mit, machte eine kurze Pause und ergänzte " ... mit Miguel." Schlagartig verschwand das Lächeln aus Töppers' Gesicht. "Dann is ja jut", sagte er eisig. Einen kurzen Augenblick stand er mit seinem Strauß wie bestellt und nicht abgeholt vor der Theke. Dann war für ihn klar, daß er hier nichts mehr verloren hatte und grimmig drückte er der verblüfften Teresa die Blumen in die Hand. "Da, für dich. Und tschüß!" Und weg war er, mit einer Stinkwut im Bauch. Balsam für Teresas Seele!

Ein verlorener Sohn

"Du mußt die Leinwand straff halten, sonst gibt's Falten", fauchte Regina Zirkowski zunehmend genervt ihre Tochter Elena an. Herrgott, wer glaubte, Kunstmalerin sei ein Traumberuf, der war wahrscheinlich noch nie gezwungen, mit den eigenen Kindern zusammenzuarbeiten! Auch Elena fand es im Moment eher langweilig, ihrer Mutter zu helfen. Aber gehorsam zog sie die Leinwand so fest sie konnte über den Rahmen. "Ja, gut. Und jetzt so halten", meinte Regina schon etwas milder.
Während sie begann, die Leinwand anzupinnen, schenkte Elena ihre ganze Aufmerksamkeit der professionell gutgelaunten Stimme aus dem Radio. "Aber nun aufgepaßt, Girls! Wie immer haben wir am Schluß unserer Sendung noch ein besonderes Bonbon für euch! Alle Mädchen, die von einer Karriere vor der Kamera träumen, die jung, hübsch, talentiert und mutig sind ..." Elena dachte nicht mehr an ihre Aufgabe und drehte das Radio lauter. Natürlich entspannte sich die Leinwand wieder. "Elena", seufzte Regina säuerlich. Mit einer wegwerfenden Handbewegung forderte Elena sie auf, einen Moment ruhig zu sein.
"Die Cologne-Filmproductions bietet euch die einmalige Chance, euer Talent bei Aufnahmen zu einem Commercial unter Beweis zu stellen. Die Interessentinnen finden sich übermorgen nachmittag pünktlich um 16.00 Uhr im Filmstudio der Produktionsfirma ein. Alles klar? Dann probiert gleich mal euer schönstes Lächeln vor dem Spiegel aus, wir machen dazu wieder Musik!"
Elena war begeistert. "Da gehe ich hin!"

Bevor Regina noch die skeptische Bemerkung, die ihr auf der Zunge lag, anbringen konnte, kam Magnus herein. Boris Magnus war Reginas zweiter Mann, Elenas Stiefvater und nicht zuletzt der Leiter ihrer Schule. "Müßt ihr das Radio so laut machen?", fragte er genervt. Elena schaltete es aus. "Stell dir vor, die suchen talentierte Darsteller für eine Filmproduktion", teilte sie Magnus begeistert mit. "Für einen Werbespot", ergänzte Regina, um die Begeisterung ein wenig zu dämpfen. Doch Elena zeigte sich unbeirrt: "Na und? Da muß man auch zeigen, was man kann. Vielleicht ist das ja ein neuer Anfang für mich."

"Als Quereinsteiger, was?" feixte Magnus. "Warum denn nicht? Außerdem kann es gar nicht schaden, wenn ich ein bißchen Kameraerfahrung kriege."

"Wenn Sie dich nehmen", gab Regina zu bedenken. "Wofür soll da eigentlich geworben werden?" fragte Magnus beiläufig. "Für Wollsocken ... oder vielleicht sogar für Windeln ... oder ..."

"Macht euch nur lustig", meinte Elena, langsam ein bißchen sauer. Wahrscheinlich wären sie sich noch richtig in die Haare geraten, doch dazu kam es nicht mehr. Die Tür ging auf und eine schmutzige, abgerissene, übernächtigte Gestalt kam herein. "Hallo, da bin ich", sagte die Person kurz angebunden und ließ polternd ihren Rucksack auf den Boden fallen. Regina ließ vor Schreck ihre Leinwand los. "Emanuel! Mein Junge, wie siehst du denn aus?!"

Egal wofür, mit Töppers hätte man im Moment jedenfalls nicht werben können. So düster, wie er dreinschaute, als er schon seinen dritten Schokoladenpudding hineinschaufelte, hätten die Zuschauer nur den Eindruck bekommen, daß Pudding krank macht. Wahrscheinlich hätte er sich auch noch einen vierten reingestopft, wenn nicht das

Telefon dazwischengekommen wäre. "Ja, Töppers! Heizung, Sanitär- und ... Ja, genau ... Ach, Frau Schimmelpfennig, wo brennt's denn? ... Ach, die Dichtung, ja, warten Sie mal." Genervt blätterte er in seinem Notizbuch. "Ja, das hab' ich ... Nein, Frau Schimmelpfennig, hab' ich nicht vergessen ... Ja, ja, ich komm' morgen vorbei. Tschüß." Seufzend legte er auf und brüllte ein lautes "Blöde Ziege" quer durch die Werkstatt.
"Hoi, was sind denn das für Töne, großer Meister", tönte es hinter seinem Rücken. Heinz Poppel war während des Telefongesprächs unbemerkt in die Werkstatt gekommen und grinste ihm ins Gesicht. "Na, wo ist denn dein berühmter Kölner Charme geblieben?"
"Sag mir lieber, wo mein Kugelschreiber geblieben ist", gab Töppers unwirsch zurück und suchte verzweifelt seinen Schreibtisch ab. Heinz hatte andere Sorgen. "Ich brauche einen Dichtungsring."
"Dichtungsring? Ich hör' immer nur Dichtungsring! Ich denk' den braucht Frau Schimmelpfennig! Da müßt ihr euch aber mal einigen." Heinz schüttelte den Kopf. "Junge, Junge, dich hat's aber erwischt. Laß mich mal raten: Du hast Krach mit Annalena." Töppers ließ sich krachend auf seinen Stuhl fallen, schloß die Augen und fing an, zu jammern: "Jetzt ist es also schon Stadtgespräch!"
"Quatsch! Kein Mensch spricht darüber. Ich habe einfach einen Blick dafür. Wenn ein Kerl wie du völlig durcheinander ist, dann steckt doch meistens eine Frau dahinter."
Töppers schüttelte den Kopf. "Fast. Ein Mann!"
"Ein Mann?" Heinz verstand nur Bahnhof. Töppers nickte. "Ja, dieser Miguel. Seit er hier im Marienhof ist, schmachtet diese Schmalzlocke meine Annalena an und verfolgt sie auf Schritt und Tritt. Eben erst hab' ich die beiden in deiner Kneipe erwischt."
"Und was hast du gemacht?"

"Ich bin wieder gegangen", sagte Töppers resigniert. Heinz schüttelte energisch den Kopf. Dann begann er, seine Lebensweisheiten auszupacken: "Das war falsch. Du darfst doch deinem Rivalen nicht freiwillig das Feld überlassen!"
"Ich kann doch nichts tun", wandte Töppers schwach ein. Heinz ließ sich nicht beirren. "Mensch, Töppers, da mußt du ran! Wenn sich der Kerl von links an Annalena ranmacht, dann mußt du schon rechts von ihr stehen! Und wenn er sich irgendwo festsetzen will, mußt du ihn verdrängen. Immer offensiv! Keinen Millimeter zurückweichen!"
"Und du meinst, das nützt was", meinte Töppers, wenig überzeugt. Heinz setzte ein überlegenes Lächeln auf: "Das kannst du einem erfahrenen Mann schon glauben! Frauen mögen es, wenn man um sie kämpft!" Das war's! Jetzt war Töppers an seiner Mannesehre gepackt. Entschlossen sprang er auf, griff sich seinen Schlüsselbund und schnappte sich irgendein Schild, das gerade herumlag. "Als erstes werde ich ihn aus dem Foxy vertreiben!" Heinz klopfte ihm auf die Schulter: "Richtig so! Aber vorher gibst du mir noch einen Dichtungsring, viertelzoll. Montieren kann ich ihn alleine." Aber da hätte der gute Heinz vorher die Klappe nicht so weit aufreißen sollen. Denn jetzt interessierte sich Frank Töppers nicht mehr für solche banalen Dinge wie Dichtungsringe oder Abflußrohre. Er nahm Poppel am Arm und zog ihn fast zur Tür. "Heinz, wo soll ich denn jetzt einen Viertelzoll-Dichtungsring hernehmen?"
"Ich dachte, sowas liegt bei dir rum."
"Ja, klar, tut es auch. Hör zu, ich bring' dir morgen deinen Dichtungsring. Aber jetzt hab' ich wichtigeres zu tun. Ich muß ins Foxy!" Heinz zog resigniert abwinkend von dannen. Töppers schloß ab und hängte sein Schild an die Tür, ohne hinzusehen, was draufstand: "Wegen Trauerfall in der Familie geschlossen."

Emanuel hatte seiner Familie, vor allem seinem Stiefvater Boris Magnus, übel mitgespielt. Sein Verhältnis zu Boris war ein Kapitel für sich. Daß er mit seiner Mutter zusammenlebte, war schon schlimm genug, das hatte Emanuel von Anfang an eifersüchtig gemacht. Aber daß die Familie Berlin verlassen mußte, weil dieser Magnus hier eine neue Stelle als Schulleiter gefunden hatte – das konnte er ihm nicht verzeihen. Auf ihn hatte dabei keiner Rücksicht genommen, daß er seine Freunde in Berlin zurücklassen mußte, war allen egal gewesen. Für all das hätte man ja noch Verständnis haben können.
Wie Emanuel allerdings versuchte, mit diesen Problemen fertigzuwerden, sprengte alle vernünftigen Grenzen. Sein Ziel war es, Magnus und seine Mutter auseinanderzubringen, um dann mit der reumütigen Regina nach Berlin zurückkehren zu können. Und dabei war er endgültig zu weit gegangen. Regina hatte an der Schule einen Kurs für künstlerisches Gestalten gegeben. Emanuel hatte die geniale Idee, einem schmierigen Journalisten davon zu berichten und das ganze dabei im wüstesten Licht darzustellen. Und ehe man sich versehen hatte, war daraus eine wahnwitzige Story geworden: Die Pornoschule, an der unter dem Deckmantel der Kunst Schüler, Schülerinnen und Lehrer mit Wissen des Schulleiters schlüpfrige Spielchen spielten, war Stadtgespräch. Kein Wunder, daß Magnus und Regina gewaltige Schwierigkeiten bekamen. Vor allem aber konnten sie sich nicht erklären, wie es zu diesen Vorwürfen gekommen war. Umso größer dann war das Entsetzen, als sich herausstellte, daß kein anderer als Emanuel der Urheber dieser Verleumdungen war! Und dann hatte dieser Intrigant nichts besseres zu tun, als einfach abzuhauen. Keiner hatte gewußt, wohin er geflüchtet war. Alle waren wütend und besorgt zugleich gewesen.
Aber daß er jetzt einfach so, mir nichts, dir nichts, mit einem selbstverständlichen "Hallo, da bin ich wieder" in

der Tür stand, das war der Gipfel. Die Atmosphäre hätte jedenfalls nicht frostiger sein können. Emanuel entgingen die eisigen Blicke natürlich nicht, die auf ihn gerichtet waren und er versuchte sich zu rechtfertigen: "Okay, okay, okay! Ich sehe ein, es war ein Fehler. Ich konnte doch nicht ahnen, daß dieser Heini von Redakteur die Geschichte dermaßen ausschlachten würde. Eigentlich wollte ich euch nur mal zeigen, daß die Leute hier totale Spießer sind."
Jaja, dachte sich Magnus, und die Erde ist eine Scheibe. "Das ist dir ja auch bestens gelungen", sagte er ungerührt. "Kannst du dir vorstellen, was sich deine Mutter anhören mußte? Von mir will ich gar nicht reden!"
"Tut mir ja auch leid, Mam", grummelte Emanuel, was allerdings nicht eben überzeugend klang. Es tat ihm wohl eher leid, daß seine Pläne nicht ganz aufgegangen waren. "Ist das alles, was du dazu zu sagen hast?" fragte Magnus streng. "Verdammt, was soll ich denn noch tun, um zu beweisen, daß es mir leid tut? Soll ich aus dem Fenster springen, oder was?" Mit dieser Tour war er aber an den Falschen geraten. Magnus wurde nur noch wütender. "Hör' bloß auf, dich so aufzuspielen! Erst zerrst du deine ganze Familie in den Dreck, dann verschwindest du sang- und klanglos, tauchst plötzlich wieder auf und jetzt spielst du uns auch noch den verkannten Auklärer vor!"
Magnus wandte sich verächtlich ab. Elena, die ihren Bruder nicht im Stich lassen wollte, obwohl sie sein Verhalten ebenfalls total bescheuert fand, bemühte sich zu vermitteln: "Vielleicht gibt es ja Gründe für sein Verhalten." Emanuel winkte melodramatisch ab. "Wen interessieren denn hier schon meine Gründe?" Jetzt platzte auch Regina der Kragen. Sie hatte die ganze Zeit gehofft, Emanuel würde endlich mal eine vernünftige Erklärung für sein Verhalten geben, so etwas wie Einsicht zeigen. Stattdessen versuchte er sich schon wieder auf die

übliche Art herauszureden. "Hör' auf", brüllte sie. "Hör' endlich auf damit! Seitdem Boris und ich zusammen sind, nehmen wir auf dich Rücksicht. Aber dich hat das nie wirklich interessiert." Da konnte Magnus nur beipflichten: "Erst haben wir eingesehen, daß du Schwierigkeiten hast, einen anderen Mann als Vater zu akzeptieren, okay ... Hier haben wir dir Zeit gelassen, weil wir wußten, daß dieser Wechsel von Berlin nach Köln nicht einfach für dich sein würde ... die neue Schule, neue Freunde finden ... auch okay."
"Aber irgendwann ist Schluß! Irgendwann mußt du auch mal unsere Gründe akzeptieren", ergänzte Regina.
Endlich hatten sie sich mal so richtig ausgekotzt, mal ausgesprochen, was ihnen schon lange auf der Seele lag. Doch an Emanuel waren diese Worte verschwendet. Der sah nur mit traurigem Hundeblick seine Schwester Elena an und meinte resigniert: "Da hörst du's! Ich bin eben ein ausgemachter Bösewicht." Regina war kurz davor, auszuflippen. "Laß dein verdammtes Selbstmitleid, Emanuel! Das zieht weiß Gott nicht mehr."
"Ach Mam, ich versteh' dich ja", hauchte er traurig. Dann sah er Magnus ins Gesicht und meinte: "Ich habe schon lange das Gefühl, daß ich überflüssig bin." Mit hängenden Schultern ging er wie ein geprügelter Hund aus dem Zimmer und ließ drei ratlose Menschen zurück.

Wenige Stunden vor Ladenöffnung war das Foxy leergefegt. Bis auf zwei Leute. "Stört es dich, wenn ich ein wenig probiere?" rief Miguel laut in Richtung Theke und packte fast liebevoll seine Gitarre aus. Annalena, die noch mit Saubermachen und Aufräumen beschäftigt war, ließ die dreckigen Gläser vom Vorabend kurz stehen. "Nein, mach nur!" Und es störte sie wirklich nicht. Im Gegenteil, sie hörte Miguel nur zu gerne zu. Mit wenigen routinierten Handgriffen stimmte Miguel sein Instrument, übte ein

wenig die eingängige Melodie und begann dann, leise zu singen. Annalena kam das Lied bekannt vor. Leise summte sie die Melodie mit und sah Miguel fragend an. "Kenne ich das nicht?" Miguel nickte. "Hm, richtig, das ist "Can't wait a minute". Langsam wird es was. Du inspirierst mich eben." Annalena lächelte. Für Miguel war das das Signal, sich noch mehr ins Zeug zu legen. Sin leises Liedchen verwandelte sich in ein inbrünstiges Ständchen für seine Angebetete, der er dabei ständig tief in die Augen sah. Annalena wollte schon eine flapsige Bemerkung machen, von wegen filmreifer Auftritt oder so, aber dazu kam sie nicht mehr. Denn hinter ihrem Rücken ließ sich auf einmal ein demonstrativ lautes Klatschen vernehmen, das zu der ganzen Situation nicht recht passen wollte.
Natürlich, da stand er in seiner ganzen Herrlichkeit, der unvermeidliche Töppers! Mit kaltem Blick ging er auf Miguel zu, fischte ein Geldstück aus seiner Jackentasche und warf es lässig in den Gitarrenkoffer. Zufrieden über seinen überaus gelungenen Auftritt rieb er sich die Hände. "So, das war's dann. Darf ich mal?" Mit diesen Worten hatte er gleichzeitig dem völlig verdutzten Miguel die Gitarre aus den Händen genommen und sie in den Koffer gepackt. Den drückte er Miguel in den rechten Arm, packte ihn am linken und zog ihn sanft aber bestimmt in Richtung Tür.
Annalena hatte die ganze komische Szene zunächst mit offenem Mund verfolgt, wie einen schlechten Film. Aber so langsam kam sie wieder zu sich. "Was soll das?" herrschte sie Frank Töppers an. Der kümmerte sich nicht weiter um sie und redete stattdessen mit kalter Wut auf Miguel ein: "Da, schau mal, bei dem Ding mit der Klinke, da hat der Zimmermann das Loch gelassen. Und du trägst jetzt dein Köfferchen diese Treppen rauf und gehst genau da raus. Dein Gastspiel hier ist zu Ende." Jetzt reichte es aber endgültig! Annalena ging energisch dazwischen,

diesmal mit verdoppelter Lautstärke: "Moment mal Frank! Was sind denn das für blöde Spielchen?"
"Das sind keine Spielchen. Ich mag seine Musik nicht, basta!" Annalena legte lautstärkemäßig noch eins drauf: "Und ich sage: Miguel bleibt! Und wenn du seine Musik nicht ausstehen kannst, dann ist es besser, wenn DU gehst, Frank Töppers! Den Weg hast du ja eben hervorragend beschrieben." Töppers funkelte Annalena wütend an, rührte sich aber nicht von der Stelle. "Raus, hab' ich gesagt", brüllte Annalena, um alle Mißverständnisse auszuschließen. Und an Miguel gewandt meinte sie um einiges ruhiger und freundlicher: "Spiel ruhig weiter!" Töppers stand einen Augenblick wie festgefroren und mit offenem Mund da. Aber dann nahm er alle Würde, zu der er in diesem Augenblick noch fähig war, zusammen und verließ zornig, aber erhobenen Hauptes das Foxy. Das war ja voll eingeschlagen, mit Heinz Poppels schlauen Ratschlägen! Annalena würdigte ihn keines Blickes mehr. Nur Miguel, immer noch den Gitarrenkoffer im Arm, starrte ihm verwirrt hinterher.

"Wollt ihr noch was bestellen?" fragte Ortrud ihre letzten drei Gäste, Anna, Olli und Bastian. "Ich mache langsam Schluß."
"Nein, wir gehen gleich", antwortete Anna, die gerade erst dazugestoßen war und auf die die anderen ungeduldig gewartet hatten. Jetzt mußte sie damit rausrücken. Dabei hätte sie Olli gerne etwas Angenehmeres mitgeteilt. "Tut mir leid, Olli. Dettmer ist stur bei seiner Anzeige geblieben. Ich glaube, der denkt sogar, daß er dir damit einen Gefallen tut." Ollis Miene verfinsterte sich. "Scheißtyp! Wenn der das durchzieht, stehe ich wirklich bald draußen!"
"Oder drinnen", ergänzte Bastian und hielt sich dabei die gekreuzten Hände vors Gesicht, um Gitterstäbe anzudeu-

ten. Das fand jetzt keiner witzig. Anna warf ihm einen strafenden Blick zu und dachte dann wieder angestrengt nach. Es mußte einfach noch einen Ausweg geben! Ortrud kam wieder und räumte das leere Geschirr ab. Als sie wieder außer Hörweite war, tuschelte Anna den anderen zu: "Paßt auf! Als du Dettmer eine gescheuert hast, waren wir beide doch die einzigen Zeugen."
"Jaa ...", bestätigte Bastian. Aber Olli schüttelte nur traurig den Kopf. "Ich habe es doch schon zugegeben. Da kannst du nichts mehr drehen."
"Wart's ab!" meinte Anna geheimnisvoll. "Wenn Dettmer dir zuerst eine runtergehauen hat, dann war das, was du getan hast, so eine Art Notwehr." Olli kapierte nicht: "Dettmer würde doch nie ..." Anna unterbrach ihn und sagte mit verschwörerischem Grinsen: "Wir haben es aber gesehen."
"Spinnst du? Da mache ich nicht mit", rief Bastian entsetzt. Die Sache war ihm eindeutig zu heiß. "Es ist aber die einzige Chance für Olli", beschied ihn Anna ganz cool. Bastian fühlte sich zunehmend unbehaglich in seiner Haut. "Wenn das rauskommt! Wir fliegen alle von der Schule!"
"Es wir nichts rauskommen. Wir bleiben bei unserer Aussage!" "Und wo willst du die Aussage machen? Bei der Polizei vielleicht?" Anna schüttelte den Kopf. "Wir gehen zu Magnus. Heute abend noch." Olli drückte Anna dankbar an sich, aber Bastian jammerte immer noch: "Mann, Mann, Mann! Wieso muß ich ausgerechnet euer Freund sein? Das kostet uns Kopf und Kragen!" Doch Anna beachtete seine Bedenken gar nicht. Der Plan war wasserdicht. Es hing nur von ihnen selber ab, ob er aufgehen würde. "Um acht bei Magnus. Kommst du, Bastian?"
"Ich ... Ich weiß nicht", stotterte er hilflos. "Also abgemacht", entschied Anna eigenmächtig und klopfte ihm

auf die Schultern. "Ich hab' gewußt, daß ich mich auf dich verlassen kann."

Emanuel lag stumm auf dem Bett und starrte in die Luft. Selbst als Regina das Zimmer betrat, zeigte er keinerlei Reaktion und tat so, als ob er sie nicht bemerkte. Regina schleppte seinen Rucksack herein und stellte ihn mitten im Zimmer ab. "Du könntest dir allmählich mal angewöhnen, deine Sachen selber wegzuräumen", sagte sie genervt.
"Ja, Mama. Danke", hauchte Emanuel leise und zuckersüß. Regina wartete noch einen Augenblick. Vielleicht wollte er ja wirklich noch etwas sagen, vielleicht hatte er ja über sein Verhalten nachgedacht. Doch Emanuel starrte nur weiter stumm die Decke an.
Regina seufzte. "Vielleicht solltest du auch einmal drüber nachdenken, ob du dich bei Boris entschuldigst. Wer hat dich denn immer wieder in Schutz genommen? Aber du behandelst ihn wie den letzten Dreck. Dabei will er dir nur ein Freund sein. Ich gebe dir einen guten Rat, Emanuel: Hör' endlich auf, dich wie ein verzogenes Kind zu benehmen. Du bist siebzehn!" Aber sie hätte sich genausogut mit dem Rucksack unterhalten können. Emanuel zog es vor, so zu tun, als ob er nichts gehört hätte.
Kopfschüttelnd wandte sich Regina zum Gehen. Gerade als sie die Tür hinter sich schließen wollte, meinte sie, ein leises Schluchzen zu hören. Besorgt drehte sie sich noch einmal um und tatsächlich – Emanuel hatte die Decke über den Kopf gezogen und schien bitterlich zu weinen. Regina wußte nun überhaupt nicht mehr, was sie tun sollte. "In einer halben Stunde gibt es Abendbrot. Sei bitte pünktlich", sagte sie mild und schloß verzweifelt die Tür. Sofort zog Emanuel die Decke einen Spalt weg und riskierte einen prüfenden Blick. Von Tränen war natürlich

nichts zu sehen. Mit Genugtuung stellte er fest, daß seine Mutter wirklich gegangen war.

Als Regina verwirrt aus Emanuels Zimmer kam, stieß sie fast mit zwei unerwarteten Gästen zusammen. "Nanu, Besuch? So spät noch?" Magnus grinste. "Ein Schulleiter ist eben immer im Dienst." Mit einer knappen Handbewegung deutete er aufs Sofa. "Nehmt doch Platz! Was kann ich für euch tun?" Anna setzte sich, doch Olli blieb noch stehen und schaute nervös auf seine Uhr. "Wir wollen ja nicht lange stören", sagte er entschuldigend. "Ihr erwartet wohl noch jemanden?", meinte Magnus, dem Ollis ständige Blicke auf seine Uhr nicht entgangen waren. "Ja", antwortete Anna. Wehe, Bastian würde nicht kommen! Das würde sie ihm nicht vergessen! Magnus grinste. "Und ohne den wollt ihr noch nicht sagen, worum es geht?"
"Ja", sagte Anna schnell, während Olli ebenso hektisch und fast gleichzeitig "Nein" sagte. Magnus mußte schmunzeln. Was waren das wohl für wichtige Geheimnisse? Da endlich klingelte es an der Wohnungstür. Regina ging aufmachen und – Gott sei Dank – da war er, zwar schüchtern, zaghaft und knallrot im Gesicht, aber immerhin, Bastian war gekommen. "So, seid ihr jetzt komplett?" fragte Magnus.

Die Luft war rein. Emanuel hatte sich an seinen Computer gesetzt und angefangen zu schreiben. Und was er da schrieb, bereitete ihm großes Vergnügen. Während er einen bereits fertigen Absatz noch einmal durchsah, mußte er immer wieder grinsen. Halblaut las er vor sich hin: "Liebe Mam! Wenn du diese Zeilen liest, werdet ihr euch nie mehr Sorgen um mich machen müssen." Belustigt lehnte er sich zurück. "Das hat doch den Geruch von Ewigkeit", mußte er sich selbst loben. Dann fuhr er

fort: "Ohne dieses Gefühl, von der eigenen Mutter wie ein Ausgestoßener behandelt zu werden, hätte ich nicht zu tun gewagt, was ich nun doch getan habe."
Er hielt kurz inne. War schon selbst ergriffen von dem, was er da verfaßt hatte. "Haha, wenn das nicht zur Reue mahnt", sagte er halblaut vor sich hin. Dann tippte er die ergreifenden Schlußzeilen ein: "Ich war euch immer nur im Weg. Werdet ohne mich glücklicher, als Ihr es mit mir je sein konntet. Liebe Mama, ich liebe Dich trotz allem. Emanuel."
Mühsam unterdrückte er sein Bedürfnis, laut loszulachen und aktivierte die Druckfunktion. Während der Drucker geräuschvoll seine Arbeit aufnahm, nahm er sein bereitliegendes Jagdmesser und prüfte die Klinge – scharf wie ein Rasiermesser. Entschlossen streifte er den Ärmel seines Sweatshirts hoch und ließ die Klinge über dem Handgelenk schweben. Er nahm den "Abschiedsbrief" aus dem Drucker und legte ihn gut sichtbar auf seinen Schreibtisch. Die Armbanduhr störte noch. Schnell nahm er sie ab und legte sie auf den Brief.
"Hm, wenn die jetzt noch stehenbleiben würde, hätte es natürlich eine größere Symbolik", raunte er grinsend. Naja, man mußte es ja nicht gleich übertreiben. Die Aktion würde auch so ihre Wirkung nicht verfehlen. Nach einem letzten Blick auf die Uhr setzte er sich gegenüber der Tür in Positur, übte noch einen möglichst tragischen Blick ein und wartete.

"Also, jetzt spannt mich nicht länger auf die Folter! Worum geht es?" Magnus wurde langsam ungeduldig. Schließlich hatte er keine große Lust wegen der drei Schüler, die da vor ihm saßen und geheimnisvoll herumdrucksten, sein Abendessen zu verschieben. Anna nahm ihren Mut zusammen und holte tief Luft. "Also ... Es geht um Olli. Um die Ohrfeige, die er Herrn Dettmer gegeben

hat." Magnus nickte. Sowas in der Richtung hatte er schon erwartet. "Und ihr wollt jetzt, daß ich Herrn Dettmer bitte, seine Anzeige zurückzuziehen, richtig?"
"Nein", sagte Anna fest. "Olli hat nämlich in Notwehr gehandelt. Zuerst hat Dettmer ihn geschlagen."
"Was?" Magnus war entgeistert. Er glaubte, sich verhört zu haben. Doch als die drei nur tapfer nickten, wandte er sich direkt an Olli: "Dettmer hat dich geschlagen?"
Ollis Gesicht lief tomatenrot an. Aber er behielt die Nerven und sagte seinen eingeübten Spruch auf: "Wir hatten Streit und da hat er die Beherrschung verloren und mir eine gelangt. Und ich habe ihm automatisch eine zurückgefeuert." Magnus konnte es nicht glauben, aber was sollte er tun? Aussage stand gegen Aussage. "Und warum rückt ihr erst jetzt damit raus?" Die drei schienen einen Moment nicht zu wissen, was sie darauf sagen sollten. Doch dann rückte Anna damit heraus: "Wir hatten Angst."

Regina hätte sich schon wieder aufregen können. Sie hatte Emanuel doch klipp und klar gesagt, daß es in einer halben Stunde Abendessen geben würde. Aber der gnädige Herr brauchte wohl wieder eine Extraeinladung! Genervt stapfte sie zu seinem Zimmer, riß die Tür auf und rief: "Emanuel, jetzt komm doch end…" Der Satz blieb ihr im Hals stecken. Emanuel saß vor ihr auf einem Stuhl, mit krampfhaft zusammengekniffenen Augen. Und in diesem Moment senkte er das große Messer in seiner rechten Hand auf sein linkes Handgelenk. Die Klinge schien durch seine Haut zu gleiten wie durch weiches Wachs. Regina gefror das Blut in den Adern. Ein lauter Schrei des Entsetzens gellte durch die Wohnung. "Manu!"

Regina hatte in dieser Nacht keine Minute geschlafen. Und auch jetzt, beim Frühstück, brachte sie keinen Bissen herunter. "Ich kapier's einfach nicht", sagte Elena kopf-

schüttelnd in die unheimliche Stille hinein. Das war das Signal für Regina, sich wiederanzuklagen. "Ich hätte das alles verhindern können ...", schluchzte sie verzweifelt. Magnus nahm sie tröstend in den Arm. "Du darfst dir keine Vorwürfe machen. Es konnte doch niemand ..."
"Keine Vorwürfe", unterbrach ihn Regina erregt. "Mein Sohn schneidet sich die Pulsadern auf und ich soll mir keine Vorwürfe machen? Wenn ich nicht zufällig in sein Zimmer gekommen wäre ... Ich darf gar nicht daran denken." Von einem Weinkrampf geschüttelt sank sie in ihrem Stuhl zusammen.
In diesem Moment kam Doktor Eschenbach aus Emanuels Zimmer. Sofort richteten sich alle Augen gespannt auf ihn. Gott sei Dank – er lächelte ihnen beschwichtigend zu.
"Ich kann sie beruhigen. Ihr Sohn hat noch einmal Glück gehabt." Die Erleichterung war allen an den Augen abzulesen. Doch Eschenbach fuhr etwas ernster fort: "Allerdings ist er im Moment noch sehr labil. So ein Suizidversuch ist oft auch eine Art Hilferuf von jemandem, der unter Liebesentzug leidet."
Das gab Regina einen erneuten Stich ins Herz. Also war alles ihre Schuld! Eschenbach sah, daß er hier nichts mehr tun konnte. Er hatte seine ärztliche Pflicht getan. Den Rest mußten sie schon mit sich selber ausmachen. Außerdem wartete noch ein anderer schwieriger Fall auf ihn. "So, ich muß jetzt aber dringend in meine Sprechstunde. Auf Wiedersehen." Regina nickte nur stumm. Während Elena Eschenbach zur Tür geleitete, wollte Magnus seine Regina wieder in den Arm nehmen. Sie brauchte ihn jetzt, das spürte er. Doch sie wich ihm aus. "Bitte ... Ich möchte jetzt alleine sein." Magnus biß sich verzweifelt auf die Lippen. Was sollte er nur tun?
Leise schlich Regina in Emanuels Zimmer und schloß die Tür hinter sich zu. Niemand sollte sie stören. Emanuel

schien zu schlafen und war fest in die Decke eingewickelt. Das einzige, was von ihm zu sehen war, war sein dick verbundenes Handgelenk, das – wie eine fleischgewordene Anklage gegen seine Mutter – auf der Decke lag. Reuevoll strich Regina zart und sanft über den Verband, griff ganz vorsichtig nach der Decke und deckte sorgfältig den Arm zu. Einen Moment blieb sie so stehen und sah ihren Sohn liebevoll und besorgt an, während ihre Tränen auf den Teppichboden fielen. Seufzend wandte sie sich ab und ging zur Tür.
Emanuel blinzelte ihr kurz hinterher, schloß dann aber sofort wieder die Augen, als er sah, daß sich Regina noch einmal nach ihm umdrehte. Doch dann ging sie hinaus und Emanuel hörte, wie sie ganz leise und vorsichtig die Tür von außen schloß. Endlich konnte er die Augen aufschlagen. Mit einem triumphierenden Grinsen blickte er zur Tür. Das Ziel war erreicht: Seine Eltern fühlten sich schuldig. Jetzt würden sie ihm aus der Hand fressen.

Echte Kerle

An der Pleite mit seinem peinlichen Auftritt im Foxy hatte Töppers ganz schön zu kauen gehabt. Aber letztendlich hatte er doch beschlossen, die Sache zu vergessen. Auf Heinz Poppels Tips für echte Männer würde er jedenfalls nicht mehr hören. Vielleicht hatten ja doch die Leute recht, die sagten, daß sich diese ganze Geschichte mit Annalena und Miguel nur in seiner Phantasie abspielte. Waren Annalena und er nicht ein Traumpaar? Und was war diese halbe Portion von Miguel schon gegen ihn?
Aber da gab es doch ein kleines Problemchen. Und das betraf nicht nur seine Beziehung mit Annalena, sondern sein Dasein als ganzer Kerl. Schon seit Monaten wollten er und Annalena Nachwuchs und er hatte nun wirklich sein Bestes gegeben. War aber nichts passiert und das ging Frank Töppers ganz schön an die Nieren. War er etwa zeugungsunfähig? Schon seit einiger Zeit war er der Sache nachgegangen und hatte sogar Doktor Eschenbach deswegen konsultiert. Doch der konnte ihm bisher auch nicht weiterhelfen. Die Asketendiät, die er ihm verordnet hatte, hatte auch nichts gebracht. So genau konnte man das natürlich nicht wissen, denn Töppers war wirklich nicht der Typ, eine Diät konsequent durchzuhalten. Aber verdammt nochmal, er mußte Gewißheit haben.
Und so saß er mal wieder bei Doktor Eschenbach und wollte sich über seinen neuesten Laborbefund unterrichten lassen. Eschenbach saß ruhig und konzentriert an seinem Schreibtisch und ging sorgfältig die Laborberichte durch, während Töppers nervös auf seinem Stuhl schmorte. Endlich blickte Eschenbach auf und sah Töppers ernst

ins Gesicht: "Ich muß schon sagen, vor vier Wochen hat das alles schon mal besser ausgesehen." Töppers ahnte Böses: "Wieso?" Eschenbachs Stimme nahm nun den Tonfall eines strengen Lehrers an: "Das frage ich Sie. Haben Sie vielleicht Ihre Diät nicht eingehalten?" Töppers war ein schlechter Lügner, trotzdem versuchte er es: "Doch, natürlich, ich habe mir alle Mühe gegeben."
"Wirklich?"
"Naja, ich hab's versucht. Verdammt nochmal, ich könnte mich so über mich ärgern!" Eschenbach seufzte. "Das nützt auch nichts. Ich glaube, Sie sehen die Sache sowieso ein wenig zu verbissen, kann das sein? Sie wollen es auf Teufel komm raus und setzen sich total unter Druck. Das ist genauso schlecht wie falsche Ernährung."
"Wieso verbissen! Ich will Vater werden, das ist alles." Eschenbach winkte ab. "Letztes Mal haben wir doch gesagt, falls es mit der Diät nicht klappt, lassen Sie sich mal in der Kölner Uniklinik untersuchen." Auch das noch! Töppers verzog das Gesicht, wie ein Kind, das zum Zahnarzt geschickt werden soll. "An der Uni? Muß das sein? Aber nicht, daß dann haufenweise Studenten um meinen Schniedelwutz herumstehen!" Eschenbach lachte auf. "Keine Sorge, Sie werden es dort nur mit Spezialisten zu tun haben." Töppers lenkte zerknirscht ein: "Meinetwegen. Wann soll ich hin?"
"Wenn Sie wollen, können Sie gleich hinfahren."
"Und wie lange dauert sowas?"
"Einen Tag müssen Sie sich schon freinehmen." Mit einer erbarmungswürdigen Leidensmiene seufzte Töppers: "Na gut, obwohl ... Vielleicht hat es ja sowieso keinen Sinn mehr." Als er Eschenbachs fragenden Blick bemerkte, ergänzte er flüsternd: "Wissen Sie, Herr Doktor, mit meiner Freundin, da ist es zur Zeit ... also, da ist es zur Zeit schwer am Kriseln."
"Nun, da kann ich Ihnen leider nicht helfen, aber den

Termin in der Klinik, den werde ich für Sie bestätigen."
Töppers lehnte sich zurück und seufzte behaglich, als ob eine schwere Last von ihm abgefallen wäre und meinte grinsend: "Irgendwie haben Sie ja recht, der Mensch muß sich auch einmal entspannen. Wenn ich mich schon auf den langen, beschwerlichen Weg mache, werde ich meinem alten Kumpel Mattes mal wieder einen Besuch abstatten und mit ihm ein paar Kölsch zischen. Das wollt' ich schon lange mal wieder."
"Hm, aber übertreiben Sie's nicht. Sonst landen Ihre Spermien noch in der Ausnüchterungszelle." Beide prusteten los und verabschiedeten sich.

Davon, daß Olli, jetzt wo die Sache wieder etwas hoffnungsvoller für ihn aussah, obenauf war, konnte keine Rede sein. Im Gegenteil – als ihn Bastian und Anna am Tag nach der dramatischen Besprechung mit Magnus in der Pause trafen, sah er noch mitgenommener aus, als vor der ganzen Aktion. Anna sah sofort, daß er Aufmunterung nötig hatte. "Olli, was ist denn los? Du siehst aus wie'n Schluck Wasser in der Kurve!" Olli verzog keine Miene. "Haha. Oberwitzig. Mich würd' mal interessieren, was du an meiner Stelle für ein Gesicht machen würdest." Anna blickte sich nervös um und wurde etwas leiser. "Wegen Dettmer? Hey, was soll denn schon passieren?" Sie deutete auf Bastian, der danebenstand und sich anscheinend auch nicht ganz wohl in seiner Haut fühlte. "Hier. Du hast zwei Zeugen."
Das Argument ließ Olli nicht gelten. "Vielleicht ist es dir noch nicht aufgefallen, aber wir beschuldigen Dettmer, mir eine reingehauen zu haben. Das ist nicht irgend 'ne Kleinigkeit!" Bastian nickte besorgt. "Ja, sobald Magnus unsere Anzeige weitergibt, ist die Hölle los", meinte er düster. Und Olli bestätigte: "Und er muß sie weitergeben, sowas darf er gar nicht für sich behalten." Anna stöhnte

auf. Denen war wohl nicht zu helfen. Waren das Männer oder Würstchen? "Jungs, jetzt macht euch bitte nicht ins Hemd deswegen. Das darf ja wohl nicht wahr sein!" Sich für solche Waschlappen einzusetzen, das war wirklich kein Vergnügen.
Anna wollte gerade noch eine giftige Bemerkung hinterherschicken, als Elena hereinkam, mit einem derart bedrückten Gesicht, daß Anna der Satz im Hals steckenblieb. Stattdessen stellte sie sich zu den anderen, die Elena schon neugierig und besorgt umringten. Mascha nahm Elena am Arm. "Elena? Was ist denn?" Elena blickte auf, wollte schon etwas sagen, dann mußte sie hemmungslos weinen. Als sie sich wieder etwas beruhigt hatte, begann sie stockend zu sprechen: "Nichts ... Es ist nur ... Emanuel hat versucht, sich umzubringen."
"Was?" rief Mascha entsetzt, so laut, daß endlich auch der letzte in der Klasse aufmerksam wurde. Etwas leiser, aber immer noch laut genug, daß es jeder hören konnte, fragte sie ungläubig nach: "Er wollte sich umbringen?" Elena nickte stumm und fuhr mit der rechten Handkante über ihr linkes Handgelenk, um anzudeuten, wie es passiert war. "Oh Gott", sagte Mascha. "Ist ja grauenhaft! Und wie geht's ihm? Ist er im Krankenhaus?"
"Nein, zu Hause", schluchzte Elena. "Er ist soweit okay. Aber es ist natürlich der totale Schock. Und ich hab' keine Ahnung, wieso er's gemacht hat." Mascha schüttelte nachdenklich den Kopf. "Er ist eigentlich gar nicht der Typ dafür."
"Eben", bestätigte Elena, immer noch von Weinkrämpfen geschüttelt. Maschas Blick verdüsterte sich. "Vielleicht bin ich irgendwie schuld dran ...", sagte sie nachdenklich. Elena blickte erstaunt auf. "Du? Wieso das denn?"
"Ich meine, nicht nur ich ..." Mascha blickte in die Runde. "Wir haben ihn ja alle nicht gerade nett behandelt." Alle ließen schuldbewußt die Köpfe hängen. Ja, es

stimmte schon, besonders nett waren sie nicht zu ihm gewesen. Sie hatten ihn zwar alle für ein aufgeblasenes Arschloch gehalten, aber ... Vielleicht waren sie einfach zu hart mit ihm gewesen. Der hatte es sicher auch nicht leicht gehabt ...
Aber bevor hier die große Gewissenserforschung losgehen konnte, kam Paula atemlos ins Zimmer gestürmt und hatte neue spektakuläre Nachrichten: "Leute, da draußen ist der Schulrat unterwegs! Zusammen mit Magnus! Da ist dicke Luft angesagt!" Vor allem Bastian zuckte bei dieser Neuigkeit zusammen und wurde kalkweiß im Gesicht. Anna stieß ihm aufmunternd in die Seite. "Bastian ... Mensch, reiß dich zusammen ..." Dann warf sie Olli, der auch nicht gerade einen besonders glücklichen Eindruck machte, einen optimistischen Blick zu und machte verstohlen ein V-Zeichen in seine Richtung. Leise tuschelte sie ihren zwei Angsthasen zu: "Das wird schon, Jungs. Da müssen wir jetzt durch!"

"Herr Degenhardt, Sie können sich sicher vorstellen, wie unangenehm mir das alles ist. Sie wissen, wie sehr ich Herrn Dettmer schätze." Magnus war sichtlich um Sachlichkeit und Objektivität bemüht. Das fiel ihm im Augenblick weiß Gott nicht leicht. Erstens glaubte er die Story nicht so ganz, die ihm Anna, Olli und Bastian gestern aufgetischt hatten. Und zweitens, das war entscheidend, fiel es ihm nach den dramatischen Ereignissen der letzten Nacht unglaublich schwer, sich auf ein dienstliches Gespräch zu konzentrieren. Schließlich war der Schulrat Degenhardt kein einfacher Gesprächspartner, sondern nahm seine Aufgabe verdammt ernst.
Degenhardt strich sich nachdenklich über seinen Brillenbügel. "Hm, sagen Sie doch mal ganz persönlich, Herr Magnus: Was halten Sie von diesen Vorwürfen? Wem glauben Sie? Dettmer oder den Schülern?" Magnus

nahm diese Frage dankbar auf. "Also, Tatsache ist, daß Oliver Ebert Herrn Dettmer geohrfeigt hat. Das steht außer Zweifel. Daß Dettmer Oliver geschlagen haben soll, kann ich dagegen kaum glauben. Ich kenne ihnals einen Menschen, der sich immer unter Kontrolle hat."
"Das stimmt", konnte Degenhardt aus langjähriger Erfahrung mit diesem Musterbeamten bestätigen. "Außerdem", fuhr Magnus fort, "ist der Vorfall etliche Tage her. Und dann wird plötzlich die sensationelle Wahrheit ausgepackt. Wenn Sie mich fragen, ist da was faul dran." Degenhardt stellte die Gretchenfrage: "Und wenn die drei doch die Wahrheit sagen?"
Magnus antwortete nicht, sondern zuckte nur bedauernd mit den Schultern. Nun erwachte in Degenhart der Hobbypsychologe: "Wissen Sie, Herr Magnus ... Vielleicht hat sich Dettmer oft einfach zu gut unter Kontrolle ... Wenn solchen Menschen dann irgendwann doch einmal der Kragen platzt, schießen sie oft übers Ziel hinaus." Magnus schüttelte den Kopf. "So etwas habe ich bei Dettmer noch nie erlebt." Degenhardt seufzte. "Wie dem auch sei ... Als Schulrat bleibt mir mal wieder der unangenehme Part." Mehr traurig als aufmunternd klopfte er Magnus auf die Schulter. "Kommen Sie, bringen wir's hinter uns."

Miguel hatte schon ein besonderes Talent, mehrere Dinge gleichzeitig zu tun. Denn während er im Foxy auf einem Barhocker sitzend sein neues Lied "You are the one" probte, sang und Gitarre spielte, schaffte er es auch noch, Annalena, die an der Theke die Gläser vom Vortag spülte, schmachtende Blicke zuzuwerfen. Annalena fühlte sich zwar durchaus geschmeichelt, war aber doch froh, daß sie etwas zu tun hatte. So konnte sie sich wenigstens zwischendurch aus Miguels Latin Lover-Spielchen ausklinken.

Aber der war verdammt hartnäckig und Annalena wurde es allmählich zuviel.
"Miguel, kannst du nicht mal woanders hinschauen?", sagte sie ziemlich unwirsch. Mit romantisch verklärter Stimme gab Miguel zurück: "Du inspirierst mich eben!"
"Hoffentlich nur zur Musik", meinte Annalena trocken. Miguel ignorierte ihren Tonfall: "Musik wird immer von Liebe inspiriert! Das kann man nicht trennen!"
"Dann müßten ja alle, die zusammen Musik machen, gleich ineinander verschossen sein."
"Vielleicht gar nicht so falsch, der Gedanke", säuselte Miguel träumerisch. Jetzt war das Maß langsam voll. Was der Typ brauchte war eine Vollbremsung! "Hör mal, Miguel, du kannst hier proben, das hab' ich dir erlaubt. Aber das ist noch lange keine Eintrittskarte in mein Privatleben!" Miguel hörte auf, zu spielen und schaute sie verwirrt an. "Mensch, Miguel, du weißt doch, daß ich mit meinem Töppers glücklich bin! Versteh' das doch bitte!" Doch das war wohl zuviel verlangt! "Vielleicht könnten auch wir zusammen glücklich werden", hauchte er romantisch. Aber Annalena war sich ihrer Sache sicher: "Eine schöne Freundschaft will ich mit dir. Mehr nicht."
"Hoffentlich machst du dir nichts vor", meinte Miguel resigniert und fing wieder an, leise zu spielen. Annalena winkte ab. "Ach Quatsch. Ich weiß schon, du hältst Frank für einen derben Dickschädel und unsere Beziehung kommt dir eingefahren und alltäglich vor ..." Annalena glaubte ihren Augen nicht zu trauen. Hörte der Typ überhaupt zu oder hatte er das nicht nötig? Jedenfalls spielte er unbeeindruckt weiter und tat so, als wäre er ganz in der Welt der Musik versunken. Wie ein kleines Kind, das sich einfach taub stellt, wenn unangenehme Dinge zur Sprache kommen. So ein Verhalten konnte Annalena überhaupt nicht ab! Zum erstenmal wurde sie richtig laut.
"Hör endlich auf zu spielen, verdammt nochmal! Oder

schaltest du immer auf stur, wenn dir etwas nicht paßt?" Na also! Wenigstens legte er jetzt seine Gitarre weg und schaute sie aus großen Augen an, wie ein Kind nach einer elterlichen Standpauke! Annalena konnte ihre Lautstärke wieder zurückfahren und fügte einfühlsam hinzu: "Miguel, ich will mit Frank noch mehr erleben, neue Lebensabschnitte … Wir wollen bald ein Kind." Jetzt war es raus und für einen kurzen Augenblick hätte man im Foxy eine Stecknadel fallen hören können.
Doch dann stand Miguel sichtlich enttäuscht und getroffen auf und packte seine Gitarre ein. Aber ganz so einfach, ganz ohne Kommentar, konnte er das Feld auch wieder nicht räumen. Eindringlich, fast verträumt, begann er zu sprechen: "Annalena, im Leben soll man nichts überstürzen. Das Leben ist ein Fluß … Wie der Rio Cuarto, bei mir in Argentinien …" Annalena seufzte. So war er eben! Ein Poet und Musiker! Man konnte ihm einfach nicht böse sein.
"Annalena, manches kann man nicht aufhalten, das Wasser fließt weiter … Und auch du darfst nicht Menschen, die zu deinem Leben gehören, von vornherein verbannen. Auf mich wirst du jedenfalls immer zählen können." Bevor die verdutzte und von dem bühnenreifen Auftritt etwas überforderte Annalena noch irgendwie reagieren konnte, hatte er auch schon seinen Gitarrenkoffer geschultert, ihr einen zarten Kuß auf die Wange gegeben und war weg. Annalena blieb allein zurück. Verwirrt und sprachlos.

Das Tribunal war eröffnet. Die erste und möglicherweise schon entscheidende Runde stand an. Magnus und Degenhardt saßen am Pult vor der Klasse. Seitlich davon, wie auf der Anklagebank, rutschte Dettmer nervös auf seinem Stuhl hin und her. Die Atmosphäre war zum Zerreißen gespannt. Vor allem Bastian, von Anna mit

mißtrauischen Blicken bedacht, war es deutlich anzusehen, daß er kurz davor war, schlappzumachen. Aber auch Olli war bei näherem Hinsehen viel weniger cool, als er wirken wollte. Und alle drei versuchten, Dettmers wütenden Blicken auszuweichen.
Doch Degenhardt war sichtlich bemüht, die ganze Geschichte so nüchtern und sachlich wie irgend möglich über die Bühne zu bringen. "So", begann er, "ich möchte nun gerne, daß Sie ihre Vorwürfe gegen Herrn Dettmer in diesem Rahmen wiederholen. Bitte!" Keiner der drei traute sich, das Wort zu ergreifen. Doch dann nahm Olli, immerhin die Hauptperson, allen Mut zusammen und stotterte los: "Also ... Es war so ... Herr Dettmer hat ..." Dabei schielte er Dettmer von der Seite an. Dessen vernichtender Blick nahm ihm gleich wieder den Wind aus den Segeln. "Er ... Er hat mir irgendwas erzählt ..." Magnus und Degenhardt sahen erst einander und dann Olli zweifelnd an. Eine klare Aussage konnte man das nicht nennen. Anna merkte, daß die Lage kritisch wurde und schaltete sich hektisch ein: "Es ging um diese Geschichte mit den Aktzeichnungen. Aus Reg... Frau Zirkowskis Kurs."
Olli und Bastian nickten heftig, als ob ihnen etwas wieder eingefallen wäre, das sie ganz vergessen hatten. Anna fuhr fort: "Olli hatte doch vor dem Zeitungsfritzen so ein paar blöde Sprüche gemacht, die dann später im Artikel abgedruckt wurden. Und Herr Dettmer hat ihn deswegen total übel beschimpft ..."
"Genau, so war's", quatschte Olli ungefragt dazwischen. "Von wegen, daß er den Ruf unserer Schule in den Schmutz zieht und so." Annas mutiges Vorpreschen spornte auch Olli wieder an. "Ja, außerdem hat er mich schon vorher terrorisiert. Und letzte Woche hat er mir dann gedroht, mich von der Schule zu schmeißen!" Anna nickte. "Hm, Olli hat gesagt, das läßt er sich nicht gefal-

len, von keinem, und schon gar nicht von Herrn Dettmer, und da hat Dettmer plötzlich ausgeholt und ihm eine verpaßt."
Soviel Unverfrorenheit war dem guten Dettmer einfach zuviel. Ihn hielt es nicht mehr auf seinem Sünderbänkchen. "Nicht zu fassen", brüllte er, ehrlich verblüfft. "Ihr habt tatsächlich die Nerven, in aller Seelenruhe eine solche Lüge zu verbreiten!" Magnus ignorierte den Temperamentsausbruch seines Kollegen und knöpfte sich stattdessen den dritten im Bunde vor. "Bastian, Sie waren doch auch dabei." Bastian zuckte zusammen und wäre am liebsten im Boden versunken. "Ähm ... Naja ..."
"Sie haben doch gesehen, was sich abgespielt hat, oder?" "Ja ... Natürlich ... hab's gesehen." Degenhardt wurde ungeduldig. "Und was haben Sie denn nun gesehen?" "Können Sie die Aussagen Ihrer Mitschüler bestätigen?" ergänzte Magnus. Bastian zögerte und warf einen schüchternen Seitenblick auf Dettmer. Doch dessen funkelnde Augen ließen ihn sofort wieder die Blickrichtung wechseln. "Ja", antwortete er leise. Dettmer schüttelte fassungslos den Kopf. Magnus war unzufrieden mit der Antwort. "Was, ja", sagte er etwas lauter als vorher. "War es ein Kinnhaken? Ein Fußtritt?" Bastian sah sich hilflos um. "Könnte schon ein Kinnhaken gewesen sein", hauchte er schwach. Anna mußte die Notbremse ziehen: "Quatsch, es war eine Ohrfeige. Und was für eine. Olli hatte hinterher eine ganz rote Backe!"
"Stimmt, es war eine Ohrfeige", echote Bastian. Magnus faltete nachdenklich die Hände. "Olli, war es eine Ohrfeige?" Olli hatte sich wieder gut gefangen. Diesmal war er in der Lage, seinen Spruch cool und im Brustton der Überzeugung aufzusagen: "Ja, die hat gebrannt wie Feuer. Und da hat's mir halt die Sicherungen rausgehauen und ich hab' ihm auch eine geklebt." Dettmer zuckte

zusammen. "Das ist doch alles eine einzige Farce", rief er und blickte hilfesuchend Degenhardt und Magnus an. Aber die konnten ihm jetzt auch nicht weiterhelfen. Degenhardt schlug sein Notizbuch zu. Die Anhörung war beendet. "Ich danke Ihnen. Das war's fürs erste. Ich möchte Sie jetzt bitten, hinauszugehen." Wie von einer Zentnerlast befreit standen die drei auf. Eine Sache mußten sie noch durchstehen – beim Hinausgehen mußten sie an Dettmer vorbei. Doch Olli und Anna hatten ihre Rollen schon so verinnerlicht, daß sie Dettmers grimmigem Blick selbstbewußt standhalten konnten. Bastian dagegen zog es vor, einen Hustenanfall zu simulieren, damit er Dettmer nicht in die Augen schauen mußte.
Sobald sie die Tür hinter sich geschlossen hatten, faßte Degenhardt das Ergebnis zusammen: "Herr Dettmer, so gut ich Ihren Unmut verstehen kann ... Sie kennen die Bestimmungen. Ich bin leider gezwungen, ein Verfahren gegen Sie einzuleiten."

"Paps, was machst du denn da?", fragte Mascha entgeistert, als sie Töppers dabei überraschte, wie er planlos Wäsche und Waschzeug in seine Reisetasche stopfte. "Packen, hast du keine Augen im Kopp?" war die übelgelaunte und wenig aufschlußreiche Antwort. Mascha war verunsichert und hatte schlimme Befürchtungen. "Hä, hab' ich irgendwas nicht mitgekriegt mit euch?" Bei Töppers machte es Klick. "Wie? Ach so, nein ich muß nur eben..."
"Wofür packst du denn nun?" unterbrach ihn Mascha, die ihre Neugier nicht mehr zügeln konnte. Töppers' Birne lief knallrot an. Verlegen blickte er zu Boden. "Ich ... Ich war wieder bei Doktor Eschenbach ... Meine Werte haben sich verschlechtert ..." "Tote Hose?" stichelte Mascha. Da mußte auch Töppers grinsen. "Na, na, na, du Frechdachs! Ich soll mich an der Uniklinik untersuchen

lassen und das dauert bis morgen. Deswegen treff' ich mich heute abend in der Altstadt mit meinem alten Freund Mattes und übernachte bei ihm. Morgen abend bin ich wieder da."
Auweia, das Treffen mit Mattes, das konnte sich Mascha schon lebhaft vorstellen! "Ach ja? Dann will ich mal hoffen, du richtest die letzten aufrechten Dinger nicht mit Kölsch zugrunde!" Das wollte Töppers nicht hören. "Also, ich glaub' jetzt geht's los! Das muß ich mir heute schon zum zweiten Mal anhören, Frau Doktor!"
"War doch nur Spaß, Paps. Hoffentlich bringt die Untersuchung was!" Töppers ließ sich seufzend in seinen Sessel fallen. "Ach, wenn's nur das wäre!" Mascha wußte Bescheid. "Annalena, hm?" Töppers nickte traurig. "Ich glaub', ich hab's 'n bißchen übertrieben mit meiner Eifersucht. Ich vermisse sie so! Ich weiß gar nicht mehr, was ich machen soll!" Mascha hielt es für besser, das Thema wieder zu wechseln. "Eigentlich komisch, daß es bei dir nicht klappt."
"Wieso?" fragte Töppers verblüfft nach. "Na, schließlich bin ich doch der beste Beweis dafür, daß da früher alles nach Plan gelaufen ist." Töppers grinste breit. "Nee, nee, Mädchen, das stimmt nicht. Daß aus dir mal so 'ne freche Göre wird, das war bestimmt nicht nach Plan!" Immerhin, darauf war Verlaß, daß es Töppers nie lange aushielt, den Trauerkloß zu spielen.
Er war vielleicht eine knappe Stunde weg, als es an der Tür klingelte. Wie oft, das war schwer zu entscheiden, denn Mascha hatte jetzt, wo Töppers weg war, die Musik so laut aufgedreht, daß es ein Wunder war, daß sie die Klingel überhaupt hörte. Genervt schlurfte sie zur Tür. Aber als sie aufmachte, war sie doch freudig überrascht. "Annalena! Was machst du denn hier?" Annalena strahlte übers ganze Gesicht. "Sag mal, feiert ihr hier 'ne Fete, oder was?"

"Nö, ich wollte nur mal testen, was die Boxen aushalten." Annalena sah sich angestrengt um, aber den, den sie suchte, konnte sie nirgends erblicken. "Ist denn dein Vater nicht da? Ich muß ihn sprechen. Unbedingt!" Tja, damit konnte Mascha nicht dienen. "Tut mir leid, der ist erst morgen wieder da. Er läßt sich in der Uniklinik untersuchen." Annalena grinste übers ganze Gesicht. "Wegen seines Spermiogramms, was? Wenn der wüßte!" Mascha sah Annalena streng an. Ihrem Vater war die Sache verdammt ernst und Annalenas Fröhlichkeit war da irgendwie nicht ganz angebracht! Aber die schien ihre strafenden Blicke überhaupt nicht zu bemerken. "Ich hab' nämlich eine Neuigkeit für ihn, die wird ihn glatt umhauen! Und dich auch, Mascha!"
"Ich versteh' nur Bahnhof." Annalena ließ Mascha noch etwas schmoren. Doch dann ließ sie die Katze aus dem Sack: "Mascha, noch ein paar Monate, und du bekommst ein kleines Schwesterchen … Oder ein Brüderchen …"

Geteiltes Leid – geteilte Freude

Emanuel lag im Bett und gab den Erschöpften. Das hatte den gewaltigen Vorteil, daß er sich so darauf verlassen konnte, von seiner Mutter bemitleidet und bedient zu werden. Und vor allem, daß sie notgedrungen ihre Aufmerksamkeit von Magnus abwenden und stattdessen ihm zuwenden mußte.
Und richtig – da kam sie schon wieder, diesmal mit einem dicken Stapel Comics und Computermagazinen unter dem Arm, die sie auf seinem Nachttischchen ablegte. "Damit du auf andere Gedanken kommst", sagte sie sanft und strich ihm zärtlich übers Haar. Ja, so ließ sich schon eine Zeitlang leben.
Regina blieb eine Weile einfach stumm neben dem Bett stehen. Sie hatte viel nachgedacht, sich viele Vorwürfe gemacht. Jetzt war sie gekommen, um mit Emanuel zu reden, um alles auszuräumen, um ihm zu sagen, daß sie ihn liebte, daß er immer noch ihr Sohn war. Aber es war schwer für sie, den Anfang zu finden. Leise und liebevoll begann sie: "In diesem ...". das Wort auszusprechen fiel ihr schwer ... "in diesem Abschiedsbrief hast du geschrieben, wir würden dich hier nicht haben wollen ... Aber das stimmt nicht ... Du bist doch mein Kind ... Ach, Manu, es tut mir so leid ... Ich verspreche dir, ich bin immer für dich da."
Magnus wollte gerade ebenfalls in Emanuels Zimmer kommen und mit ihm sprechen, aber als er Regina dort sah, hielt er sich respektvoll im Hintergrund. Regina, mit den Tränen kämpfend, fuhr fort: "Mir ist klar, daß wir

dich in die Enge getrieben haben, ohne zu ahnen, wie schrecklich das für dich gewesen ist." Emanuel wandte den Kopf ab.
Er erträgt das alles nicht, dachte Regina, er will nicht, daß ich ihn weinen sehe. Was für einen tapferen Sohn sie doch hatte! "Ich liebe dich doch über alles", sagte sie mit tränenerstickter Stimme. Sanft drehte sie seinen Kopf zu sich her und blickte ihm direkt in die Augen. "Glaubst du mir das?"
"Ja", hauchte Emanuel kaum hörbar. Regina atmete tief durch. "Und wenn du ein Problem hast ... Du kannst jederzeit zu mir kommen. Ich bin immer für dich da. Hörst du? Immer. Und das gilt für uns alle. Wir sind eine Familie."
"Mama?", flüsterte Emanuel schwach, "kannst du mir bitte was zu trinken holen? Ich hab' so einen trockenen Hals."
"Aber natürlich." Regina konnte wieder lächeln. Sie gab Emanuel einen zärtlichen Kuß auf die Wange und stand auf.
Nun wollte Magnus auch nicht mehr zurückstehen und sich als fürsorglicher Vater erweisen. "Ich stell' dir mal das Tischchen näher ans Bett", sagte er einfühlsam. "So kommst du ja gar nicht richtig ran." Dabei lächelte er Emanuel aufmunternd, doch sein Lächeln gefror sofort. Denn sein Stiefsohn antwortete mit einem frech herausfordernden Grinsen. Magnus stand mit offenem Mund da und Emanuel schien das ziemlich lustig zu finden.
"Is' was, Oller?" fragte er kalt. Von Schwäche und Erschöpfung war nichts mehr zu sehen. Magnus' erste Regung war, diesem scheinheiligen Widerling eine Tracht Prügel zu verpassen, doch er riß sich mühsam zusammen und nickte nur ernst.
"Deine Schwester ist zwar ein echtes Schauspieltalent ... Aber der beste Schauspieler hier in der Familie bist offen-

sichtlich du." Emanuel grinste breit. "Danke für die Blumen." Magnus schüttelte angeekelt den Kopf und ging. Emanuel blieb allein zurück und kostete still seinen Triumph aus.

"Danke für die Einladung", sagte Anna, immer noch an ihrem Kuchenstück kauend, gutgelaunt zu Olli. Der wiegelte ab: "Na, das ist ja wohl das Mindeste. So, wie ihr euch für mich eingesetzt habt ... Bastian, hast du keinen Appetit? Du wolltest doch auch 'nen Kuchen." Alle Blicke waren nun auf Bastian gerichtet, der sein Stück noch nicht angerührt hatte. "Ja ... Klar ... Aber ich muß das alles erstmal wegstecken."
"Aber wir haben's doch hinter uns", meinte Anna. "Jetzt zieh' nicht so 'ne Flappe." Olli war ganz ihrer Meinung: "Anna hat recht. Entspann' dich 'n bißchen. Hau rein!" Während Olli sogleich ein großes Stück im Mund verschwinden ließ, hatte Bastian immer noch Gewissensbisse: "Und Dettmer? Ich meine, ich kann ihn auch nicht leiden, aber das ist knallharte Verleumdung, was wir da mit ihm machen."
Anna wurde es zu bunt. Hätten sie diesen Waschlappen nur nicht da mit reingezogen! "Was willst du? Wenn wir's nicht getan hätten, wär' Olli dran. Dann würde er wahrscheinlich von der Schule fliegen." Bastian schüttelte den Kopf. "Trotzdem. Ich fühl' mich wie 'ne linke Bazille." Olli klopfte ihm "von Mann zu Mann" auf die Schulter. "Ja, meinst du, mir ist es leichtgefallen, die Nummer abzuziehen? Mir ist noch nie so die Düse gegangen wie vorhin bei diesem Scheiß-Tribunal."
"Aber Dettmer hat es nicht anders gewollt", bekräftigte Anna. "Bastian, du kriegst doch nicht etwa kalte Füße?"
"Nein ...", sagte Bastian gequält und wenig überzeugend und schob sich mißmutig eine Gabel Kuchen in den Mund. Anna blickte ihn ernst an. "Du hängst da voll mit

drin! Das ist dir doch klar? Wenn du kneifst ..."
" ... dann sind wir alle drei voll am Arsch", ergänzte Olli. Bastian warf die leere Gabel entnervt auf den Teller zurück. Die ganze Situation war ihm voll über den Kopf gewachsen. "Ich weiß ...", sagte er griesgrämig. "Mitgefangen, mitgehangen." Anna versuchte, ihn zu besänftigen: "Schau mal, wenn's Dettmer an den Kragen geht, was juckt's uns? Der hat's doch tausendmal verdient!" Doch damit hatte sie in die falsche Kerbe gehauen. Bastian winkte nur ab. "Okay, okay, und wenn er's tausendmal verdient hat, es ist und bleibt 'ne miese Tour."
"Aber noch mieser wär's, wenn sie uns alle zusammen hops gehen lassen."
Bastian resignierte. "Kommt, spart euch eure Sprüche. Es bleibt uns ja sowieso nichts anderes übrig, als das Ding bis zum Ende durchzuziehen." Olli klopfte ihm anerkennend auf die Schulter: "So gefällst du mir!" Und da Bastian keinerlei Anstalten machte, den Rest seines Kuchens aufzuessen, fielen nun Olli und Anna mit vereinten Kräften darüber her.

Magnus war innerlich zum Zerreißen gespannt. Ja, er mußte dieser schlechten Komödie, die sein braver Stiefsohn da aufführte, dringend ein Ende machen, bevor Regina noch daran zerbrach. Doch wie würde sie auf diese neue Entwicklung reagieren? Würde sie verkraften können, daß ihr eigener Sohn so brutal mit ihren Gefühlen spielte? Würde sie ihm überhaupt glauben? Schließlich hatte er keine Zeugen für seine Unterredung mit Emanuel. Egal, daß Regina nicht aufhören konnte sich Selbstvorwürfe zu machen, bestärkte ihn nur in seiner Meinung, daß er das Ganze aufdecken mußte. Er setzte sich zu ihr aufs Sofa und nahm sie zärtlich in den Arm. Doch während er noch grübelte, wie er die Sache am besten anfangen sollte, quälte sich Regina schon wieder

selbst: "Wahrscheinlich hab' ich ihn all die Jahre total überfordert. Emanuel hat so lange Zeit ohne Vater verbringen müssen ... Und dich als Stiefvater zu akzeptieren, ist ihm auch nie leichtgefallen. Aber ich habe immer geglaubt, er kommt schon mit allem klar, egal was passiert. Ich bin nicht so eine gute Mutter, wie ich immer gedacht habe."
"Das ist nicht wahr", unterbrach Magnus schwach und hilflos. Regina lächelte nur traurig und schüttelte den Kopf. "Ich habe ihm wirklich zuviel zugemutet. Und mir viel zu wenig Gedanken gemacht. Er mußte mit mir nach Köln ziehen. Ich habe ihn aus seinem Freundeskreis in Berlin herausgerissen. Ich habe viel zu wenig Rücksicht auf seine Bedürfnisse genommen." Magnus konnte sich kaum noch zurückhalten,, aber noch zwang er sich zur Vorsicht. "Du kümmerst dich doch wirklich eine Menge um ihn ..."
"Auf jeden Fall nicht genug. Ich habe ihn hier mit seinen Problemen alleingelassen: Ein neues Umfeld, eine neue Schule, keine Freunde ..." Magnus konnte es nicht mehr ertragen. Mit plötzlicher Kälte sagte er: "Ich glaube, daß Emanuel im Grunde ganz gut zurechtkommt."
"Wie bitte?!" fragte Regina entgeistert nach. Magnus' Worte waren wie eine kalte Dusche. Bestimmt beharrte er darauf: "Glaub' mir, er weiß genau, was er tut." Regina konnte es nicht fassen. "Was redest du denn da? Mein Sohn versucht sich umzubringen und du willst mir weismachen, er hätte schon alles im Griff!" Magnus atmete tief durch. Er wußte, er hatte die Sache völlig falsch aufgezogen und war jetzt gewaltig in der Klemme. "Ich denke, er verfolgt einen ganz bestimmten Zweck." Regina stand entrüstet auf. "Das ist ja wohl das Letzte! Das gibt's doch gar nicht!"
Sie war jetzt so laut geworden, daß es auch Emanuel in seinem Zimmer nicht mehr entgehen konnte, daß da ein

heftiger Streit tobte. Heimlich öffnete er seine Tür einen Spalt und lauschte. Magnus machte noch einen schwachen Versuch, das Unheil abzuwenden. "Regina, hör' doch mal ...", begann er, doch sie wollte nicht hören.
"Wie kommst du bloß dazu, solche widerlichen Behauptungen aufzustellen", schnitt sie ihm das Wort ab.
"Das ist keine Behauptung", verteidigte sich Magnus. Er versuchte, nicht auch seinerseits laut zu werden. Doch die entscheidenden Worte wollten ihm einfach nicht über die Lippen gehen und er verhaspelte sich in Andeutungen.
"Ich meine ja nur ... Auf diese Weise scheint eben alles andere plötzlich vergessen ..." Regina widersprach energisch: "Nein! Aber es ist jetzt nicht mehr wichtig! Verstehst du das nicht?"
"Doch, es ist wichtig", rief Magnus, nunmehr ebenfalls im Brüllton. "Es kann sich doch nicht jeder, der sich falsch verstanden fühlt, gleich was antun!"
"Boris", brüllte Regina, "hör' auf, zu schreien!"
"Du schreist doch", schrie Magnus. Emanuels Tür schloß sich wieder genauso geräuschlos, wie sie aufgegangen war. Er hatte genug gehört. Alles war gelaufen wie geplant. Und was das beste war: Seine Mutter ergriff Partei für ihn und stritt sich für ihn mit seinem Stiefvater. Ob das schon der Anfang vom Ende war?

Es dauerte eine ganze Weile, bis Mascha Annalenas frohe Botschaft verdaut hatte. Aber dann wurde es noch eine lange Nacht, und sie und Annalena redeten und feierten bis zum Morgengrauen. Endlich waren die Spannungen der letzten Wochen ausgestanden! Doch jetzt war es langsam wieder Zeit zum Wachwerden und was noch nicht ausgestanden war, war das Aufstehen und das Wegräumen des Schlachtfeldes. Mit verquollenen Augen schleppten sich die beiden zum Tisch, der noch mit Flaschen und Gläsern zugestellt war. Gähnend meinte

Mascha: "Drei Stunden Schlaf sind einfach zu wenig."
"Selbst schuld, du altes Waschweib", gab Annalena grinsend zurück. "Was heißt hier Waschweib, du hast doch die halbe Nacht geredet!" Annalena stand müde auf. "Erst machen wir mal 'n Kaffee, dann klären wir das." Mascha drückte sie mit sanfter Gewalt wieder in ihren Stuhl. "Sitzenbleiben! Als werdende Mutter mußt du dich schonen!" Während Mascha Wasser in die Kaffeemaschine goß, meinte Annalena grinsend: "Werd' ja nicht so 'ne Glucke wie Töppers!"
"Bestimmt nicht. Aber du hast recht. Da wird ganz schön was auf dich zukommen!" Annalena nickte seufzend. "Ja, er wird wieder das Spielzeug auspacken, stapelweise schlaue Bücher lesen, ständig aufgeregt sein. Man muß diesen verrückten Kerl einfach liebhaben. Aber erstmal kein Wort zu ihm! Es soll eine Überraschung werden!"
"Ich schweige wie ein Grab." Annalenas Blick verdüsterte sich ein wenig. "Bei der Krise, die wir zur Zeit haben, ist das alles nicht so einfach." Mascha winkte entschlossen ab. "Die ist vergessen, wenn Töppers hört, daß er Papi wird. "
Annalena schaute auf die Uhr. "Oh, ich muß los. Termin bei meiner Frauenärztin! Kein Wort zu Töppers, versprochen?"
"Versprochen!" Hastig raffte Annalena ihre Sachen zusammen und verschwand. Sie hatte kaum die Tür hinter sich zugemacht, als das Telefon klingelte. Mascha nahm den Hörer ab. "Mascha Gellert ... Hey, Paps! Wie war's bei Mattes ... Feucht? Soso, so hörst du dich auch an ... Ja, du mußt so schnell wie möglich zurückkommen ... Nein, kann ich dir nicht sagen ... Annalena muß dringend mit dir sprechen ... Nein, weiß ich nicht ... Also beeil dich ... Ciao, Paps!" Mascha legte auf und atmete tief durch. "Na, du wirst Augen machen!"

Im Lehrerzimmer herrschte gedrückte Stimmung. Mit dem Verlauf der Befragung in der Sache Dettmer war keiner glücklich. So etwas hatte ihm keiner gewünscht, obwohl Dettmer auch unter seinen Kollegen nicht gerade der Beliebteste war. Hinter vorgehaltener Hand hatte man sich schon oft zugeflüstert, daß dieser Dettmer besser mit Pflanzen umgehen könne, als mit Menschen. Wie um das zu bestätigen stand er jetzt abseits, mit einer Gießkanne in der Hand und kümmerte sich um seine grünen Lieblinge, die auf den Fensterbrettern standen. Die Anschuldigungen hatten ihn sichtlich mitgenommen. Er sah so abgekämpft und müde aus, daß sich jetzt sogar seine Kollegin Sandra Behrens, die attraktive Mathematiklehrerin, die in der Vergangenheit schon oft genug mit ihm aneinandergeraten war, besorgt an ihn wandte: "Herr Dettmer, soll ich mal mit Anna und Bastian sprechen?" Dettmer zuckte resigniert mit den Achseln. "Wozu? Sie haben es doch gehört, werte Kollegin. Ich schlage meine Schüler."
"Haben Sie's denn getan?" schaltete sich Matthias Kruse, ein weiterer Kollege, der mit ihm so seine Schwierigkeiten gehabt hatte, ein. Dettmer hörte für einen Moment auf, seine Pflanzen zu gießen und sah Matthias kraftlos an. "Nein, das habe ich nicht."
"Und ich zweifle auch nicht an der Richtigkeit von Herrn Dettmers Aussage", sprang ihm Magnus bei. "Ich ja auch nicht", sagte Matthias. "Aber gerade deshalb müssen wir mit den Schülern sprechen!"
Magnus war anderer Ansicht: "Das hat in der jetzigen Situation keinen Sinn. Sie fühlen sich dann nur in die Enge gedrängt." Sandra widersprach ihm energisch: "Aber wir können doch nicht tatenlos zusehen, wie einer unserer Kollegen fertiggemacht wird!" Dettmer wollte sich nicht helfen lassen. "Vielen Dank für Ihr Engagement", sagte er in ironischem Tonfall. "Aber was

Verleumdungskampagnen betrifft, habe ich eine gewisse Erfahrung. Ich weiß damit umzugehen." Magnus wechselte die Seite und mußte jetzt den anderen recht geben: "Damit kann man nicht so ohne weiteres umgehen! Auch Sie nicht! Das ist eine ernste Angelegenheit."
"Mit etwas Ironie fällt einem die ganze Sache aber etwas leichter", meinte Dettmer beleidigt, der sich nun von allen Seiten angegriffen sah. "Ich will Sie als Lehrer nicht verlieren", versuchte Magnus zu beschwichtigen. Dettmer versuchte ein schwaches Lächeln. "Mich würde eine Suspendierung weniger belasten als meine Pflanzen." Matthias seufzte. "Herr Dettmer, warum tun Sie so, als würde Ihnen das alles nichts ausmachen?"
"Weil ich es leid bin, der Buhmann zu sein", sagte Dettmer müde. Sandra nahm den Ball auf: "Daß Sie der Buhmann sind, liegt nicht nur an den Schülern", meinte sie provozierend. Dettmer stellte die Gießkanne beiseite und strich sanft mit der Hand über die Blätter seines Gummibaums. "Kann sein", seufzte er.
Allmählich ging Sandra Dettmers wehleidige Art, sich so sang- und klanglos in sein Schicksal zu ergeben, auf die Nerven. So kannte sie den überhaupt nicht! Ein letztes Mal versuchte sie, ihn aus der Reserve zu locken: "Vielleicht sollten Sie Ihren Schülern denselben Respekt und dieselbe Liebe entgegenbringen wie Ihren Pflanzen!" Dettmer hörte schlagartig auf, sich um seine Pflanzen zu kümmern. Der Hinweis hatte ihn sichtlich getroffen. Magnus wollte ihm zu Hilfe eilen: "Frau Behrens! Ich denke nicht, daß das jetzt hierher gehört!" Doch Dettmer nickte traurig: "Doch, doch ... Lassen Sie nur ... Sie hat ja recht." Alle blickten Dettmer verblüfft an. Der Mann war wirklich hart angeschlagen!

Blendender Laune schlenderte Annalena durch die Galerie. Sie blieb mal hier, mal da stehen und warf einen

kurzen Blick in die Schaufenster. Als sie vor dem Lädchen eine Zeitschrift aus dem Ständer nahm und ein wenig darin herumblätterte, kam der unvermeidliche Miguel herausspaziert, mit einem ganzen Stapel Zeitschriften unter dem Arm. Miguel, der sich nur allzugut an ihre letzte Begegnung erinnern konnte, versuchte ein mattes Lächeln. Aber das wollte nicht so recht gelingen.
Umso erstaunter war er, als ihm Annalena ausgelassen um den Hals fiel. "Wie komm' ich zu der Ehre?" fragte er, lachend aber etwas fassungslos. "Fühl mal", sagte Annalena nur und streckte ihm ihren Bauch hin. Miguel strich sanft darüber. "Tja, so fühlt sich eine Frau an, die schwanger ist", erklärte Annalena voller Stolz. Miguel blieb das Lachen im Halse stecken. "Du bist ..."
"Ja. Schwanger. Meine Frauenärztin hat es mir gerade nochmal bestätigt." Kein Wunder, daß sich Miguel da nicht so recht freuen konnte. Aber tapfer versuchte er, seine Enttäuschung zu verbergen. "Ich gratuliere ... Dann wird sich mit Töppers wohl wieder alles einrenken?" Jedem anderen wäre Miguels gezwungene Heiterkeit wohl sofort aufgefallen. Aber Annalena war dazu im Moment in viel zu überschwenglicher Stimmung. "Mit Sicherheit. Das war eh alles nur ein einziges großes Mißverständnis!"
Auch diese Antwort konnte Miguel kaum gefallen. Doch bemühte er sich weiter, fröhlich zu bleiben. "Und? Weißt du schon, was es wird?" "Nein, so schnell geht das nicht. Ich will's auch gar nicht wissen." Miguel seufzte. "Wenn ich der Vater wäre, würde ich vor Freude Purzelbäume schlagen ... Vor allem, wenn eine so wunderbare Frau die Mutter ist." Annalena lächelte glücklich. "Na, wie ich Töppers kenne, sind Purzelbäume bei ihm nur der Anfang." Miguel sah Annalena ernst an. Daß seine Fröhlichkeit nur gespielt war, das entging jetzt auch

Annalena nicht mehr. Aber was nützten jetzt noch große Worte? "Viel Glück", sagte er noch leise. "Danke", meinte Annalena ruhig. Jetzt war es wohl besser, sich so langsam zu verabschieden. Sie nahm Miguel noch einmal kurz in den Arm und ging weiter. Einen dicken Kloß im Hals mühsam hinunterschluckend sah er ihr nachdenklich hinterher.

Teresas Argusaugen war die ganze Szene nicht entgangen. Vom Kinofoyer aus hatte sie alles genau beobachtet. Worum es genau gegangen war, hatte sie nicht mitbekommen. Aber daß zwischen Annalena und Miguel nicht eitel Sonnenschein war, das hatte sie zu ihrer Zufriedenheit bemerkt. Ihre Chance! Natürlich ließ sie sich nichts anmerken und in dieser Kunst hätte Miguel von ihr noch eine Menge lernen können. Sie legte ihm aufdringlich die Hand auf die Schulter und fragte treuherzig: "Was hat denn Annalena? Sie strahlt ja übers ganze Gesicht."

"Sie ist einfach glücklich", gab Miguel traurig zur Antwort. Annalena glücklich – Miguel offensichtlich nicht – das nahm Teresa zufrieden zur Kenntnis. "Hat sie sich mit Töppers wieder vertragen?", fragte sie hoffnungsvoll. "Noch nicht."

"Und trotzdem ist sie so happy?"

"Sie wird Mutter." Teresa kippte vor Überraschung fast aus den Latschen. "Annalena ist schwanger?" rief sie so laut, daß sich fast alle Besucher der Galerie zu ihnen umdrehten. Mit gedämpfter Lautstärke fuhr sie zufrieden fort: "Du hast recht. Dann wird sich mit Töppers wirklich wieder alles einrenken." Miguel nickte nur schwach. "Enttäuscht?" fragte Teresa spitz. Miguel machte eine wegwerfende Handbewegung. "Wie kann ich da enttäuscht sein. Ein Mann muß zur Mutter seines Kindes stehen, sonst ist er kein richtiger Mann."

Teresa sah ihn nachdenklich an. Wäre Miguel in diesem

Augenblick etwas klarer im Kopf gewesen, hätte er sehen können, daß da etwas in Teresa arbeitete.

Elena hatte schon sehnsüchtig auf Mascha gewartet, die heute ein wenig später und verschlafener als sonst in der Schule auftauchte. Als sie sich dann endlich neben sie setzte, platzte es förmlich aus ihr heraus: "Kannst du schweigen?" Mascha grinste. "Sag' jetzt bloß nicht, daß du schwanger bist." Elena sah sie verwirrt an. "Quatsch. Wie kommst du denn darauf? Also, es bleibt unter uns?"
"Na was denn? Jetzt sag' schon!" Elena richtete sich stolz auf und flüsterte ihr zu: "Mit 'n bißchen Glück spiel' ich bei einem Werbespot mit!"
"Ist das dein Ernst?" fragte Mascha und pfiff anerkennend durch die Lippen. Elena nickte. "Im Radio haben sie's gebracht. Sie suchen nach jungen Frauen für einen Werbespot. Ich hab' mich beworben und heute nachmittag sind Probeaufnahmen."
"Dann wird's ja doch noch was mit der Schauspielkarriere … Für was sollst du denn werben?"
"Keine Ahnung", mußte Elena gestehen. Mascha winkte ab. "Na, ist ja auch egal. Wenigstens wird da einiges zu verdienen sein." Darüber allerdings schien Elena erhaben zu sein: "Für mich geht's nur darum, vor der Kamera zu stehen. Die Arbeit mit 'nem Filmteam ist 'ne irre wichtige Erfahrung."
"Wenn sie dich nehmen", dämpfte Mascha den Höhenflug ein wenig. Aber Elena wischte alle Zweifel beiseite. "Wer zweifelt, verliert. Die nehmen mich auf jeden Fall!" Mascha nickte anerkennend. "Dein Selbstbewußtsein möcht' ich haben. Ich drück' dir jedenfalls die Daumen."
Als letzte waren Anna und Bastian ins Klassenzimmer gekommen. Auch sie wurden schon erwartet. Denn nicht nur im Lehrerzimmer hatte man sich Gedanken über ihre haarsträubende Story gemacht. Es war Paula, die sich

ihnen in den Weg stellte. "Ich muß mit euch reden", sagte sie. "Wegen Dettmer."
"Was gibt's da noch groß zu reden", entgegnete Anna unwirsch. Sie hatte wenig Lust, diese Geschichte hier schon wieder aufzukochen. Aber Paula ließ nicht locker. "Warum rückt ihr erst jetzt mit der Sprache raus? Ich kapier' das nicht. Wenn Dettmer wirklich zuerst zugeschlagen hätte ..."
"Was heißt hier wirklich?" unterbrach sie Anna verärgert. "Er hat zuerst zugeschlagen."
"Und damals habt ihr nichts gesagt?" Anna wurde nervös. "Was soll die Fragerei?"
"Ich mein' ja nur", entschuldigte sich Paula. In ihrem Mißtrauen war sie allerdings nur bestärkt worden. Bastian sah, daß es jetzt ausnahmsweise mal an ihm lag, Anna zu Hilfe zu kommen. "Was hätten wir denn tun können? Wer gegen einen Lehrer aufmuckt, kriegt in der nächsten Klassenarbeit einen Denkzettel. So läuft das Spiel." Anna lächelte ihm dankbar zu und fuhr ihrerseits fort: "Wir hatten einfach Schiß, daß Dettmer uns fertigmacht. Aber als Olli immer tiefer in den Schlamassel gerutscht ist, konnten wir nicht mehr den Mund halten."
"Die Erkenntnis kommt reichlich spät", meinte Paula. Anna schaute sie wütend an. "Besser spät als nie, oder? Sonst noch Fragen? " Paula blickte beschämt zu Boden. Vielleicht war es wirklich ungerecht, so mißtrauisch zu sein. Für heute hatte sie jedenfalls genug von dem Thema. Anna und Bastian offensichtlich auch: Sie ließen sie einfach stehen.

Ein Star wird geboren

"Elena!" stöhnte Magnus in einer Mischung aus Verzweiflung und Belustigung. Elena stand vor dem Spiegel und prüfte selbstkritisch ihr Outfit. Ihr Zimmer war ein einziges Chaos aus Schminksachen und Klamotten, die wahllos durcheinandergeschmissen auf dem ganzen Boden herumlagen. Elena schwebte gelassen über dem Chaos und schien nicht einmal etwas davon zu bemerken. "Was sagst du?" fragte sie ihren Stiefvater. "Ja, schick ... Können wir?"
"Moment noch." In aller Eile legte sie noch etwas Rouge auf. "Ich find's übrigens cool, daß du mich zum Studio fährst." Magnus seufzte. "Ich frag' mich, warum ich das eigentlich mache."
"Sei kein Frosch, das wird echt gut." Magnus schüttelte den Kopf. "Ich halt's nach wie vor für keine gute Idee. Wer weiß, für was du da wirbst."
"Vielleicht Kondome", zog sie ihn auf. Magnus fand das überhaupt nicht komisch. "Ist das dein Ernst?!"
"War nur'n Scherz. Keine Ahnung, was die mir in die Hand drücken. Bestimmt irgend 'n Geschirrspülmittel oder was weiß ich."
"Und jedesmal, wenn ich die Glotze einschalte, seh' ich dich dann grinsend Teller spülen." Elena lachte. "So schlimm wird's schon nicht sein ... Das ist nur die Angst des Lehrers vor der Realität des Lebens."
Magnus nickte. "Apropos Realität. Wenn du nach dem Werbespot eine gewisse Erfahrung in Haushaltsdingen mitbringst, könntest du hier in Zukunft ruhig öfter mit

Hand anlegen." Elena spielte die Gekränkte: "Ich bin Künstlerin, keine Putze!"
"Erklär' das mal deiner Mutter", feixte Magnus. Elena mußte grinsen. "Eins zu Null für dich. Vielleicht sind's ja doch Kondome, für die ich werbe. Soll ich diese gewisse Erfahrung dann auch gleich in die Realität umsetzen?"
"Besser mit als ohne", meinte Magnus gelassen. "Okay, zwei zu null für dich", mußte Elena zugeben. "Hm, gut, aber ich mein's ernst", sagte Magnus und machte auch gleich die passende Miene dazu. Elena sah ihn fragend an. "Was meinst du mit ernst?"
"Deine Ambitionen, dein Ehrgeiz, alles schön und gut, aber sei vorsichtig."
"Mich zockt niemand ab."
"Nee, das mein' ich nicht. Ich meine, knall' nicht durch. Verlier' nicht den Kontakt zur Realität." Obwohl oder weil ihr Stiefvater so besorgt dreinschaute – Elena mußte wieder lachen. "Keine Angst! Ich bin ich ... und dabei bleibt's! Hast du da echt Panik vor?" Magnus wiegte bedächtig den Kopf. "Weiß nicht ... Ich hab' mir einfach vorgestellt, wie ich reagieren würde, wenn man mir so 'ne Chance bieten würde."
"Du würdest abheben?"
"Ja, ich wär' längst der eitelste Fatzke auf der Welt."
"Nein, du nicht", sagte Elena, plötzlich ganz ernsthaft. "Gehen wir?"
Magnus seufzte. "Ja, es muß wohl sein."

Miguel war mit seinem letzten Auftritt bei Annalena nicht zufrieden. Nein, hier die beleidigte Leberwurst zu geben, den verschmähten Verehrer, das ging so nicht. In dieser Situation! Das hatte weder Würde noch Stil. Er war ein Mann und in dieser Situation hatte er die Chance gehabt, Großmut und Charakter zu zeigen – und er hatte es vermasselt. Das mußte er wieder geradebügeln!

Glücklicherweise war es nicht schwer, Annalena zu finden. Sie saß, wo sonst, im wilden Mann an der Theke und schlürfte ein Mineralwasser. Leise schlich er sich heran und klopfte ihr sanft auf die Schulter. Annalena drehte sich um und erkannte Miguel, der ihr ganz Kavalier mit einer knappen Verbeugung eine langstielige rote Rose überreichte. "Für mich?!" fragte sie völlig perplex. Miguel nickte und Annalena umarmte ihn dankbar. Jetzt hatte er's wohl endlich kapiert.
Doch sie hatten nicht bemerkt, daß im gleichen Moment die Kneipentür aufgegangen war und ein weiterer Besucher gekommen war – Frank Töppers. Der war der Frust in Person. Mit hängenden Schultern und hängendem Kopf kam er hereingeschlurft und wollte sich eigentlich nur noch besaufen. Aber sein Kopf hing leider nicht tief genug. Denn daß dieser schmierige Musiker seiner Annalena den Hof machte und sie sich auch noch umarmten, hatte er sofort bemerkt. Er hatte genug gesehen! "Nur zu, macht den ollen Töppers heute nur noch völlig fertig", grummelte er düster in sich hinein, machte kehrt und verließ die Kneipe wieder. Keiner hatte etwas von seiner kurzem Gastspiel gemerkt. Und zu seinem Pech konnte er auch das folgende Gespräch an der Theke nicht mehr mithören. Denn nachdem sich die beiden aus ihrer kurzen Umarmung gelöst hatten, meinte Miguel tapfer: "Ich möchte dir und eurem Kind das Beste wünschen."
"Du bist echt lieb, Miguel", sagte Annalena, mit sich und der Welt zufrieden. Scherzhaft fuhr Miguel fort: "Das ist der pure Neid. Es gibt nichts auf der Welt, was ich mir so sehr wünsche, wie ein Kind." Teresa unterbrach das Gläserspülen und mischte sich ein: "Du wirst bestimmt auch mal Papa." Miguel lächelte versonnen. "Das hoffe ich ... Wie wär's mit einem Glas Sekt zur Feier des Tages?" Annalena versuchte erst gar nicht, zu protestieren. "Ein Glas wird mir mein Baby sicher nicht übelneh-

men!" Mit breitem Lächeln schenkte Teresa drei Gläser ein. Sie hatte genau verfolgt, was Miguel gesagt hatte.

Als sie schließlich wirklich beim Filmset war, war es um Elenas Selbstsicherheit schnell geschehen. Allein die Atmosphäre hektischer Betriebsamkeit, die dort herrschte, reichte schon aus, normalerweise stabile Menschen nervös zu machen. Und die Szene, die sie dort verfolgen konnte, direkt vor ihrem großen Auftritt, tat ein übriges. Die Bewerberin, die vor ihr dran war, saß wie ein Häufchen Elend im Scheinwerferlicht auf einer Hollywoodschaukel und sah sich einer Regisseurin gegenüber, die von der stundenlangen Arbeit mit halbwüchsigen Amateurinnen schon sichtlich genervt war. "Aus! Stop. Das war's", rief sie ärgerlich ihrem Kameramann zu und wies ungerührt ihre Assistentin an: "Bring' sie raus. Die Nächste!"
Während die völlig aufgelöste Bewerberin hemmungslos heulte, sagte der Requisiteur gelangweilt zu Elena: "So, du bist dran." Elena hatte einen dicken Kloß im Hals. Das Schicksal ihrer Vorgängerin hatte sie nicht eben selbstsicherer gemacht. Langsam ging sie in die Dekoration. Die Regisseurin versuchte, sie behutsam aufzubauen. "Na, wie heißt du?"
"Elena."
"Ja, ganz ruhig, Elena. Alles halb so wild ... Vergiß die Kamera und die Lampen. Ich möchte, daß du begeistert bist ... So, setz' dich auf die Schaukel. Ja, so ist es gut ... Und jetzt stell' dir vor, es scheint die Sonne, du bist glücklich und genießt das Leben, okay?" Elena tat ihr Bestes. Und das Lächeln der Regisseurin verriet ihr, daß die bis jetzt nicht unzufrieden mit ihr war. Eine Frage brannte ihr dennoch noch auf der Seele: "Für was soll ich eigentlich werben?"
Die Antwort der Regisseurin bestand nur in einem beru-

higenden Nicken und in einem Wink an den Requisiteur. Der sprang sofort auf und brachte Elena das geheimnisvolle Produkt. Ungläubig sah sich Elena das Ding von allen Seiten an. Doch da gellte schon die schneidende Stimme der Regisseurin durch die Hallen: "Mehr Licht auf ihr Gesicht ... Und Action!"
Elena starrte direkt in die erwartungsvoll angespannten Gesichter des Kamerateams, allerdings nicht – wie von ihr erwartet – mit einem strahlenden Zahnpastalächeln, sondern mit offenem Mund und ungläubig aufgerissenen Augen. "Ich soll für 'ne Damenbinde werben?" rief sie entgeistert. "Und aus!" rief die Regisseurin mit säuerlichem Unterton. Was dachten sich diese jungen Dinger eigentlich? Daß sie zusammen mit Claudia Schiffer die neue Herbstkollektion vorführen würden oder was? Unglaublich! Sage noch einer, Regisseurin wäre ein Traumjob!

Olli hatte die ganze Sache besser verdaut als erwartet. Erst war es ihm ja ähnlich gegangen wie Bastian und er war total nervös gewesen. Aber inzwischen war er so richtig in seine Rolle als geprügelter Schüler hineingewachsen. So sehr, daß er schon fast selbst an die Geschichte glaubte. Der einzige Schwachpunkt, da war er sich sicher, blieb Bastian. Den mußte man im Auge behalten. Olli griff sich das Telefon. "Hallo, Bastian ... Ja, klar hat Magnus nachgehakt ... Mann, Bastian, wofür hältst du mich? ... Na, logisch bin ich dabeigeblieben. Dettmer hat zuerst zugeschlagen ..." Auweia, ein kritischer Blick von Dettmer und den anderen Lehrern hatte ausgereicht und der Typ machte sich ins Hemd! "Quatsch, Bastian ... Nein, ich zieh' doch die Anzeige nicht zurück ..." Mensch, wo war Bastians Coolness geblieben? Olli hätte ihm gerne noch ein bißchen den Rücken gestärkt, aber in diesem Moment klingelte es an der Haustür und er war

allein in der WG. " ... Du, Bastian, es klingelt ... Ja, ich meld' mich später nochmal. Grüß Anna von mir, aber nicht knutschen, ja? Haha ... Und tschüß!"
Olli legte auf und ging seufzend zur Tür. Bestimmt hatte Miguel wieder mal seinen Schlüssel vergessen. Olli wollte schon eine flapsige Bemerkung machen, während er die Tür aufriß – doch da erstarrte er. Im Türrahmen stand der Leibhaftige – Dettmer höchstpersönlich. "Darf ich?" fragte er müde und zeigte in die Wohnung. Olli war so perplex, daß er zu keiner Reaktion fähig war. "Keine Angst, ich schlage nicht zu", riß ihn Dettmer sarkastisch aus seiner Starre. "Wie? Äh ... Ja klar. Kommen Sie rein." Dettmer ging an Olli vorbei in die Wohnküche, während ihm Olli fassungslos hinterhersah. Eine Weile ging er stumm mit hinter dem Rücken verschränkten Armen auf und ab und schien nachzudenken. Dann endlich wandte er sich an Olli: "Es wird höchste Zeit, daß wir miteinander reden."

"Wo ist dein Lachen? Ich will eine glückliche junge Frau sehen!" Die Regisseurin ließ nicht locker. Eigentlich zeichnete sich der Mißerfolg ja schon ab, doch sie wollte es noch einmal wissen. Schließlich war der Drehtag schon fortgeschritten, ein gutes Dutzend Bewerberinnen war schon geprüft und für schlecht befunden worden, jetzt mußte es doch endlich einmal klappen. Und auch Elena versuchte noch einmal, ihr Bestes zu geben. "Ja, so ist es gut", rief die Regisseurin erleichtert. "Jetzt noch ein wenig schaukeln und ... jetzt den Text! Action!" Elena mühte sich redlich, ihrer Stimme die erforderliche Mischung von guter Laune und Verträumtheit zu geben: "Miranda. Sauber und diskret. So wird die Regel nicht zur Last!" Doch kaum hatte sie das letzte Wort ausgesprochen, winkte sie verächtlich ab. "Das ist doch der volle Schwachsinn!"

"Aus!" rief die Regisseurin, mit den Nerven fast am Ende, ihrem Kameramann zu. "Was paßt dir nicht?" fragte sie Elena eisig. "So 'nen Text kann man doch nicht auf die Menschheit loslassen", maulte Elena unbeirrt. Die Regisseurin atmete tief durch. Ganz ruhig bleiben, ganz ruhig! "Jetzt paß mal auf, Mädchen ... Für den Text hat eine Werbeagentur viel Geld bekommen, also halt' dich dran, das ist dein Job!" Damit wandte sie sich ab und wollte die Einstellung wiederholen. "Ich würde mein Geld zurückverlangen", rief ihr Elena hinterher. "Aber wir sind hier nicht in Hollywood und du bist kein Megastar mit 'ner eigenen Meinung!"
"Ist doch wahr ... Sauber und diskret! Das klingt, als müßte sich 'ne Frau schämen, wenn sie ihre Tage hat. Schämen Sie sich vielleicht deswegen?" Die Regisseurin gab auf. "Okay, okay, du hast ja recht. Aber Job ist Job. Versuch's mal damit. Vielleicht entspricht der Text mehr deinem künstlerischen Empfinden."
Damit drückte sie Elena einen neuen Text in die Hand. Elena las halblaut: "Miranda. Die Binde für die moderne Frau. Miranda. Ein starkes Stück Selbstbewußtsein." Sie schüttelte energisch den Kopf. "Der ist genauso blöd." Die Regisseurin stand jetzt kurz vor der endgültigen Explosion. "Entweder ziehst du die Szene jetzt durch oder du bist draußen! Ich hab' nicht ewig Zeit, um deine Extravaganzen auszuhalten!"
"Okay, ich versuch's ... Trotzdem ist der Text blöd." Begleitet von einem vernichtenden Blick in Elenas Richtung gab die Regisseurin zum hunderttausendsten Mal an diesem Tag ihre Anweisungen: "Alles auf Anfang ... Konzentration bitte ... Und Action!" Elena begann zu schaukeln, zu lächeln und – zur allseitigen Überraschung – ihren Text aufzusagen. "Miranda. Die Binde für die moderne Frau. Miranda. Ein ... ein peinliches Stück Selbstbewußtsein. Und tschüß!" Damit sprang sie von der

Schaukel herunter und ließ das Filmteam links liegen. "Was soll denn das jetzt?" fragte die Regisseurin resigniert. Heute blieb ihr auch nichts erspart!
"Sorry, aber der Text überfordert mich ... Da klingelt's mir in den Ohren. Soll sich jemand anders damit blamieren. Ich nicht!" Ehe die total verdutzte Crew noch reagieren konnte, hatte Elena ihre Sachen gepackt und war verschwunden. "Die ist verrückt", stöhnte der Requisiteur. "Schmeißt die so 'ne Riesenchance einfach hin!" Doch zur Verwunderung aller schmunzelte die Regisseurin nur: "Aus der kann noch richtig was werden."

"Hier wohnen Sie also zur Zeit", meinte Dettmer nachdenklich. Olli nickte. "Ja, vorübergehend." Dettmer sah ihm in die Augen. "Sie wollen nicht mehr zurück nach Hause?"
"Weiß nicht ... Ist alles nicht so einfach." Dettmer inspizierte noch einmal sorgfältig die Wohnküche, während Olli immer nervöser wurde. Das war ein richtiger Nervenkrieg und endlich hielt er es nicht mehr aus. "Ähem ... Herr Dettmer ... Warum sind Sie hier?" Dettmer blieb stehen, schien sich kurz zu sammeln und sagte dann ernst: "Ich möchte mich bei Ihnen entschuldigen."
"Bei mir?" Olli war von den Socken. "Ja, bei Ihnen."
"Warum?!" Olli hatte mit allem gerechnet, am wenigsten aber damit. "Ich habe Fehler gemacht", antwortete Dettmer und lächelte traurig. "Auch wenn es für euch nicht so aussieht: Ich liebe meinen Beruf. Jungen Menschen etwas beibringen zu dürfen, ist etwas Wunderbares."
"Und 'n Haufen Ferien gibt's gratis", entschlüpfte es Olli, doch sofort merkte er, daß die Bemerkung jetzt absolut fehl am Platze war und er schob ein schwaches "Tschuldigung" hinterher. Dettmer lächelte schwach. Es

fiel ihm offensichtlich furchtbar schwer, Olli zu erklären, was er ihm eigentlich sagen wollte. Er wußte, daß er in Ollis Fall oft zu hart reagiert hatte, doch gleichzeitig konnte er ja nicht seine gesamte eigene Einstellung zum Leben und Lehren für falsch erklären! "Sie haben ja recht", meinte er, immer noch mit einem schwachen Lächeln. Dann wurde er wieder todernst. "Ich dachte immer, die Leistung ist entscheidend. Meine Schüler sollten wirklich was dazugelernt haben, wenn sie aus meinem Unterricht gehen. Das sehe ich auch heute noch so ... Aber ... Wissensvermittlung allein genügt nicht, um junge Menschen auf das Leben vorzubereiten. Schüler brauchen mehr als das, sie brauchen Verständnis ... Aufmerksamkeit ..."
"Das geht doch gar nicht, bei dem ganzen Streß", sagte Olli verlegen dazwischen, nur um auch etwas gesagt zu haben. Dettmer schüttelte nachdenklich den Kopf. "Ich habe immer nur gesehen, was Sie nicht konnten und es mir sehr einfach gemacht ... Nein, zu einfach gemacht. Vielleicht hat die Ohrfeige ja doch einen Sinn ... Zumindest hat sie mich aufgeweckt." Er machte den vergeblichen Versuch eines Lächelns. Olli war knallrot geworden. "Ich wollte das nicht, es ..."
"Sie brauchen sich nicht zu rechtfertigen", unterbrach ihn Dettmer. Unsicher wollte Olli die Sache auf den Punkt bringen: "Wegen der Anzeige ..." Dettmer unterbrach ihn wieder: "Auch dafür nicht. Sie war Ihre einzige Chance. Sie konnten gar nicht anders handeln ... Ich hätte früher mit Ihnen reden müssen." Er blickte auf den Boden und biß sich in die Lippen. "Ja, ich habe nie verstanden, was Sie bewegt. Ich habe immer nur die Noten gesehen, nicht den Menschen, der dahinter steckt ... Tut mir leid. Ich gelobe Besserung."
"Und jetzt?" fragte Olli leise. Dettmer lächelte. "Jetzt bin ich mit meiner kleinen Rede am Ende." Er klopfte Olli auf

die Schultern und sah ihm dabei für Sekunden direkt in die Augen. Dann drehte er sich um, ging ohne noch etwas zu sagen zur Tür und verschwand so plötzlich, wie er gekommen war. Olli hatte das Gefühl, aus einem merkwürdigen, wirren Traum zu erwachen.

Elenas Filmkarriere hatte zwar einen vorübergehenden Dämpfer erlitten, aber gefeiert wurde trotzdem wie geplant. Überraschenderweise war sogar die Stimmung bestens. Denn daß Elena nicht zur Königin der Damenhygiene aufgestiegen war, das konnte sie gerade noch verwinden.
Und auch Magnus hatte seinen berechtigten Zorn über Emanuel heruntergeschluckt, was ihm um einiges schwerer gefallen war. Aber er hatte fürs erste keine andere Wahl. Sollte sich Emanuel nur noch eine Weile als vernachlässigter Sohn produzieren. Sein Ziel würde er damit nicht erreichen. Magnus wußte: Ließe er es voll auf den Konflikt ankommen, würde sich Regina von ihm abwenden. Damit würde er Emanuel nur in die Hände spielen. Seine Pläne konnte er am gründlichsten durchkreuzen, wenn er scheinbar auf sein Theater einging und in Reginas Anwesenheit stets den besorgten Vater spielte. So hatte Emanuel eine Schlacht gewonnen, den Krieg aber würde er verlieren.
"Die Gläser, schnell", rief Magnus, der gerade eine Sektflasche entkorkt hatte. Regina beeilte sich, das Tablett mit den Gläsern heranzuschaffen und Magnus schenkte vier Gläser ein. Regina teilte sie aus. "Nein danke", sagte Emanuel mit dem Tonfall tapfer ertragenen Leidens. "Ich weiß nicht, ob das zur Zeit gut für mich ist."
"Nimm schon, das regt den Kreislauf an", ermunterte ihn Regina freundlich.
Emanuel opferte sich. Schließlich will ein wirklich tapferer Kranker den gesunden Menschen in seiner Umgebung

nicht unnötig die Laune verderben. Magnus beobachtete das Affentheater zwar mit geballter Faust, aber immerhin stellte er mit Genugtuung fest, daß Regina wenigstens die Phase der Selbstvorwürfe überwunden hatte. Ohne daß ihre Beziehung Schaden genommen hatte.
Magnus wischte diese Gedanken beiseite und hob das Glas: "Auf Elena. Den einzigen vernünftigen Menschen im Fernsehgeschäft!" Die vier stießen an. Elena stieß Magnus gutgelaunt in die Seite. "Du hast recht gehabt. Der Spot war wirklich so doof, daß es einem in den Ohren klingelt." Regina schaltete sich ein: "Trotzdem gehört Mumm dazu, so eine Chance einfach sausen zu lassen."
"Soll ich zurückgehen?", fragte Elena grinsend.
"Bloß nicht!"
Elena winkte ab. "Für solche Commercials geb' ich mich nicht mehr her. Auf keinen Fall!" Magnus bestärkte sie: "Deine Chance als ernsthafte Schauspielerin kommt noch. Davon bin ich überzeugt."
"Ich auch", sagte Elena frech. "Alles eine Frage des Selbstbewußtseins." Alle lachten. Bis auf einen. Emanuel beobachtete die ausgelassene Stimmung eher verärgert, vor allem war er neidisch darauf, daß im Moment nicht er, sondern Elena im Mittelpunkt stand. Es war an der Zeit, mal wieder auf sich aufmerksam zu machen. "Aaaah", stöhnte er schmerzhaft auf.
Sofort wandte sich Regina ihm besorgt zu. "Was hast du, Emanuel?" Doch er biß die Zähne zusammen und ertrug seinen Schmerz mit Fassung und Tapferkeit. "Nichts ... Geht schon wieder ... Aaaah!"
"Laß mal sehen", meinte Regina. Emanuel hielt ihr sein dick verbundenes Handgelenk hin und ließ sich mit herzzerreißender Leidensmiene von seiner Mutter umsorgen. "Es ist nichts zu sehen", sagte Regina erleichtert. "Ich sag' ja", hauchte Emanuel heldenhaft, "es ist nicht so schlimm." Magnus wäre am liebsten in die Luft gegan-

gen, aber er zwang sich zur Gelassenheit und sagte nur zuckersüß: "Halt' den Arm lieber still, sonst werden die Schmerzen noch chronisch." Emanuel sah ihn feindselig an. "Wer weiß das schon", sagte er düster.

Vaterfreuden

Beim Abendessen bot Töppers ein Bild des Jammers. Gut, er wußte jetzt, woran er war, aber das machte ihn auch nicht glücklicher. Lustlos stocherte er in seinem Essen herum. Mascha bildete den totalen Kontrast zu ihm. Sie war bester Laune und irgendwie völlig überdreht. Irgend etwas schien sie auf dem Herzen zu haben, aber Töppers war so sehr mit Grübeln und Schmollen beschäftigt, daß er davon nichts mitbekam. Mascha kam sein Verhalten allerdings ziemlich merkwürdig vor. Endlich hielt sie es nicht mehr aus. "Hast du mit Annalena geredet?" Töppers blickte kurz von seinem Teller auf. "Nein", sagte er mürrisch. "Warum nicht? Ich hab' dir doch gesagt, daß sie dich dringend sprechen will!" Töppers schmiß unwillig sein Besteck auf den Teller. "Sie kann ja anrufen."
"Ruf du sie an!" sagte Mascha. Töppers blickte seine Tochter an, als hätte sie von ihm verlangt, einen Regenwurm zu essen. Dann atmete er tief durch und sagte mit gespielter Gelassenheit: "Ich will nicht stören. Vielleicht vernascht sie ja gerade ihren Musikheini." Mascha konnte nicht glauben, was sie da hörte und beschloß, es erstmal nicht ernstzunehmen. "Komm, Paps, krieg dich wieder ein und ruf sie an!"
"Ich mach' mich doch nicht zum Trottel!" Mascha wurde langsam ungeduldig. "Aber es ist wichtig!"
"Wieso? Will sie mich zur Hochzeit einladen?" Nun warf Mascha ihrerseits wütend ihr Besteck auf den Teller. "Sie will dir sagen, daß sie schwanger ist, du alter Dickschädel!" Töppers blieb die Spucke weg. Er brauch-

te erst einmal ein paar Sekunden, um das zu verdauen. Dann hauchte er wie geistesabwesend in den Raum: "Annalena ist schwanger? Sicher?" Mascha schüttelte energisch den Kopf über soviel Begriffsstutzigkeit. "Absolut sicher. Hundertprozentig! So sicher, wie das Amen in der Kirche!"
Das war zuviel für den guten Töppers. Er dachte einen Moment angestrengt nach, dann strich er sich durch die Haare, lehnte er sich in seinem Stuhl zurück und nickte düster, mit zusammengebissenen Lippen. Mascha hatte ihn in diesem Moment gar nicht richtig beachtet, denn begeistert fragte sie nach: "Na, wie fühlt man sich denn als werdender Papi?"
"Ja, das ist 'n Hammer", sagte Töppers. Und wütend sprang er von seinem Stuhl auf. Mascha verstand die Welt nicht mehr. Freute er sich überhaupt nicht? "Was ist jetzt? Gehst du jetzt zu ihr?" fragte sie verunsichert. "Wozu?" gab er eisig zurück. Mascha konnte es einfach nicht fassen. "Du kannst vielleicht Fragen stellen!" Jetzt war es mit Töppers' scheinbarer Ruhe und Gelassenheit vorbei. "Weiß sie denn, von wem das Balg ist?" fragte er, schon erheblich lauter. Auch Mascha wurde langsam sauer. "Sag mal, spinnst du? Von dir natürlich." Töppers hämmerte seine Faust auf den Tisch, daß das Geschirr nur so schepperte. "Ha, von mir sicher nicht! Ich bin nämlich garantiert zeu-gungs-un-fä-hig! Hast du das? Hundertprozentig! Wie das Amen in der Kirche!"

"Schon mal was von anklopfen gehört?" Emanuel fuhr Elena barsch an. Beim Musikhören und vor allem beim Nachdenken wurde er nicht gern gestört. Und er hatte gründlich nachgedacht. Aber dieser Magnus war einfach nicht so leicht festzunageln, dieser aalglatte Schleimer. Das machte ihn nur noch wütender. Und wenn Magnus im Moment nicht zu kriegen war, war es nicht das schlechte-

ste, sich vorläufig an seiner Schwester abzureagieren. "Ich hab' geklopft, aber du bist ja gerade dabei, dich taub zu machen", entgegnete Elena ungerührt.
"Lieber taub als doof."
"Oder beides gleichzeitig. Wo sind eigentlich meine Schulsachen?"
"Auf dem Tisch." Ja, da lagen sie, achtlos verstreut. "Ich hab' dir meine Hefte geliehen, damit du lernen kannst und nicht, damit du sie versaust", sagte sie verärgert. Emanuel grinste nur hämisch. Der würde er es schon zeigen. Schließlich kannte er ihre kleinen Schwachstellen ganz gut. "Was ging eigentlich wirklich bei den Probeaufnahmen ab?" fragte er unvermittelt. Elena wußte nicht, worauf er hinauswollte: "Hab' ich doch gesagt: Es war mir einfach zu blöd." Emanuel grinste überlegen. "Du kannst vielleicht unsere Mutter verarschen, mich nicht. Die wollten dich nicht, stimmt's?"
"Du mußt es ja wissen", sagte Elena unwirsch, was Emanuel noch mehr zu belustigen schien. "Haha, Fette sind eben out. Besser gesagt, die waren noch nie in!"
"Du kannst manchmal dermaßen fies sein!"
"Gib's doch zu, du bist wegen deiner Pfunde durch die Schauspielprüfung gerasselt ..."
"Das ist nicht wahr ..."
"Wer will schon 'ne Julia sehen, die man rollen kann!" Er stand auf und begann, sie in Bauch und Hüften zu kneifen und lachte dabei dreckig. "Du kannst höchstens in Kafkas Verwandlung den Käfer mimen oder Mutter Beimer in der Lindenstraße vertreten! Das war's dann aber auch schon!" Elena raffte schnell ihr letztes Heft zusammen, schob Emanuel zur Seite und ging, den Tränen nahe, zur Tür.
"Soll ich die Tür verbreitern lassen, damit du durchkommst?" rief ihr Emanuel nach und bog sich vor Lachen. Er lachte immer noch, als er sich die Kopfhörer

wieder aufsetzte und die Musik lauterdrehte. Schön, wenn man eine Schwester hatte, die immer da war, wenn man sie gerade brauchte.

Warum hatte sich Töppers nicht bei ihr gemeldet? Was war denn nun schon wieder los? Oder hatte Mascha die Klappe doch nicht halten können und Töppers hatte sich vor Freude erst einmal vollaufen lassen? Quatsch, das konnte auch nicht sein. Aber was dann? Das ließ Annalena keine Ruhe mehr. Also, wenn er sich nicht meldete, dann mußte sie es eben selber tun. Etwas nervös sperrte sie die Tür auf. Mascha stand im Flur. "Annalena ...", wollte sie noch warnen, aber Annalena hatte jetzt keine Zeit!

"Jetzt nicht, Mascha. Ähem, Töppers, wir hatten in letzter Zeit Krach ... Aber was ich dir zu sagen habe, wird diesen dummen Streit hoffentlich beenden ... Frank, ich bin schwanger!" Darauf hatte Annalena eigentlich einen lauten Jubelschrei erwartet. Aber Töppers blieb völlig ruhig auf seinem Stuhl sitzen und sagte nur eisig: "Weiß Miguel schon Bescheid?" Annalena verstand nur Bahnhof. "Was hat Miguel damit zu tun?"

"Also ich finde, der Vater sollte Bescheid wissen. Du nicht?" Annalena stand mit offenem Mund fassungslos da. "Du kannst ihn gerne von hier aus anrufen", setzte Töppers noch einen drauf. Mascha konnte vor Wut nicht mehr an sich halten. "Paps! Es reicht!" Doch jetzt war sowieso schon alles zu spät. Annalena war schon kurz davor, auszuflippen.

"Laß ihn nur so weiterreden, Mascha! Und du, du glaubst also, daß ich ein Verhältnis mit Miguel habe." Töppers blickte kalt zurück. "Miguel, Mirko, Michael, Matthias ... Was weiß ich?" So ein Schwein! Annalena war außer sich. "Das bin ich also für dich. 'Ne Tussi, die mit jedem ins Bett steigt ... Und dich hab' ich mal geliebt!"

So langsam schien es Töppers zu dämmern, daß er zu weit gegangen war. Schon wesentlich kleinlauter meinte er: "Was soll ich denn sonst … Ich …"
Aber er konnte nicht weiterreden. Wütend unterbrach ihn Annalena: "Nichts! Gar nichts! Oder denk einfach, was du willst!" Knallend warf sie Töppers die Hausschlüssel auf den Tisch und wandte sich zum Gehen. Ein letztes Mal drehte sie sich um und giftete ihren Frank an: "Mach's gut … Die Schlampe wird dich nicht mehr belästigen." Und weg war sie, ohne sich noch einmal umzudrehen. Von ihr war nur noch das laute Knallen der Tür zu hören.
Töppers wußte jetzt überhaupt nicht mehr, was er denken sollte. Gut, die Fakten schienen auf dem Tisch zu liegen: Er war eindeutig zeugungsunfähig und Annalena war schwanger. Aber irgend etwas in ihm sagte ihm, daß er gerade großen Mist gebaut hatte.
In das betretene Schweigen platzte Mascha hinein: "Bravo, Paps. Das war wirklich 'ne reife Leistung!" Wütend stand sie auf und ließ den armen Töppers allein in seinem Elend zurück.

Als Olli am nächsten Tag ins Klassenzimmer kam, war er völlig verändert. Von seiner coolen Art war nicht mehr viel übriggeblieben. Anna, der das gleich aufgefallen war, kuschelte sich eng an ihn. "Was ist los, Olli? Du bist heute so übel drauf." Olli wandte sich ab. "Nichts."
"Das seh' ich", sagte Anna kopfschüttelnd. "Hast du wieder Schwierigkeiten wegen der Ecstasy-Sache?" mischte sich Bastian ein. "Will Eschenbach deinen Eltern was stecken?"
"Nein." Anna wurde ungeduldig. "Was dann???"
"Es ist wegen …" Olli zögerte. Er wußte selbst nicht genau, was eigentlich war, und schon gar nicht, wie er das den beiden jetzt erklären sollte. Außerdem saßen einige

andere Schüler gefährlich nahe. "Nicht hier", flüsterte er. "Treffen wir uns nachher im Ortruds, okay?"
"Du machst es ja echt spannend", kicherte Bastian. Olli sah ihn hilflos an. "Kommt ihr? Es ist wichtig!"
"Klar kommen wir", beruhigte ihn Anna und sah Bastian fragend und unschlüssig an.

Keuchend schleppten Regina und Elena die großen Kartons mit den Klamotten ins Zimmer. "So, gleich haben wir's", stöhnte Regina. "Geht's noch? Ja, jetzt langsam absetzen ... So, das wär's." Beide waren völlig außer Atem. "Emanuel hätte uns ruhig helfen können", maulte Elena. Doch auf Emanuel wollte Regina zur Zeit nichts kommen lassen. "Er kann mit seinem Arm noch nichts tragen." Elena verzog ärgerlich das Gesicht. "Wer's glaubt, wird selig. Die Ausrede benutzt er noch in zehn Jahren."
"Laß ihn in Ruhe ... Er ist noch sehr labil." Elena lachte auf. "Ha, der und labil, daß ich nicht lache." Regina war damit ganz und gar nicht einverstanden. Mußten denn schon wieder alle auf ihrem Emanuel rumhacken? Aber sie hatte auch keine Lust, das Thema jetzt zu vertiefen oder sich gar mit Elena zu streiten und beschloß, lieber abzulenken. "Komm, fangen wir an. Die Wintersachen raus aus den Kartons und die Sommersachen rein!" Während Regina die Sommersachen aussortierte, räumte Elena die Kartons aus. Dabei stach ihr eine Hose ins Auge, die ihre Mutter gerade wegräumen wollte. "Fliegt das alles raus?"
"Elena, wenn wir jetzt nicht ausmisten, tun wir's nie." Elena nahm die Hose wieder vom Stapel und probierte sie an. "Halt, die nehm' ich auch", rief sie, als sie sah, wie Regina auch noch eine Bluse, die ihr besonders gefiel, auf den Stapel legte. "Ich miste aus und du holst alles wieder raus", sagte Regina lachend. "Ja, ich bin halt ein sparsa-

mes Kind", entgegnete Elena. Sie versuchte, den Hosenknopf zuzumachen. Aber es gelang nicht. Kein Zweifel – die Hose war zu eng. Traurig betrachtete sie sich in der offenen Hose im Spiegel. "Ich bin zu fett", stöhnte sie abfällig. Regina schaute verwundert auf und sah ihre Tochter, wie sie mißmutig ihren Bauch und ihre Hüften betastete. "Unsinn, du bist nicht dick", beruhigte sie sie. Aber vergeblich. "Und was ist das?" jammerte Elena und zwickte sich dabei in die Hüften. "Mein Gott", sagte Regina kopfschüttelnd, "du wächst eben noch."
"Mama, ich bin schon sechzehn!"
"Du entwickelst dich eben zu einer attraktiven Frau, und da gehören weibliche Rundungen dazu." Elena vergrub das Gesicht in den Händen. "Aber keine Speckwülste!"
"Wo hast du denn Speckwülste?"
"Überall!" Regina mußte lächeln, achtete aber darauf, daß Elena davon nichts mitbekam. "Jetzt dreh' nicht durch. Nur weil du nicht wie Kate Moss aussiehst, bist du noch lange nicht dick. Ich finde, ich hab' dich ganz gut hingekriegt!" Elena hatte aber schon auf trotzig geschaltet: "Du mußt ja als Mutter sowas sagen. Es ändert aber nichts daran, daß ich fett bin."

Der arme Töppers wußte jetzt endgültig nicht mehr, was er glauben sollte; wem er glauben sollte. Wieder einmal hatte er sich vor den Problemen der Welt in seinen Laden geflüchtet. An Arbeit war allerdings nicht zu denken. Stattdessen ging er wie ein Tiger im Käfig ruhelos hin und her und wußte einfach nicht, was er tun sollte. Also dachte er einfach über alles nach, was passiert war, natürlich ohne zu einem Ergebnis zu kommen. Als er hörte, daß sich irgendjemand an der Tür zu schaffen machte, drehte er sich unwillig um und wollte schon ein unfreundliches "Wir haben geschlossen" knurren. Doch da sah er – zu seiner Überraschung –, daß Annalena hereinkam.

Töppers konnte es nicht fassen. "Annalenchen?" hauchte er ungläubig. Doch die war jetzt nicht als sein Annalenchen gekommen, sondern als eine Frau, die enttäuscht und stinksauer war. "Was willst du?" fuhr sie Töppers scharf an, ohne sich mit Begrüßungen oder Nettigkeiten aufzuhalten. Töppers schien diese Frage nicht ganz verstehen zu können. "Ich? Wieso ich?" Annalena seufzte. "Mascha war bei mir. Sie hat solange auf mich eingeredet, bis ich ihr versprochen habe, noch mal mit dir zu reden."
Töppers stand mit offenem Mund da und war zu keiner Reaktion fähig. Was hatte denn das nun wieder zu bedeuten? Was hatten Mascha und Annalena da besprochen? Was hatten die überhaupt zusammen auszuhecken, hinter seinem Rücken? Etwas milder fuhr Annalena fort: "Und sie hat ja auch recht. Schließlich geht es um unser Kind." Töppers wich aus: "Wegen heute morgen wollt' ich mich entschuldigen ... Ich bin da vielleicht etwas zu weit gegangen."
Au weia! Da hätte Annalena schon wieder der Kragen platzen können. "Vielleicht? Etwas!?" meinte sie bitter. "Mehr als etwas", mußte Töppers zugeben und sah sie verunsichert an. Annalena zwang sich wieder zur Ruhe, schließlich war sie ja nicht hergekommen, um alles noch schlimmer zu machen, sondern, um den Streit beizulegen. "Ich versteh' dich nicht, Frank. Du hast dir so sehr ein Kind gewünscht. Jetzt ist es soweit und du machst alles kaputt. Warum?" Töppers gab erst mal keine Antwort, sondern fing wieder an, unruhig hin und her zu laufen. Man konnte deutlich sehen, daß in seinem Inneren im Moment wieder Töppers der Sturkopf mit Töppers dem verständigen Menschen kämpfte. Aber der natürlich setzte sich der Sturkopf durch: "Weil ich nicht der Vater sein kann", platzte es aus ihm heraus.
Annalena war immer noch um Versöhnung bemüht und,

obwohl ihr diese Leier langsam zum Hals raushing, meinte sie so behutsam wie möglich: "Wer soll es denn sonst sein?" Töppers konnte ihr nicht mehr in die Augen sehen. Den Blick starr auf den Boden gerichtet flüsterte er nur: "Ich weiß es nicht."

"Mensch, Töppers, ich habe kein Verhältnis mit Miguel und ich hatte auch nie eins. Hast du so wenig Vertrauen?" Vertrauen, ja, aber Kontrolle war nun mal besser und schließlich hatte er die Sache ja kontrollieren lassen. "Ich glaube nicht an Wunder", stellte er resigniert fest. "Und mir glaubst du auch nicht?" fragte Annalena verzweifelt. Töppers zögerte, was Annalena nur noch mehr enttäuschte. Und jetzt reichte es endgültig. Sie hatte es wirklich mit Verständnis und Nachsicht versucht. Und was hatte sie davon gehabt? "Alles klar. Verstehe", sagte sie kalt und ging in Richtung Tür.

Auch Töppers konnte jetzt nicht mehr an sich halten und wurde wütend und laut. "Nichts verstehst du, überhaupt nichts. Das hat nichts mit glauben oder nicht glauben zu tun! Ich bin zeugungsunfähig!" Damit war endgültig das Scheitern des Versöhnungsversuchs erklärt. "Und ich weiß verdammt noch mal, daß nur du der Vater sein kannst!"

"Selbstverständlich. Ich wär' ja auch das passende Opfer. Gutmütig und finanziell so abgesichert, daß ich regelmäßig die Alimente zahlen kann."

"Das ist nicht dein Ernst! Du glaubst, ich will dir das Kind anhängen?"

"Wär' nicht das erste Mal, daß eine Frau so etwas macht."

"Das faß' ich einfach nicht!" Aber Töppers war nicht mehr zu bremsen. "Er ist bestimmt 'n toller Liebhaber, dein Miguel. Aber im Portemonnaie sieht's mau aus bei dem gnädigen Herrn. Da müssen dann die gutmütigen Trottel ran!"

"Ich kann mein Kind sehr gut alleine großziehen. Merk

dir das … Ich brauch' dich nicht und dein Geld schon zweimal nicht!"
"Prima, dann gibt's ja auch keine Mißverständnisse."
Außer sich vor Zorn nahm Annalena die Türklinke in die Hand und ging vor Wut zitternd hinaus. Ein letztes Mal drehte sie sich um und brüllte in den Laden: "Sie können mich ab jetzt kreuzweise, Herr Töppers!"
Ein lautes Türenknallen bedeutete das Ende dieser fatalen Begegnung. Töppers blieb wie ein begossener Pudel allein in seinem Laden zurück. So langsam schien es ihm zu dämmern, daß er schon wieder eindeutig zu weit gegangen war. Aber das kam zu spät. Und wieder wurde er wütend, diesmal jedoch auf sich selbst, und hieb mit voller Wucht auf die Verkaufstheke. Mühsam die Tränen zurückhaltend flüsterte er in den Raum: "Verdammt, warum? Warum? Ich hab' dich doch lieb, Annalena." Doch das wäre ihm besser früher eingefallen.

Bastian und Anna waren mehr als gespannt. Ollis komisches Verhalten, seine merkwürdigen Andeutungen … Sie hatten das Treffen im Ortruds kaum erwarten können. Und Olli wollte es anscheinend noch spannender machen. Während sie ihn drängten, endlich mit der Sprache rauszurücken, war er erst einmal in aller Ruhe aufgestanden, um Getränke zu holen.
"Was hat er nur?" fragte Bastian, Anna ebenso wie sich selbst. "Keine Ahnung", mußte Anna einräumen. "Er hat den ganzen Morgen den Mund nicht aufgekriegt." Bastian kratzte sich nachdenklich am Kinn. "Hm, vielleicht ist er einfach mit den Nerven runter." Das sagte ausgerechnet der! Anna schüttelte den Kopf. "Dazu hat er keinen Grund. Eschenbach hält dicht und die Anzeige gegen Dettmer läuft."
Olli kam zurück. Ohne Getränke. Es war ihm wohl eher drum gegangen, seine offensichtlich unangenehme

Mitteilung noch ein bißchen hinauszuschieben. "Sie bringt's gleich", vermeldete er, doch das war wirklich das Letzte, was jetzt interessierte. "Raus jetzt mit der Sprache", forderte Bastian ungeduldig. "Was ist los im Staate Dänemark?"
Olli zögerte noch einen Moment, doch dann brach es aus ihm heraus: "Dettmer war bei mir." Anna war völlig perplex. "Was? Wo? In der WG?" Olli nickte mit gesenktem Kopf. "Hat er Druck gemacht?" wollte Bastian wissen. Wieso hätte der auch sonst aufkreuzen sollen? Olli starrte hilflos die Tischplatte an. "Nein … Im Gegenteil …" "Mensch, nun red' schon!" Olli räusperte sich. "Ja, äh, es tut ihm leid, was passiert ist. Wie er mich in den letzten Wochen behandelt hat. Wie er uns alle behandelt hat. Er … Er zieht seine Anzeige zurück." Die beiden starrten ihn verständnislos an. Was sollte das schon wieder. Vor allem Bastian war in der Angelegenheit schon zu oft über seinen Schatten gesprungen, als daß er da jetzt darauf eingehen konnte. "Mensch, dem geht die Düse eins zu tausend! Deshalb versucht er's jetzt auf diese Tour. Merkst du was: Der will dir Zucker in den Arsch blasen!"
Doch Olli war anderer Ansicht. Schließlich war er es, der Dettmers Auftritt live erlebt hatte. "Glaub' ich nicht … Er hat's ernst gemeint." Anna nahm beschwörend Ollis Hand. "Laß dich nicht von ihm einwickeln, Olli. Das ist 'n Trick. Die wollen nur, daß wir nervös werden." Olli war kurz davor, sauer zu werden. "Was wißt ihr denn? Ihr hättet Dettmer sehen sollen. Der macht sich echt Vorwürfe, das war keine Show!"
"Dann war's eben keine Show", meinte Bastian ungerührt. "An den Tatsachen" – er sprach dieses Wort aus, ohne rot zu werden – "ändert sich deswegen nichts." Aber Olli druckste immer noch herum. "Und wenn wir die Anzeige ebenfalls zurückziehen?" fragte er zaghaft. Die Antwort der beiden kam wie aus einem Mund. "Spinnst du?"

"Wir können den Mann doch jetzt nicht mehr fertigmachen", hielt Olli dagegen. Doch die beiden wollten einfach nicht verstehen. "Wie stellst du dir das vor?", rief Bastian so laut, daß sich die anderen Gäste schon umzudrehen begannen und fuhr dann in etwas gedämpfterer Lautstärke fort: "So einfach geht das nicht. Ob wir wollen oder nicht. Wir können das Verfahren nicht mehr aufhalten."
"Doch", sagte Olli ruhig. "Wenn wir sagen, daß wir gelogen haben." Bastian und Anna sahen sich entgeistert an. So langsam wurden sie echt wütend. Bastian schlug mit der Faust auf die Tischplatte. "Ich hab' mich für dich verdammt weit aus dem Fenster gehängt. Und jetzt kommst du mit so 'ner Scheiße! Vergiß es!"
"Aber ich komm' mir echt fies vor, wenn ich Dettmer ins offene Messer laufen lasse."
"Ja, da läßt du dann lieber Anna und mich ins offene Messer laufen!" Anna war über Ollis verspätete Gewissensbisse nicht weniger verärgert als Bastian. "Wenn du umfällst, fliegen wir von der Schule", bedrängte sie Olli, der für dieses Argument aber nur ein abschätziges "Ach was!" übrig hatte. Da wurde Bastian noch wütender: "Du willst es wohl drauf ankommen lassen, oder?" Als Olli zögerte, darauf eine Antwort zu geben, nahm ihm Anna das ab: "Wenn wir jetzt zurück in die Schule gehen, ist das kein Thema mehr! Dettmer hat zuerst zugeschlagen und dabei bleibt es!"
"Das halt' ich nicht durch", jammerte Olli. "Wenn ich Dettmer das nächste Mal sehe ..." Bastian schnitt ihm wütend das Wort ab: "Wenn du in Zukunft noch Freunde haben willst, dann halt den Mund! Sonst kannst du in Zukunft mit deinem Freund Dettmer ins Café gehen!" Bastian reichte es. Er stand auf und ging und Anna folgte seinem Beispiel. Allerdings nicht ohne sich noch einmal umzusehen und Olli düster zu drohen: "Wenn du Bastian

und mich hängenläßt, ist es endgültig aus zwischen uns!" Olli hielt sie erschrocken am Arm fest. "Ist das dein Ernst?" Statt einer Antwort riß sie sich los und verschwand. Als Ortrud endlich die drei Getränke brachte, saß Olli schon allein am Tisch und wußte nun erst recht nicht mehr, was er tun sollte.

Mutterglück

Voller Ungeduld wartete Miguel in der Wohnküche der WG. Langsam wurde es ihm zu dumm. Zum hundertsten Mal schaute er auf die Uhr. Teresa war nun schon fast eine Stunde überfällig. Am Vormittag hatte sie angerufen und ihm angekündigt, sie habe eine wichtige Mitteilung für ihn. So wichtig, daß man das unmöglich am Telefon besprechen könne. Mächtig geheimnisvoll hatte sie getan. Und jetzt? Es reichte.
Miguel nahm seine Jacke und wollte gerade gehen, da klingelte es. "Na endlich", stöhnte er. Und tatsächlich, es war Teresa, die da mit geheimnisvollem Lächeln in der Tür stand. "Ich wollte gerade gehen", sagte Miguel mit einem vorwurfsvollen Blick auf die Uhr. Teresa ließ sich nicht beirren und lächelte einfach weiter. "Das Warten hat sich gelohnt", meinte sie. "Glaub' mir!" Miguel war zwischen Ungeduld und Neugier hin und hergerissen. "Rück' schon raus mit der Sprache ... Hast du vielleicht einen Gig für mich?" Doch Teresa wollte es spannend machen. "Mhmh ... Kalt. Keinen Gig."
"Also, was dann?" Noch eine Kunstpause, dann nahm Teresa voller Glück und Stolz das Kinn noch etwas höher und platzte damit heraus: "Ein Kind! Ich bin schwanger! Und zwar von dir!"
Der Kontrast zwischen Teresas demonstrativ zur Schau gestelltem Mutterglück und Miguels fassungsloser Niedergeschlagenheit hätte nicht größer sein können. Miguel stand da, wie von einer Keule getroffen. "Shit ...", entfuhr es ihm, glücklicherweise gerade noch so leise, daß es Teresa nicht hören konnte. Mühsam kämpfte er um

Worte: "Wann … Ich meine, wann ist es …"
Teresas seliges Lächeln verwandelte sich augenblicklich in ein anzügliches Grinsen. "So oft haben wir ja nicht miteinander geschlafen …" Miguel nickte resigniert. Ja, dachte er sich, aber manchmal kann auch das zu oft sein. "Das stimmt allerdings … Du hast doch gesagt, du nimmst die Pille!?" Teresa zuckte mit den Achseln. "Es ist trotzdem passiert … Manchmal vergesse ich eben, die Dinger zu nehmen. Freust du dich etwa nicht?" Und damit nahm sie in zärtlich in den Arm, fing an, ihn zu streicheln und zu küssen. Miguel wand sich eilig heraus und versuchte vergeblich, ein Lächeln aufzusetzen. "Das … Das kommt alles etwas überraschend."
Natürlich konnte es Teresa nicht entgehen, daß ihr Angebeteter nicht ganz so reagierte, wie sie sich das gewünscht hätte. Und so fragte sie gestelzt, aber etwas nervös: "Du willst mich doch jetzt nicht im Stich lassen!?"
"Nein! Natürlich nicht …", sagte er gequält. Teresas Stimme bekam jetzt eine lehrerinnenhafte Strenge: "Ein Mann sollte zu der Frau, die ihm ein Kind schenkt, stehen. Das hast du selbst gesagt, oder etwa nicht?" Da hatte sie ja gut aufgepaßt! "Ja, hab' ich", mußte Miguel kleinlaut gestehen. "Und, gilt das noch?"
"Du bist dir ganz sicher?" wich Miguel wieder aus. Teresa nickte resolut. "Absolut … Ich bin schwanger, das steht fest." Und mit melodramatischem Tonfall fügte sie an: "Laß mich jetzt nicht allein, Miguel!" Miguel ergab sich in sein Schicksal. "Ich laß dich nicht im Stich." Und jetzt ließ er es zu, daß ihn Teresa verliebt in die Arme nahm. Frustriert legte er den Kopf auf ihre Schulter. So konnte sie wenigstens sein Gesicht nicht sehen. Und das war im Augenblick auch besser so. Teresa sah die Sache anders. "Wir werden sehr, sehr glücklich sein", hauchte sie ihm ins Ohr. Ob es nun die Aussicht auf dieses Glück war oder

einfach Teresas Atemhauch auf seinem Trommelfell – jedenfalls bekam Miguel eine Gänsehaut am ganzen Körper.

In der Klasse ging es unruhig zu. Die typische Atmosphäre, wenn der Lehrer jeden Augenblick erwartet wird, sich aber verspätet. Ein paar ernsthaftere Schüler der Kunst-AG hatten schon ihre Blocks herausgeholt und zu zeichnen begonnen; die meisten machten Lärm und Blödsinn. Und Anna und Bastian warteten nervös auf Olli. Nach ihrem letzten Gespräch schoben sie gewaltige Panik, daß er sie jetzt hängenlassen würde. Nach allem, was sie für ihn getan hatten. Nur, um sein Gewissen zu beruhigen. "Wo bleibt er nur?" fragte Anna ungeduldig. Bastian zuckte nur mit den Achseln. "Meinst du, er packt aus, Bastian?" Diese Frage stellte sich Bastian auch schon die ganze Zeit. Aber, wie um sich selber Mut zuzusprechen, meinte er: "Das wagt er nicht."
"Und wenn doch?"
"Dann ist er fällig!" Doch endlich, da kam er zögernd und bleich ins Klassenzimmer geschlichen. Anna und Bastian winkten ihn her und Olli ging langsam und mit einem gequälten Lächeln auf sie zu. Aber noch bevor ihn Anna und Bastian in die Mangel nehmen konnten, wurden sie gestört. Von dem immer stärker werdenden Tumult im Klassenzimmer angelockt, schaute ausgerechnet Dettmer herein. "Was ist denn hier los", rief er, wie immer etwas lauter als nötig. "Ihr Lautstärkepegel überschreitet mal wieder jedes zumutbare und ihrem Alter angemessenen Maß! Ist Frau Zirkowski noch nicht da?" Die Unruhe in der Klasse hatte sich schlagartig gelegt. Dettmers Wirkung war in dieser Hinsicht ungebrochen. Zufrieden wollte sich Dettmer wieder davonmachen. Doch da wollte noch einer was von ihm. "Herr Dettmer", rief ihm Olli hinterher. "Ja?"

"Könnte ich Sie einen Moment sprechen?" Die ganze Klasse sah die beiden verwundert an. Außer Anna und Bastian, die schlimmste Ahnungen hatten, was jetzt kommen könnte. Dettmer nickte Olli zu: "Selbstverständlich ... Kommen Sie mit nach draußen." Olli schaute zu Boden und sagte dann, zögernd aber fest: "Nein. Hier ... Hier vor allen anderen."
Dettmer schien sich zu wundern, aber er blieb stehen und wartete, was Olli ihm zu sagen hatte. Alle Schüler spürten, daß hier etwas Wichtiges im Gange sein mußte und es kehrte völlige Ruhe ein. Olli stand in der Mitte des Zimmers, total nervös, und versuchte, Anna und Bastian nicht anzuschauen. Denn daß deren beschwörende Blicke auf ihn gerichtet waren, das konnte er förmlich körperlich fühlen. Olli zwang sich zur Ruhe und begann, zuerst stockend, dann immer sicherer, zu sprechen, so laut, daß es auch der letzte in der Klasse hören konnte: "Herr Dettmer, ich wollte Ihnen sagen, daß ich gelogen habe ... Sie haben mich nicht geschlagen. Das ganze war eine Lüge. Ich wollte Sie unter Druck setzen, damit Sie Ihre Anzeige zurückziehen."
Während die ganze Klasse aufgeregt durcheinandertuschelte, schaute Olli Dettmer erwartungsvoll an. "Ich weiß", sagte der nur ruhig, "daß es eine Lüge war." Olli nickte beschämt. "Und jetzt wissen es auch alle anderen. Ich war gerade bei Herrn Magnus und habe die Anzeige zurückgezogen. Es tut mir sehr leid, was passiert ist." Dettmer atmete tief durch. In seinem Gesicht spiegelte sich nichts von Triumph wieder, nur Erleichterung und tiefe innere Befriedigung. Er nickte: "Dann wäre die Sache ein für allemal aus der Welt geschafft."
"Nein, nicht ganz", widersprach Olli, ging festen Schrittes auf Dettmer zu und hielt dem verdutzten Lehrer seine Wange hin. "Ich habe Ihnen eine Ohrfeige gegeben, jetzt sind Sie dran." Die ganze Klasse hielt den Atem an.

Würde Dettmer wirklich ... Dettmer zögerte und schien nachzudenken, während Anna und Bastian Olli mit eisigen Blicken zu verstehen gaben, daß sie ihm das nie verzeihen würden. Da – Dettmer holte mit der rechten Hand aus und – strich Olli sanft über die Haare und lachte. "Wenn Sie in meinem Geschichtsunterricht besser aufpassen würden, wüßten Sie, daß man mit Gewalt keine Probleme löst!" Auch Olli lächelte nun entspannt. Von ihm war eine Zentnerlast abgefallen. "Ich werd's mir merken."

"Sehen Sie, schon wieder was gelernt", sagte Dettmer locker. Doch dann wendete er sich um und blickte zu Anna und Bastian und um die Lockerheit war es fürs erste geschehen. "Und nun zu Ihnen", begann er drohend. "Auch eine Lüge aus Freundschaft bleibt eine Lüge. Und wenn sie gar derart weitgehende Konsequenzen mit sich zieht ..." Aber plötzlich entspannte sich sein Gesichtsausdruck wieder und er fuhr friedlich fort: "Aber ich will mal Gnade vor Recht ergehen lassen. Vergessen wir die ganze Geschichte." Und damit streckte er Olli die rechte Hand hin. "Frieden?" Olli zögerte einen Augenblick, doch dann schlug er ein – unter dem tosenden Applaus der gesamten Klasse.

Halt, fast der gesamten. Anna und Bastian rührten keine Hand, sondern verfolgten das ganze Schauspiel mit versteinerten Gesichtern. Sie würden ihm das niemals verzeihen. Dachten sie wenigstens. Sich seine Macken verzeihen zu lassen, das war schließlich Ollis Spezialität.

Töppers' Stimmung schien endgültig auf dem Nullpunkt angelangt. Nachdem Annalena den Laden verlassen hatte, war er hilflos und allein zurückgeblieben, unfähig zu arbeiten, nach Hause zu gehen oder wenigstens einen klaren Gedanken zu fassen. Und so saß er einfach da, in Gedanken versunken, und träumte vor sich hin – von ver-

gangenen, glücklicheren Zeiten. Wie er Annalena kennengelernt hatte. Was hatten sie nicht alles erlebt, was hatten sie für Quatsch miteinander gemacht und Spaß gehabt. Sie waren doch gemeinsam durch dick und dünn gegangen! Und jetzt? Ein Kind, das sollte doch die Krönung ihres gemeinsamen Glückes werden.
Viele unzusammenhängende Bilder aus früheren, goldenen Zeiten zogen an Töppers' innerem Auge vorüber, während er mechanisch einen Becher Schokoladenpudding nach dem anderen in sich hineinstopfte. Er war so verloren in seine Erinnerungen, daß er nicht einmal merkte, als sich die Ladentür öffnete. Mascha kam herein und ging zielstrebig auf ihn zu. Aber er schien nichts davon mitzubekommen. Grinsend ließ sie ihre rechte Hand vor seinen Augen hin und her wedeln, als auch das nichts zu nützen schien, stieß sie ihn an. "Hallo! Bodenstation an Paps! Hörst du mich?" Abrupt wachte Töppers aus seinem Tagtraum auf. "Hallo Mascha", begrüßte er sie mißmutig. Mascha blickte kopfschüttelnd auf die Ansammlung leerer Puddingbecher. "War Annalena bei dir?"
"Hm", grummelte Töppers. "Ja und?" Keine Antwort. Stattdessen sah sie ihr Vater so leidend an, wie ein geprügelter Hund, daß Mascha langsam klar wurde, daß es wohl nicht so gelaufen war, wie sie es sich vorgestellt hatte. Und warum, das konnte sie sich auch schon denken. Den Frank Töppers, den kannte sie eben genau. "Ich sag's ja. Schlimmer als ein kleines Kind", sagte sie strafend. "Dich kann man nichts allein machen lassen ... Übrigens, ich war bei Dr. Eschenbach." Töppers blickte sie traurig an. "Der kann mir jetzt auch nicht mehr helfen." Mascha ignorierte diesen selbstmitleidigen Einwurf. "Ich hab' ihn gefragt, wann ein Vaterschaftstest möglich ist."
"Was hat er gesagt?"
"So 'n Test funktioniert erst nach der Geburt. Die

Vaterschaft wird durch Blut festgestellt."
"Das ändert auch nichts an der Tatsache, daß bei mir tote Hose herrscht." Mascha konnte die Leier nicht mehr hören. "Hör' endlich mit deinem Selbstmitleid auf! Erzähl' mir lieber, was der Doc in der Uniklinik genau gesagt hat." Kein Problem: "Daß ich zur Zeit eine extrem niedrige Zeugungsfähigkeit habe."
"Niedrig oder null?"
"Null!"
Mascha ließ sich nicht beirren. "Ja, das war der Stand von gestern … Aber was war vor vierzehn Tagen?"
"Das weiß ich doch nicht."
"Siehste, genau das ist der springende Punkt", stellte Mascha triumphierend fest. Doch Töppers war nicht gewillt, sich schon wieder so schnell von der Frauenmafia einwickeln zu lassen. "Komm, hör' auf, das ist doch …"
"Phhh! Eschenbach hat gesagt, alles ist möglich. Vielleicht haben deine kleinen Frankieboys ein kurzes Revival erlebt. Die Dinger sind einfach über sich hinausgewachsen. Einen Weltrekord im Hundertmetersprint gibt's auch nicht alle Tage, aber ab und zu passiert's." Langsam taute Töppers auf. Im Grunde war er ja die Nachgiebigkeit in Person. Und sich stur gegen etwas zu wehren, das er sich eigentlich selbst am meisten wünschte, das war seine Sache nicht. Seine Miene hellte sich sichtlich auf.
"Du meinst, die kleinen Töppers sind dem olympischen Gedanken gefolgt und haben's nochmal wissen wollen?" Die Vorstellung schien ihm zu schmeicheln und zu gefallen. Mascha nickte. "Das ist in jedem Fall tausendmal wahrscheinlicher, als daß Annalena was mit Miguel hatte."
"Das heißt, ich könnte doch der Vater sein!?" Oh Gott, war der wirklich so schwer von Begriff oder tat er nur so? "Du bist der Vater", sagte Mascha schon etwas genervt,

"wie oft muß man dir das noch sagen?" Töppers strahlte. "Das wär' ja ein Wunder!" Mascha schüttelte den Kopf. "Nee, gesunder Menschenverstand ... Wenn's um die Liebe geht, hapert's da ja manchmal, besonders bei dir." Töppers grinste breit. "Bei mir vielleicht ... Aber nicht bei meinem Sohn! Dafür sorge ich!" Über so viel überschwengliche Begeisterung konnte Mascha nur noch die Augen verdrehen. Der gute Töppers, der fiel ja mal wieder von einem Extrem ins andere, eben noch todtraurig, jetzt wieder völlig obenauf. Naja, besser als umgekehrt. Jedenfalls konnte es jetzt wieder aufwärts gehen.

Daß schwangere Frauen beim Essen gelegentlich alle Zurückhaltung vermissen lassen, ist eigentlich nichts besonderes. Aber daß Annalena, gleich nachdem sie in der Galerie den letzten Rest ihres Kuchens in sich hineingestopft hatte, Ortrud wissen ließ "Und jetzt hätt' ich gerne noch ein Eis, mit Sahne", das rief doch Kopfschütteln hervor. War wohl eher das gleiche Symptom wie bei Töppers mit seinem Schokoladen-pudding. Jedenfalls wurde Ortrud stutzig.
"Ist der Kummer so groß?" fragte sie mit spitzbübischem Grinsen. Annalena stöhnte. "Viel größer!" Ortrud ließ ihre ungespülten Gläser Gläser sein und setzte sich zu Annalena an den Tisch. "Darüber reden ist meistens besser, als sich mit Eis mit Sahne vollzustopfen", meinte sie,während sie sie sanft am Arm nahm. "Du hast ja recht", seufzte Annalena, "aber sich vollstopfen geht leichter."
"Was ist los?"
"Ich bin schwanger ... Und Töppers und ich ... Wir haben Streit." Annalena schluchzte leise, nahm sich aber zusammen und fuhr fort: "Er glaubt, ich hätte ihn betrogen und er wäre nicht der Vater ..."
Ortrud sah sie erstaunt an. "Hast du ihn denn betrogen?"

"Natürlich nicht!"
"Dann sag' es ihm!"
Ja, wenn's nur so einfach wäre! "Du kennst doch Töppers. Wenn der eifersüchtig ist, hakt's bei ihm aus ... Ich weiß echt nicht, wie es weitergehen soll." Langsam wurde es Ortrud klar, daß die Lage wirklich verdammt ernst war. Sanft nahm sie Annalenas Hände und schaute ihr tief in die Augen. Mit aller Überzeugungskraft, die sie aufbringen konnte, sagte sie: "Ihr werdet auch in Zukunft ein Paar sein."
Annalena schüttelte traurig den Kopf. "Töppers kommt in hundert Jahren nicht zur Vernunft."
"Doch, das wird er ... Ihr werdet wieder zueinander finden. Ich weiß es." Annalena strich sich resigniert über den Bauch. "Nach allem, was passiert ist, wär' das ein Wunder. Aber Töppers glaubt nicht an Wunder, diesmal meint er's ernst." Ortrud wäre nicht Ortrud gewesen, wenn sie jetzt lockergelassen hätte. "Wenn man etwas ganz fest will, muß man seinem Wunsch die Möglichkeit geben, sich zu materialisieren. Gib ihn frei, dann kann er wahr werden." Annalena vergaß ihren Kummer für einen Augenblick und starrte Ortrud verwirrt an. Schließlich war sie eine Frau, die mit beiden Beinen fest auf dem Boden stand. "Sag mal, wo hast du denn das her?" Ortrud lächelte verschmitzt. "Von einem alten Druiden."
Ja, so schlecht hörte sich das wirklich gar nicht an. Schon möglich, daß das ein typischer Ortrud-Ratschlag war und für Annalenas Geschmack etwas zu poetisch, aber im Grunde hatte sie ja recht. Und es tat immer gut, wenn einem jemand gut zuredete, Hoffnung gab und Optimismus ausstrahlte. Annalena wurde sichtlich lockerer. "Hm. Warum nicht? Schlimmer kann's eh nicht mehr kommen." Die beiden blickten sich in die Augen und mußten im gleichen Moment loslachen.

"Warum müssen wir schon wieder hier essen?" fragte Emanuel muffig in die Familienrunde herein, die sich um einen Tisch im Wilden Mann versammelt hatte. "Ich war den ganzen Tag unterwegs", sagte Regina gereizt. "Da war keine Zeit zum Kochen." Elena, die die Gelegenheit, Emanuel anzupflaumen, dankbar aufgriff, fügte an: "Wenn's dir nicht paßt, kannst du ja das nächste Mal was kochen." Sie hatte gedacht, das würde einem Typen wie Emanuel, der nicht mal in der Lage war, selbst ein Ei aufzuschlagen, fürs erste die Sprache verschlagen, aber da kannte sie ihren Bruder schlecht. Der grinste sie nur verächtlich an. "Und was soll ich dir kochen, wenn ich fragen darf? 'Ne dicke, fette Schweinshaxe vielleicht?"
"Idiot", murmelte Elena und verbarg ihre Zornesfalten hinter der Speisekarte. Regina seufzte. "Bitte keinen Streß am Tisch." Heinz Poppel unterband die Sticheleien kurzfristig, indem er die Getränke servierte. "Und was darf's sonst noch sein?", fragte er mit gezücktem Notizblock. "Ich nehm' das Geschnetzelte", sagte Magnus. "Rotbarschfilet", meinte Regina. Dann war Emanuel an der Reihe: "Für mich ein Schnitzel mit Pommes und für sie ", sagte er mit Blick auf Elena, "eine Wassersuppe und ein Salatblatt."
"Sehr witzig", stöhnte Elena gereizt. "Ach was, willst du gleich 'ne Nulldiät machen? Dann sag's doch gleich", grinste Emanuel. Jetzt wurde es Regina zu bunt: "Hör' endlich auf! Elena ist nicht dick." Heinz stand immer noch ungeduldig da. Er hatte schließlich besseres zu tun, als sich hier Familienstreitigkeiten anzuhören.
"Soll ich später nochmal wiederkommen?" fragte er genervt. Elena lächelte ihn an. "Nein, nein … Ich nehme die Tagessuppe, Cordon Bleu mit Pommes und einer Extraportion Kroketten und nachher vielleicht noch ein Eis. Und meinem Bruder bringen Sie bitte einen gemischten Salat. Aber einen kleinen, er muß sich noch schonen."

Emanuel, der gerade von seiner Cola trank, verschluckte sich, als er das hörte, während die anderen drei in befreites Gelächter ausbrachen. Vor allem Magnus war jetzt bester Stimmung. Endlich waren sie wieder eine normale Familie – naja, wenigstens wieder so normal wie vorher.

An der Theke hatte Miguel von dem harmonischen Familienessen nichts mitbekommen. Während Heinz der glücklichen Familie Kaffee servierte, saß er schweigend vor seinem Bier. Wie ein seliger werdender Vater, der sich zur Feier der Freudenbotschaft ein paar Bier genehmigt, sah er allerdings weiß Gott nicht aus. Stattdessen stürzte er still und mißmutig ein Glas nach dem anderen in sich hinein. Er war so sehr damit beschäftigt, sich seine strahlende Zukunft als Teresas Ehemann auszumalen, daß er gar nicht mitbekam, als Frank Töppers den Wilden Mann betrat.
Töppers dagegen hatte seinen speziellen Freund sofort bemerkt und wollte schon wieder kehrtmachen. Doch dann riß er sich zusammen und schritt scheinbar gelassen zur Theke. Im gleichen Moment stieß Heinz, noch etwas genervt von seinen Essensgästen dazu. "Abend", meinte Töppers kurz angebunden, "'n Bier!" Töppers' knurrende Stimme riß Miguel jäh aus seinen Alpträumen und er wandte sich um. Die beiden blickten sich direkt in die Augen. Töppers stand da wie ein zum Absprung bereiter Kampfhund, doch Miguel schien irgendwie zu schlapp zum Streiten zu sein. Er drehte sich wieder weg und sah Heinz müde an. "Mir auch noch 'n Bier", seufzte er. Heinz begab sich achselzuckend zum Zapfhahn. Aber schließlich war er nicht nur irgendein Gastwirt, sondern auch der Sorgenonkel seiner Gäste und so mußte er sich einfach erkundigen: "Gibt's eigentlich 'n Grund für das Besäufnis?"
"Kann man wohl sagen", antwortete Miguel. Heinz stell-

te jedem der beiden ein Bier hin und schenkte Miguel noch einen Schnaps dazu ein. "Da, der geht auf mich. Und jetzt sagt mal, was Sache ist! Der Tresenbeichtstuhl ist hiermit eröffnet."
Töppers hatte keine große Lust dazu, mit Heinz Poppels Ratschlägen von Mann zu Mann hatte er schließlich schon einmal Schiffbruch erlitten. Stattdessen nahm er einen tiefen Schluck. "Ich werde Vater", sagte Miguel unvermittelt und so teilnahmslos, als spreche er von einem geplatzten Reifen. Töppers verschluckte sich so heftig an seinem Bier, daß er für Sekunden völlig außer Gefecht gesetzt war. "Na, da gratulier' ich doch", meinte nun Heinz freudig überrascht und klopfte Miguel anerkennend auf die Schultern. Töppers' Faust knallte mit voller Wucht auf den Tresen. Das Bier schwappte aus den Gläsern über. Ohne auf Heinz zu achten, der mit offenem Mund die merkwürdige Szene betrachtete, blickte er Miguel mit kalter Wut an. "Also doch!"

Töppers hatte den endgültigen Tiefschlag erlitten. Und entsprechend sah er am nächsten Morgen auch aus: übernächtigt und total kaputt. Wie er nach all der Zecherei überhaupt noch in seine Wohnung zurückgefunden hatte, wußte er längst nicht mehr. Was jetzt zu tun war, wußte er umso besser. Hier war er fürs erste überflüssig. Mit verkniffenem Mund versuchte er ungeschickt, Klamotten in seine Reisetasche zu stopfen, die auf dem Küchentisch stand. Irgendwie wollte der ganze Krempel nicht richtig hineinpassen. Fahrig versuchte er, die Sachen noch einmal systematisch zu ordnen, aber dann gab er es resigniert auf und stopfte das ganze Knäuel einfach mit Gewalt hinein. "Is ja auch schon egal", grummelte er vor sich hin. In nächster Zeit würde es keinen geben, der bei ihm Wert auf gepflegte, gebügelte Klamotten legen würde.
In dem Moment kam Mascha in die Küche, gähnend und

verschlafen und mit einer Zahnbürste im Mund. Verwundert sah sie, was ihr Vater da anstellte. Und wie verhauen er aussah! Aber was wirklich Sache war, das ahnte sie nicht einmal. Also zog sie ihn eher scherzhaft auf: "Du siehst ja aus wie 'n Zombie! Hast du die Nacht durchgemacht?"
"Hab' ich", bestätigte Töppers kurz angebunden. Kopfschüttelnd und grinsend verschwand Mascha im Bad, während sich Töppers weiterhin vergeblich abmühte, den Reißverschluß seiner Reisetasche zu schließen.
"Und jetzt hast du nicht nur 'nen Kater, sondern auch noch Reisefieber", hörte man Mascha aus dem Bad kichern.
"So kann man's auch nennen", seufzte Töppers. "Du kommst ja auch ohne mich klar." Leise, mehr in Gedanken fügte er hinzu: "Und Annalena sowieso. Besser als mit mir altem Idioten wahrscheinlich." Mascha kam aus dem Bad zurück in die Küche. Als sie ihren Vater sah, wie er so saft- und kraftlos mit hängendem Kopf auf seinem Stuhl saß, dämmerte es ihr doch so langsam,daß sie sich dringend um ihn kümmern mußte.
"Was ist los, Paps?" meinte sie, diesmal ganz ohne Kichern. "Nun rück mal raus mit der Sprache." Töppers blickte langsam und müde auf. Er atmete tief durch und meinte dann mit schleppender Stimme: "Das Schicksal hat mal wieder voll zugeschlagen. Und es hat natürlich den dusseligen Töppers erwischt." Er rieb sich die Augen. "Wie immer", fügte er noch ein wenig zu selbstmitleidig hinzu. Soso. Das war mal wieder eine klare Auskunft! Mascha wurde ungeduldig. "Verflixt, jetzt sag' doch endlich, was los ist, Paps!" Töppers nickte. "Ich mach's kurz, ich hab' nämlich keine Lust auf ..."
"Bitte, Paps, ich höre!"
Töppers schluckte noch einmal und sah Mascha hilfesuchend an, dann sprach er die schweren Worte mutig aus: "Es ist jetzt erwiesen, daß Annalena von Miguel schwan-

ger ist." Mascha war versucht, laut loszulachen, wenn die Lage momentan nicht so ernst gewesen wäre. Also beschränkte sie sich darauf, energisch den Kopf zu schütteln. "Mensch, Paps, wie kommst du den auf den Schwachsinn?"
Er schluckte noch einmal und begann mit stockender Stimme, Mascha die Sachlage zu erklären. "Daran gibt es nichts zu rütteln. Miguel hat mir selbst erklärt ... Also ich hab' selbst gehört wie er gesagt hat, daß ... daß er sich seinerr Verantwortung als Vater nicht entziehen wird ..."
Das war nun doch ein ziemlicher Hammer für Mascha. Irritiert setzte sie sich neben ihren Vater. "Das ... Das glaub' ich einfach nicht. Red' nochmal mit ihm!" Doch Töppers schüttelte nur schweigend den Kopf und saß da wie ein Häufchen Elend. "Und Annalena? Was sagt sie dazu?" Keine Reaktion. "Du hast also mit ihr noch gar nicht geredet", stellte Mascha streng fest. Töppers jammerte nur: "Ich kann das alles einfach nicht verputzen. Verstehst du das nicht?" Nein. Das konnte Mascha wirklich nicht verstehen. War das noch der Vater, den sie kannte? Dieser Jammerlappen, der hier weinerlich und selbstmitleidig rumsaß? Sie stand unwirsch auf und begann, unruhig in der Küche hin und herzulaufen. "Ach ja! Und deshalb willst du jetzt davonlaufen?"
"Ja, zu Matthes. Ich kann doch nicht einfach so zur Tagesordnung übergehen." Mascha war kurz davor, in die Luft zu gehen. "Soll ich dich jetzt etwa bemitleiden? Aber wenn du unbedingt willst, dann mußt du gehen. Soll halt dein Kumpel Matthes den Seelendoktor spielen." Töppers war verzweifelt. Jetzt hatten sich wohl endgültig alle gegen ihn verschworen. "Jetzt hackst du auch noch auf mir rum! Was soll ich denn tun?"
"Endlich mal aufhören, hier den Jammerlappen zu spielen! Kämpfe um Annalena! Selbst wenn Miguel der Vater wäre. Du liebst sie doch!" Keine Chance! Töppers schüt-

telte nur hoffnungslos den Kopf und seufzte. Dann zog er energisch, mit einem Ruck, den Reißverschluß seiner Tasche zu und stand entschlossen auf. "Was verstehst du schon davon. Der Töppers wär' ja jeck, wenn er sich dem jungen Glück in den Weg stellen würde." Und damit war er weg. Mascha sah ihm kopfschüttelnd hinterher, wütend und traurig zugleich. Ja, solche filmreifen Auftritte, die waren seine Stärke. Das Denken und vernünftige Handeln in solchen Momenten weniger. Das war jetzt wohl wieder ihre Aufgabe. "Alter Dickschädel", seufzte sie in sich hinein.

Vormittags war Teresa allein im Wilden Mann und war mit Saubermachen beschäftigt. Sie hatte das Radio angeschaltet und summte gutgelaunt die dämliche Schlagermusik mit, die zu dieser Stunde über den Hausfrauensender lief. Plötzlich und unerwartet bekam sie Besuch – Hilde Poppel, die "Chefin", kam mit einem strahlenden Lächeln auf sie zu.
Was hatte die um diese Zeit hier zu suchen? Teresa sah sie fragend an. "Was ist denn?" Aber Hilde nahm ihr nur den Besen aus der Hand und meinte: "Laß nur, das mußt du nicht machen." Wieso, das war doch ihr Job, dachte sich Teresa. Doch Hilde schob sie auf einen Stuhl und sagte: "Du mußt dich jetzt ein bißchen schonen. Sag' mal, wie fühlst du dich eigentlich?"
Zwar dämmerte es Teresa jetzt so langsam, worauf Hilde hinauswollte, aber ganz sicher war sie sich nicht. Also zog sie es erstmal vor, die Unwissende zu spielen: "Ganz normal", sagte sie unverfänglich. "Wie immer." Hilde gab ihr einen freundschaftlichen Stups und lachte. "Ha, ganz normal! Na komm! Ich versteh' ja gut, daß du es noch geheimhalten willst. In den ersten Monaten kann ja noch soviel schiefgehen. Aber ich", sagte sie verschwörerisch, "ich weiß es schon."

Also doch! Hilde wußte Bescheid. Teresa wurde es etwas mulmig zumute, was sie mit einem unsicheren, verlegenen Lächeln zu überspielen versuchte.
Hilde mußte schmunzeln. "Deshalb brauchst du doch nicht verlegen zu werden. Glaub' mir, Teresa, ich freu' mich für dich. Ehrlich!" Teresa nickte unbehaglich und brachte ein etwas gequältes "Danke" heraus. "War das geplant?", fragte Hilde geradeheraus. "Miguel ist doch der Vater, nicht?" Teresa gab sich nun verschämt und druckste herum: "Ja. Naja, geplant eigentlich nicht ... Aber jetzt, wo's passiert ist ..."
" ... Ist's eben passiert, stimmt's?" ergänzte Hilde lachend. Teresa nickte scheinbar verschämt und hauchte unschuldig-naiv: "Das ist alles noch so neu für mich ... Woher weißt du es überhaupt?"
"Heinz hat mir alles erzählt. Ach ja, ich hätte auch gerne ein eigenes Kind gehabt." Hilde wurde fast wehmütig zumute, doch sie riß sich gewaltsam aus der Stimmung und ging zum Tresen. "Ich hol' dir einen Gemüsesaft. Du mußt jetzt nämlich vor allem auf deine Gesundheit achten." Teresa wurde die ganze Situation immer unangenehmer. Das Kind, das sollte nur eine Angelegenheit zwischen Miguel und ihr sein. Daß jetzt der ganze Marienhof anfangen würde, sie zu bemuttern, war das letzte, was sie brauchen konnte. Es war höchste Zeit, die ganze Geschichte zwei Etagen tiefer zu legen.
"Weißt du, Hilde, Miguel und ich, wir ..." Hilde unterbrach sie wohlwollend. "Ihr paßt gut zusammen. Ich hoffe, jetzt kommst du endlich zur Ruhe." Teresa seufzte. "Das wäre schön, nach all dem Chaos."
Sie nippte nachdenklich an ihrem Gemüsesaft und kam dann vorsichtig wieder zur Sache: "Hilde, aber mir wäre es lieber, wenn du es im Moment nicht weitererzählst. Miguel und ich müssen erst selbst noch einiges klarkriegen, bevor es alle anderen wissen sollen." Hilde nickte.

"Auf Heinz und mich kannst du dich verlassen." Dafür erntete sie ein erleichtertes Lächeln.

In der WG war der Frühstückstisch gedeckt. Das heißt, gedeckt ist eigentlich zuviel gesagt, für das Chaos von Butter, Käse und Wurst und Brötchen, die ohne Teller auf dem Tisch herumlagen. Und wer unvorsichtig seinen Ellbogen auf der Tischplatte aufgestützt hätte, der hätte leicht an einem Marmeladenfleck vom Vortag klebenbleiben können. "Schmeiß mal die Butter rüber", meinte Miguel in griesgrämigster Morgenstimmung zu Olli. Der nahm die Aufforderung wörtlich und warf Miguel das nur halb eingepackte Stück zu. Miguel konnte sie nicht richtig fangen und sie fiel auf den Tisch, eine schmierige Bremsspur hinterlassend.
Nadine gesellte sich zu der fröhlichen Frühstücks-gesellschaft. Am liebsten wäre sie gleich wieder rückwärts zur Tür raus. Stattdessen stöhnte sie nur angewidert auf. "So 'n Männerhaushalt ist so richtig was zum Wohlfühlen. Vergeht euch dabei nicht selbst der Appetit?" Demonstrativ holte sie einen Teller und begann, für sich selbst ordentlich aufzudecken. Olli schienen Nadines strafende Blicke nur zu erheitern. Bei ihm konnte man nicht einmal wissen, ob er so unbekümmert war oder ob er Nadine noch zusätzlich aufziehen wollte, als er fragte: "Kochst du mir 'n Ei?" Nadine warf ihm einen vernichtenden Blick zu. "Spinnst du? Koch dir's selber!"
Olli ignorierte Nadines Antwort ebenso wie ihre giftigen Blicke und wandte sich stattdessen wieder Miguel zu. "Wo ich jetzt langsam wach werde, dämmert's mir. Paula hatte gestern 'nen echten Schocker auf Lager: Du wirst Vater? Stimmt das?" Miguel blickte nicht von seinem Brötchen auf und nickte nur stumm. Sonst reagierte er überhaupt nicht. Ganz anders Nadine! Sie war sofort hellhörig geworden und setzte sich nun zu den beiden.

"Was? Mensch, Miguel! Und sowas verheimlichst du uns? Wer ist denn die Glückliche?" Miguel atmete tief durch. Aber er brauchte gar nicht zu antworten. Olli, der offensichtlich stolz war, daß er mehr wußte als Nadine, nahm ihm das gern ab: "Dreimal darfst du raten!"
"Na, sag' schon!" Olli machte noch eine Kunstpause, dann verkündete er gedehnt: "Teresa Lobefaro." Das hatte Nadine allerdings nicht erwartet. Erstaunt fragte sie nach: "Teresa? Ist das wahr, Miguel?" Wieder antwortete Miguel nur mit einem stummen Nicken. Die Befragung durch das WG-Tribunal war ihm sichtlich peinlich. Aber Nadine und Olli waren so neugierig, daß sie für das nötige Feingefühl jetzt weder Zeit noch Lust hatten. "Ist doch cool", grinste Olli.
Mit der Ansicht war er momentan allein, denn Miguel sah weniger so aus, als ob er das ganze besonders cool finden würde und Nadine meinte nur spitz: "Naja, wo die Liebe eben hinfällt." Miguel seufzte. Da merkte Nadine, daß ihr Kommentar nicht besonders rücksichtsvoll, gewesen war, und beeilte sich, hinzuzufügen:
"Quatsch. Ich freu' mich für euch beide. Teresa hatte schon genug Pech mit Männern." Olli gab Miguel einen kumpelhaften Klaps auf die Schulter, "unter Männern" sozusagen. "Na, du wirst sie schon für alles entschädigen", sagte er mit breitem Grinsen.
Miguel brachte mit Müh' und Not ein gequältes Lächeln zustande. Aber Nadine, die noch dazu etwas in Eile war, bekam das nicht so richtig mit. "Na, das will ich doch hoffen", stimmte sie ein. Und an Olli gewandt fügte sie streng hinzu: "Aber nicht so, wie du dir das vorstellst, Chauvi! So, ich muß jetzt gehen, tschüß! Herzlichen Glückwunsch jedenfalls." Damit ging sie zur Tür hinaus. Miguel brachte gerade noch ein müdes "Danke" heraus und seufzte dann wieder.
Olli war zwar nicht gerade der einfühlsamste aller

Menschen, aber angesichts von Miguels spärlichen und nicht eben freudigen Äußerungen wurde er doch langsam mißtrauisch. Er blickte Miguel ernst ins Gesicht. "Sag mal, du hörst dich ja nicht sehr begeistert an."
"Was soll ich denn sagen?" wich Miguel aus. Olli schüttelte verständnislos den Kopf. "Mensch, das klingt ja, als ob es für dich ganz normal wäre, Vater zu werden. Freust du dich denn gar nicht?"
"Noch ist es ja nicht da", meinte Miguel kühl. Olli roch den Braten so langsam. "Wie geht's dir denn eigentlich so mit Teresa?" Als Miguel auf diese Frage nur mit einem Achselzucken reagierte, fügte er feierlich an: "Na, ist es denn … ein Kind der Liebe?" Miguel hatte wenig Lust, hier am Frühstückstisch Olli über seine intimsten Probleme aufzuklären. Also bemühte er sich, wie ein stolzer Vater zu klingen. "Ich freue mich auf das Kind und ich werde ein guter Vater sein."
Das klang wie auswendig gelernt und außerdem war es keine Antwort auf Ollis Frage. Und Olli entging das natürlich auch nicht. "Nee, nee, ich meine, ob du Teresa liebst!" Miguel blickte ihn kalt an. "Natürlich. Sie ist die Mutter meines Kindes." Ja, das war auch eine Antwort! Olli jedenfalls wußte, was er wissen wollte.

Glück im Spiel ...

Im Marienhof hatte es ja schon viel gegeben. Aber illegales Glücksspiel, davon waren die Leute bislang verschont geblieben. Doch auch damit schien es jetzt vorbei zu sein. Ein Hütchenspieler hatte einen Pappdeckel, den er als Unterlage benutzte, auf der Straße aufgebaut und warb lautstark und in atemberaubender Geschwindigkeit mit französischem Akzent und coolen Sprüchen um Leute, die behämmert genug waren, hier ihr Geld aufs Spiel zu setzen.

"Und wieder neues Spiel, neues Glück. Konzentration, meine Dammen ünd Erren. Drei Schakteln, ein Bällschen. Und los geht's. Wo ist das Bällschen? Ier ist das Bällschen, na, sehen Sie? Nein, da ist das Bällschen. Fünfzisch Mark Einsatz, na, kommen Sie, leischt verdientes Geld. Aben Sie Müt, was ist mit Ihnen?" Ein Passant konnte nicht widerstehen. Von dieser halben Portion würde er sich nicht abzocken lassen. "Ich lad' dich nachher zum Griechen ein", prahlte er vor seiner skeptischen Freundin und zückte einen Fünfzigmarkschein.

Der Spieler legte den Schein sorgfältig auf seinen Pappdeckel und begann sein verwirrendes Spiel, ohne auch nur für einen Augenblick die Klappe zu halten. "Na also. Das Spiel beginnt. Passen Sie güt auf. Und ier ist das Bällschen. Jetzt da, nein, da ist es. Und weiter geht's. So! Aktüng! Jetzt sind Sie dran. Wo ist das Bällschen? Na, wo?" Siegesgewiß zeigt der Typ auf die rechte Schachtel. Der Spieler hob sie hoch. Sie war leer. "Oh, leider danäben. Tja, Pesch im Spiel, Glück in der Liebe. Sie müssen

noch üben. Kömmen Sie, gleisch nochmal, nur nischt aufgäben." Doch die Freundin des Typen zog ihn energisch am Ärmel mit sich und die beiden waren weg.
Von den übrigen Passanten hatte keiner Lust, diesem abgefeimten Giftzwerg das Geld in den Rachen zu werfen, und die kleine Menschenansammlung löste sich auf. Zurück blieb nur eine junge Frau, die sich hilfesuchend umblickte und eigentlich gar nicht so aussah, als ob sie ein Spielchen wagen wollte. "Was ist mit Ihnen, junge Frau?" fragte der Spieler, plötzlich in akzentfreiem Deutsch. "Große Chance, nur fünfzig Mark. Ganz leicht. Passen Sie auf! Wo ist das Bällchen, na, wo ..."
"Ich suche jemanden", unterbrach ihn die Frau. "Einen Musiker. Miguel. Kennst du den?"
"Nee", antwortete der Spieler, "ich kenn' nur einen guten Musiker." Dabei deutete er auf sich selbst. "Und das ist 'n verdammt guter Drummer." Die Frau mußte lachen, aber sie ging nicht auf die Selbstdarstellung des Typen ein. "Er soll hier irgendwo spielen. Das hier ist doch der Marienhof, oder?"
"Ja, aber keine Ahnung, wer hier wo was spielt." In diesem Moment fiel der Blick des Spielers auf einen Streifenpolizisten, der zwar nicht zielstrebig, aber doch stetig in seine Richtung kam. Hektisch packte er seine Utensilien zusammen und empfahl sich: "Ich muß hier kurz weg. Frag' doch mal im Wilden Mann nach oder im Foxy."

Mit hängenden Schultern und hängendem Kopf schlurfte Töppers, die Reisetasche in der Hand, trübsinnig und gedankenverloren durch die Galerie. Ja, er mußte gehen, sagte er sich immer wieder, irgendwann mußte man einfach Nägel mit Köpfen machen, das Gesetz des Handelns in die Hand nehmen, Fakten schaffen. Mit diesen und anderen ähnlich abstrusen Gedanken schlenderte er am

Ortruds vorbei. Durch das Fenster sah er Eschenbach, der Zeitung las und einen Kaffee trank. All seinen Vorsätzen zum Trotz ließ sich Töppers diese Gelegenheit, noch ein bißchen im Marienhof bleiben zu können, nicht entgehen und ging zu ihm. Vielleicht hoffte er sogar insgeheim, daß Eschenbach ihn zum Bleiben überreden würde. "Tag, Doktor", begrüßte er ihn leidend. "Darf man sich für 'n kleines Momentchen setzen?"
"Töppers!" begrüßte Eschenbach ihn freundlich-überrascht. "Klar, natürlich!" Da stach ihm die Reisetasche ins Auge. "Plötzliche Urlaubsgefühle?"
"Von wegen", seufzte Töppers. "Ich will weg, zu 'nem Kumpel von mir." Ortrud kam an den Tisch, um Töppers' Bestellung aufzunehmen. Den letzten Satz hatte sie mitgehört. "Hallo, Töppers! Hab' ich gerade recht gehört? Du willst weg?" Da konnte Töppers keine so eindeutige Antwort darauf geben und so sagte er im Tonfall übertriebener Verzweiflung: "Ja, wahrscheinlich ... Leider ..." Ortrud schüttelte entrüstet den Kopf.
"Aber wieso denn? Jetzt, wo Annalena endlich schwanger ist, müßtest du dich doch eigentlich freuen, oder?" Töppers lachte bitter auf. "Freuen? Da kann ich jetzt aber nicht drüber lachen." Seufzend winkte er ab. "Ach, es ist alles so vertrackt. Es ist besser, wenn ich mich hier vom Acker mache."
Mit seinem verzweifelten Hundeblick wirkte Töppers so unfreiwillig komisch, daß Ortrud unwillkürlich lächeln mußte. Nachdem sie mit Eschenbach, der hier auch nicht mehr durchblickte, verständnislose Blicke ausgetauscht hatte, fand sie, daß es besser wäre, Töppers nicht weiter zu bedrängen: "Naja, das mußt du entscheiden. Aber was soll's denn sein?"
"Schokopudding haste ja nicht", stellte Töppers in einem Anflug von Galgenhumor fest. "Dann eben eine heiße Schokolade." Ortrud schüttelte halb belustigt, halb

besorgt den Kopf. "Töppers, du weißt ja, weglaufen ist nie eine Lösung." Damit ging sie zurück zum Tresen. Töppers hob resigniert die Schultern. "Das macht den Bock jetzt auch nicht mehr fett", grummelte er mutlos in sich hinein. Eschenbach hatte das unbestimmte Gefühl, daß er jetzt irgendwas sagen mußte. "Töppers, ich ...", wollte er ansetzen. Aber der gute Töppers ließ ihn nicht ausreden, was für Eschenbach schon deshalb nicht so schlimm war, weil er eigentlich gar nicht wußte, was er ihm überhaupt sagen sollte.
"Herr Doktor, die Behandlung ist gestrichen. Ich will kein Kind mehr." Eschenbach konnte sein Problem nicht verstehen. "Sie verrennen sich also weiterhin in den Gedanken, daß Annalena nicht von Ihnen schwanger ist. Warum warten Sie denn nicht den Vaterschaftstest ab?"
"Weil ich nicht an Märchen glaube. Das müssen Sie doch am besten wissen." Eschenbach wollte nicht so schnell aufgeben: "Reden Sie noch einmal mit Annalena!" Töppers winkte traurig ab. "Das führt doch zu nichts. Da kann ich genauso gut 'nen Ochsen ins Horn zwicken." Eschenbach resignierte: "Ich fürchte, dann kann ich Ihnen auch nicht helfen."
Eine Weile saßen sie schweigend beisammen. Doch dann griff Töppers scheinbar wild entschlossen nach seiner Tasche und kündigte an: "Tja, dann werd' ich mal zum Aufbruch blasen." Statt seinen Worten Taten folgen zu lassen, bleib er unschlüssig sitzen, als ob er darauf wartete, daß Eschenbach ihn zurückhielt. Doch der sagte nur achselzuckend: "Wenn Sie meinen."
Fast peinlich berührt erhob sich Töppers. "Eine Bitte hab' ich noch, zum Abschied sozusagen. Passen Sie gut auf sie auf." Er kämpfte mit den Tränen. "Auf mein Annalenchen muß man nämlich aufpassen. Ich kann's ja nun nicht mehr." Eschenbach wußte nicht, was er davon schon wieder halten sollte. "Im Moment habe ich eher den

Eindruck, man muß auf Sie aufpassen."
"Das legt sich wieder", sagte Töppers, der seine Fassung schnell wiedergefunden hatte.
"Töppers, ich weiß wirklich nicht, was ..."
"Nun machen Sie sich mal keinen Knopf ins Hemd, Doktorchen. Sie waren's ja nicht, der mich ..." Er mußte schlucken. "Der mich so gemein belogen hat." Ganz gebrochener Mann verließ er das Ortruds. Zu früh für Ortrud, die erst jetzt mit der heißen Schokolade an den Tisch zurückkam. Eschenbach und sie sahen sich verwirrt, aber auch etwas belustigt an. Sie konnten immer noch nicht so ganz begreifen, wo denn nun das Problem lag.

Als Töppers aus der Galerie stapfte, entdeckte er trotz seines gesenkten Hauptes einen Pulk von Passanten auf der Straße. Neugierig, froh um jede Ablenkung, stellte er sich dazu und lauschte entgeistert dem hektischen Singsang des Hütchenspielers: "Wo ist das Bällschen, na, ier ist das Bällschen, wer sagt's denn. Ein Kinderspiel. Gleisch nochmal. Sehen Sie, ier ist das Bällschen. Kömmen Sie näher, die große Chance, fünfzisch Mark Einsatz, bei Gewinn Undert zurück. Attention, mesdames et messieurs! Wo ist das Bällschen? Jetzt Sie, Monsieur, Sie sähen doch pfiffig aus. Ein kleines Scheinschen und schon kann's losgehen"
Töppers glaubte seinen Augen nicht zu trauen. Das war doch eine ausgemachte ... "Das kann ja wohl nicht wahr sein", sagte er zu sich selbst. "Bin ich schon so plemplem, daß ich Gespenster seh'?" Schockiert schaute er sich das Schauspiel eine Weile an und vergaß für den Augenblick seinen Kummer. Aber als er sah, daß so ein dummer Passant selbstsicher einen Fünfzigmarkschein zückte, wußte er, daß jetzt der Moment zum Durchgreifen gekommen war. "Na warte, Bürschchen", brummte er

halblaut und drängte sich energisch nach vorne.
Der Spieler schien einen gewaltigen Schrecken zu bekommen, als er Töppers sah. Der nahm den Schein und gab ihn dem Passanten zurück. "Guter Mann, stecken Sie den mal schnell wieder ein. Mit dem können Sie was besseres kaufen." Dann wandte er sich an die Umstehenden: "Meine Damen und Herren, die Vorstellung ist beendet." Und endlich knöpfte er sich den Spieler vor: "Felix Hertel!!!" brüllte er so laut, daß dem das Trommelfell wehtat. "Ich faß' es einfach nicht, mein kleiner Felix! So sieht man sich wieder! Hast ja ganz schön was dazugelernt in der französischen Hauptstadt! Nur dein Verstand ist da wohl auf der Strecke geblieben!"
Felix versuchte , den Coolen zu mimen und grinste Töppers unverschämt an. "Der Verstand nicht, Meister. Nur die deutsche Spießigkeit. So mußte das sehn! Das war doch bloß 'n Spaß. In Paris sehen die Leute sowas viel lockerer." Töppers lachte auf. "Ha, ach ja, da sehen die das lockerer? Tun die das? Ist ja entzückend! Und jetzt willst du uns hier auch 'n bißchen lockere Lebensart beibringen, oder was?"

Die einzige, die im Augenblick mit sich und der Welt zufrieden sein konnte, war Teresa. Sie war fürs erste am Ziel. In der Rolle der werdenden Mutter, auf die alle Rücksicht nahmen, gefiel sie sich noch besser, als sie gedacht hätte. Und ihr Miguel, soviel stand fest, würde sie nicht im Stich lassen. Sie hatte gewonnen! So machte ihr auch die Arbeit im Wilden Mann richtig Spaß, die gute Laune stand ihr ins Gesicht geschrieben, während sie strahlend und lächelnd wie selten bediente.
Und so schenkte sie auch der Fremden, die sich suchend im Lokal umblickte ein freundliches, aufmunterndes Lächeln. Die Unbekannte schien auch ziemlich froh zu sein, daß sie sich endlich an jemanden um Hilfe wenden

konnte: "Entschuldigung. Ich suche jemand. Miguel Díaz de Solis, kennst du ihn? Er ist Musiker." Teresas Lächeln wurde augenblicklich schockgefroren. Aber sie tat erst einmal so, als würde sie angestrengt nachdenken, ob sie diesen Typen kennen würde.
Sabina, die Fremde, versuchte, ihr auf die Sprünge zu helfen: "Wir haben eine gemeinsame Freundin. Winnie, die ist auch Musikerin. Vielleicht kennst du ja sie. Die hat mir gesagt, daß er hier im Marienhof ist." Schließlich kramte sie noch ein Foto aus der Tasche und hielt es Teresa hin. "Hier. Der da." Teresas Gesicht begann schon, sich bedrohlich zu verzerren. Sie mußte sich gewaltig anstrengen, um sich nichts anmerken zu lassen. Das Foto zeigte Miguel in inniger Umarmung mit der Unbekannten, die da vor ihr stand. Gut, aber das war wohl einmal gewesen. Jetzt hielt sie die Fäden in der Hand.
Und so antwortete sie voller Stolz: "Natürlich. Den kenne ich allerdings." Aber was diese Fremde hier eigentlich zu suchen hatte, das wollte sie dann doch wissen. Extra freundlich fügte sie hinzu: "Möchtest du etwas trinken? Setz' dich doch."
"Danke, ich hab's ziemlich eilig." Teresa spielte die Besorgte: "Ist irgendwas Schlimmes passiert?"
"Nein, im Gegenteil. Wir haben 'ne Band zusammen. Und jetzt suchen wir ihn dringend. Er weiß noch gar nicht, daß unsere letzte Einspielung in Spanien ein Riesenerfolg geworden ist." Damit hatte Teresa nun wirklich nicht gerechnet. Ihr Miguel ein kommender Star? "Ach! Das hört sich ja toll an!"
"Ich muß ihn unbedingt finden. Ein Plattenproduzent will uns ganz groß rausbringen." Das gab es doch nicht! Teresa bekam förmlich Stielaugen, als sie von Miguels bevorstehendem Erfolg hörte. Ja, es schien wirklich immer besser zu laufen.

Die halbe Klasse hing im Ortruds herum und quälte sich mit der Langeweile. Bastian, Olli und Anna hatten sich zwar wieder zusammengerauft – Olli konnte man eben nie lange böse sein – aber ganz so wie früher war es immer noch nicht. Und vor allem Mascha war verständlicherweise wegen ihres Vaters schlecht gelaunt. Bastian versuchte vergeblich, die Stimmung mit einem Witz zu retten: "Was haben 'ne Mikrowelle und Frauenbeine gemeinsam?"
"Beide kommen in 'nem schlechten Witz von Bastian vor", gab Mascha säuerlich zur Antwort. "Ha, ha", maulte Emanuel. "Wenn du schlechte Laune hast, dann laß doch wenigstens die anderen lachen!" Paula verabschiedete sich kopfschüttelnd in Richtung Toilette. "Ist wohl nicht unser Tag heute, wenn nicht noch ein Wunder geschieht", sagte sie resigniert. Olli klopfte Mascha auf die Schulter: "Ey, was ist dir denn über die Leber gelaufen? Also, nochmal, was haben 'ne Mikrowelle und Frauenbeine ..."
Er kam nicht dazu, den Satz zu vollenden. Denn in diesem Moment bekam er auch schon ein Frauenbein zu spüren. Anna trat ihm kräftiger als nötig gegen das Schienbein, zeigte auf die Tür und rief entgeistert aus, als ob sie ein Gespenst gesehen habe: "Seht mal!" Alle blickten in Richtung Tür und sahen es: Felix, kein anderer als Felix Hertel, mit dem hier wirklich niemand mehr gerechnet hatte, kam leibhaftig herein. Das Gejohle, das daraufhin ausbrach, war so laut, daß sich Ortrud schon nervös nach ihren übrigen Gästen umblickte. Und dementsprechend warf sich Felix, der ja nicht gerade mit stattlicher Größe gesegnet war, in Pose und setzte sich mit stolzgeschwellter Brust zu den anderen. Alle waren total gespannt. Schließlich hatte Felix genug herumposaunt, welch großartige Karriere er in Paris machen würde. Und jetzt kam er einfach so hereinspaziert und sah aus wie immer.

"Nicht zu fassen", sagte Olli frotzelnd. "Du hier in dieser elenden Hütte? Wir haben schon gewettet, in welchem Videoclip wir den größten Drummer aller Zeiten zu sehen kriegen. Und jetzt kriegen wir dich sogar leibhaftig vor die Glotzer!"
"Biste auf Tournee hier?" ergänzte Bastian, ebenfalls grinsend und kichernd. Doch Felix hatte nicht die Absicht, sich hier verarschen zu lassen und behielt seine Würde, ja Großspurigkeit, bei: "Wäre alles noch gekommen. Es gab genug Leute, die mich wollten." Damit landete er fürs erste einen großen Lacherfolg. Felix Hertel wie er leibt und lebt, dachten sich alle, bescheiden und wahrheitsliebend wie immer. Aber Felix verzog keine Miene und lehnte sich nur mit einer Geste souveräner Lässigkeit in seinem Stuhl zurück.
"Ehrlich, so war's, sag' ich euch. Aber ich hatte keinen Bock mehr. Bin ausgestiegen." Olli glaubte kein Wort. "Kein Bock auf Superstar? Was soll das denn heißen?" Felix ließ sich für keine Sekunde in Verlegenheit bringen: "Es gibt einfach zu viele miese Abzocker in der Branche. Alles total mafiös. Echt heavy. Und mich wollten die auch abkochen. Aber nicht mit Felix Hertel! Ich hab' den Braten gleich gerochen und die Typen in die Wüste geschickt."
"Und was hast du jetzt vor?" fragte Anna, schon halb beeindruckt. Felix nickte bedächtig und sah sich in der Runde um. Ja, das war ganz nach seinem Geschmack, hier in einer Runde von Schuljungen und Schulmädchen den Mann von Welt zu geben. "Tja, das Business ist verdammt anstrengend. Ich werde erstmal für 'ne Weile hier ausspannen." So langsam zeigte sein Auftreten Wirkung. Die anfängliche Belustigung begann sich allmählich, in echte Bewunderung zu verwandeln, was Felix nicht entging. Mit wissendem Blick setzte er seine Ansprache fort: "Also, ich kann euch echt sagen, in dieser Branche ..."

Der Rest blieb ihm im Halse stecken. Paula war wieder an den Tisch gekommen und starrte ihn fassungslos an. Und damit war es auch um die große Felix-Hertel-Show geschehen. Felix wurde knallrot im Gesicht und brachte erstmal kein Wort mehr raus.

**Töppers (Wolfgang Seidenberg)
und Annalena (Berrit Arnold):
zwischendurch fast ein harmonisches Paar ...**

**... vor allem wenn es Versöhnungsrosen regnet.
Da kann auch Mascha (Miriam Smolka) zufrieden sein.**

Zwischen Olli (Florian Karlheim) und Dettmer (Gerd Udo Feller) hat es gewaltig gekracht.

Ollis (Florian Karlheim) Lage scheint aussichtslos. Wird Anna (Diana Greifenstein) etwas einfallen?

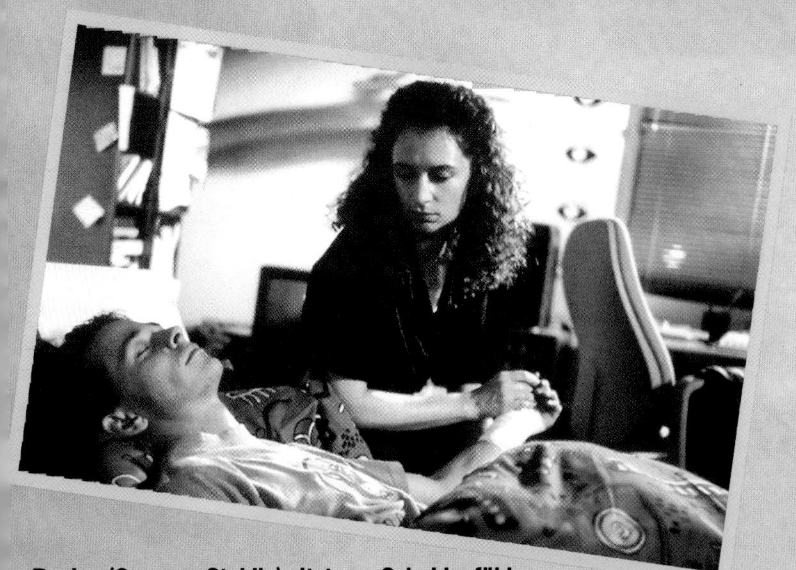

Regina (Susanne Steidle) sitzt von Schuldgefühlen geplagt an Emanuels (Sebastian Fischer) Bett – und der lacht sich heimlich ins Fäustchen.

Regina, Magnus (Matthias Freihof), Elena (Susanna Wellenbrink) und Emanuel stoßen auf ihre – vorläufige – Versöhnung an.

Miguel (Ives Yuri Garate) träumt verklärt – noch ahnt er nichts von Teresas (Natalie de la Piedra) Schattenseiten.

Wenn man unfreiwilligen Vaterfreuden entgegensieht, kann die Lust auf Liebeslieder schon mal vergehen.

Der Auftritt der Band – Roberto Kelly, Christian-Enrico Sciubba, Sabina Sciubba und Nina Severin kommen groß raus.

Sabinas Gesang reißt auch Miguel noch einmal mit.

Schon wieder ein Versöhnungsstrauß ... Paula (Crisaide Mendes) weiß zum Glück, was sie von ihrem Felix (Jan Mrachacz) zu halten hat.

Natürlich läßt sie sich trotzdem etwas einfallen, um ihm aus der Klemme zu helfen – aber bei Felix´ Kochkünsten hilft auch keine Schwimmbrille.

Teresa scheint Miguel erfolgreich umgarnt zu haben. Das Blatt kann sich jedoch noch wenden.

JETZ
JEDEN MONAT NEU

Alles über Marienhof

Tricks

Leise vor sich hingrummelnd hatte Töppers ein Schild gemalt: "Aus familiären Gründen geschlossen". Er wollte es gerade an seiner Ladentür aufhängen, als er sah, wie ein alter Bekannter mit einem Gitarrenkoffer in der Hand an seinem Laden vorbeikam. Alles in ihm krampfte sich zusammen. Ja, er warf sogar einen begehrlichen Blick auf den schweren Schlosserhammer, der drinnen auf dem Tisch lag. Am liebsten hätte er den Typen damit begrüßt. Und dann besaß der Typ auch noch die Unverfrorenheit, einfach so, als ob nichts gewesen wäre, auf ihn zuzukommen und so beiläufig zu fragen: "Hallo, Frank. Wie geht's?" Töppers mußte heftig mit sich kämpfen, um sich zusammenzureißen. "Miguel? Hast du 'n Moment Zeit?"
"Klar. Was gibt's?" Dann bemerkte er das Schild an der Tür. "Hm, familiäre Gründe. Was Gutes oder was Schlechtes?" Wollte ihn der Typ verarschen? Naja, würde sich zeigen. Jedenfalls rückte ihm Töppers erst einmal einen Stuhl zurecht und meinte: "Kommt drauf an, für wen. Setz' dich, ich muß mit dir reden."
Miguel wußte nicht so recht, was das Ganze sollte und versuchte es mal auf die witzige Art: "Du machst es ja spannend. Wenn du mir 'nen Heiratsantrag machen willst – ich bin schon vergeben." Töppers konnte diese Bemerkung überhaupt nicht komisch finden. Soviel Dreistigkeit – das gab es doch einfach nicht! Er begann unruhig hin und herzulaufen, dann blieb er plötzlich stehen und sagte mit aller Würde und Festigkeit, die ihm noch zur Verfügung stand: "Ich wünsche dir und Annalena viel Glück."

Miguel sah ihn befremdet an, aber nachdem Töppers erst einmal angefangen hatte, gab es fürs erste kein Halten mehr. "Da du ja auch ein bißchen Temperament hast, kannst du dir vielleicht vorstellen, daß ich das nicht so leicht verknuse. Aber es ist wohl das Beste für uns drei – oder vier. Wenn's nun schon mal so gekommen ist ..."
"Moment mal, wovon redest du eigentlich? Ich ..."
"Bitte, laß mich jetzt ausreden. Ich weiß, ich habe keine Rechte, aber versprich mir, daß du auf Annalena aufpaßt. Sie ist ein echtes Goldstück und man muß sie auf Händen tragen. Verstehste mich?"
"Aber ..."
"Wenn mir auch nur einmal zu Ohren kommen sollte, daß du sie unglücklich machst, verbau ich dich in 'ne Gas-Wasser-Heizung."
Jetzt reichte es aber endgültig! Miguel platzte der Kragen und um sich Gehör zu schaffen, hieb er erst einmal wütend mit der Faust auf den Tisch. "Was willst du eigentlich von mir? Kümmere dich doch selber um Annalena, ich bleibe bei Teresa. Schließlich erwartet sie ein Kind von mir!"
Töppers schien den Sinn des Satzes nicht ganz begriffen zu haben. Jedenfalls schaute er ziemlich dumm aus der Wäsche und stotterte nur "Bei, bei, bei wem???" Miguel seinerseits konnte Töppers' Problem nicht ganz begreifen. "Bei Teresa. Oder ist es in Deutschland etwa üblich, die Frauen auszutauschen, wenn sie schwanger sind?" Töppers stand immer noch mit seinem ganzen Gewicht auf der Leitung: "Das heißt, Teresa kriegt auch ein Kind von dir?"
"Wieso ... Wer denn noch?"
"Na Annalena. Du hast doch gestern selbst ..." Verdammte Scheiße! Nein, hatte er eben nicht! Jetzt war auch dem schwerfälligen Frank Töppers alles klar. Mit wirrem, halb wahnsinnig wirkenden Gesichtsausdruck

starrte er Miguel an, der sich zusehends ungemütlich fühlte in der Gegenwart dieses offensichtlich Übergeschnappten. Und dann kam der auch noch auf ihn zu, packte ihn an den Schultern, zog ihn hoch und schüttelte ihn durch. "Miguel! Miguel! Du hast mit Annalena gar nicht ..."
"Annalena? Nein, wieso? Wer behauptet das?" Töppers ließ ihn los und fing an, hysterisch kichernd rumzubrüllen "Der Töppers ist ein armer Irrer. Der größte Gipskopf des Jahrhunderts. Ein Riesenrhinozeros!" Theatralisch hielt er Miguel die Wange hin. "Da. Gib mir 'ne Ohrfeige. Los, rechts und links!"
Miguel dachte nicht daran. Lieber sah er zu, daß er sich möglichst schnell aus dem Staub machen konnte. Wer weiß, was der Bekloppte hier noch alles aufführen würde? Aber der ging mittlerweile wieder hektisch auf und ab und war immer noch damit beschäftigt, seine wirren Selbstgespräche zu halten. "Annalenchen, was hab' ich dir nur angetan. Aber warte. Das mach' ich wieder gut. Und ich hab' da ... äh, Miguel!" Seltsam. Der war schon weg. Warum war der nun einfach gegangen, ohne sich zu verabschieden. Töppers schüttelte den Kopf. Schon ein komischer Vogel, dieser Miguel! "Ja, ja, da hab' ich auch schon 'ne Idee – so wahr ich Frank Töppers heiße."

Inzwischen hatten alle Schüler das Ortruds verlassen. Alle bis auf Paula und Felix, die noch einiges zu klären hatten. Paula war immer noch stinksauer und enttäuscht, daß sich ihr Felix während seines Aufenthalts in Paris so gut wie nie gemeldet hatte. Und jetzt war er wieder da, und statt daß sein erster Weg zu ihr führte, saß er hier rum, riß coole Sprüche und ließ sich bewundern. Allerdings war jetzt nicht zu übersehen, daß er doch ein schlechtes Gewissenhatte. Kurzentschlossen nahm er die Limo, die ihm Ortrud gerade erst zur Begrüßung ausgegeben hatte, schob sie Paula hin und behauptete unverfroren: "Da.

Hab' ich extra für dich geordert." Paulas "Danke" kam allerdings recht kühl über ihre Lippen. Felix beschloß, in die Offensive zu gehen und sein schlechtes Gewissen mit großspurigen Sprüchen zu übertünchen: "Ich konnte mich ehrlich nicht so oft melden. In Paris geht's ganz anders rund!"
"Wie schön für dich", sagte Paula ungerührt. "Mensch, Paula, dagegen ist Köln ein Dorf. Wenn du nicht Tag und Nacht am Ball bleibst, biste sofort out! Da ist immer nur Action angesagt!" Paula schenkte ihm einen strafenden Blick: "Dann hast du dich ja gut amüsiert", meinte sie pikiert. Felix versuchte, eine andere Platte aufzulegen: "Die letzte Zeit hab' ich tierisch hart malocht. Bloß für die Rückfahrkarte zu dir." Aber auch das wollte Paula nicht gelten lassen: "Wozu, wenn's da so spannend ist? Eine Freundin hättest du bestimmt auch gefunden!"
Doch solche Anspielungen wies Felix entrüstet von sich und versuchte gleichzeitig, den Charmeur zu spielen: "Nee, ich schwör's dir! Die Französinnen sind alle Gurken – im Vergleich zu dir. Da ist nichts gelaufen, echt!" Paula wurde eher noch wütender: "Du brauchst nicht so rumzusülzen, Felix! Als ich dich gebraucht hätte, da warst du nicht da. Was willst du eigentlich hier?" Felix sah ein, daß er erneut umschwenken mußte. Diesmal versuchte er es mit einem treuherzigen Blick, so eine Mischung aus mißverstandener Liebhaber und reumütiger Sünder: "Willst du wissen, warum ich hier bin", fragte er dramatisch. "Nur wegen dir! Ich hab' gemerkt, daß ich hier die tollste Frau der Welt habe."
"Ich wäre mir nicht so sicher, ob du die wirklich hast", sagte Paula bitter. Er gab nicht auf: "Ich war total mies zu dir, ich weiß. Aber hier oben", sagte er und tippte sich dabei an die Stirn, "hier oben sind ein paar Lichter angegangen. Ich hab' mich total geändert."
"Ach ja?"

"Es gibt keine schrägen Aktionen mehr, ich schlag' mich lieber ehrlich durchs Leben. Mit dir!" Paula sah ihn einen kurzen Augenblick nachdenklich an. Doch dann stand sie entschlossen auf und mit einem lauten "Du spinnst ja" verließ sie das Ortruds.

Der gute Töppers war nicht wiederzuerkennen. Eben noch das heulende Elend schien er mittlerweile schon wieder voll in seinem Element zu sein. Aufgedreht und bester Laune bereitete er seinen großen Auftritt vor. Damit würde er schon alles wieder hinbiegen. Seinen Smoking hatte er schon lange nicht mehr gebraucht, aber jetzt war der richtige Anlaß gekommen. Immer wieder bürstete er ihn sorgfältig ab, um auch ja dem allerletzten Staubkörnchen keine Chance zu lassen. Kontrollierend strich er über sein bestes weißes Hemd, das er ebenfalls herausgekramt hatte. Zufrieden murmelte er vor sich hin: "Das kommt alles wieder in Ordnung, Annalenchen. Keine Angst, das kommt alles wieder in Ordnung. So dumm ist der olle Töppers nur einmal. Du sollst stolz sein auf deinen Mann."
Zum krönenden Abschluß nahm er noch zwei After-Shave-Flaschen zur Hand und schnüffelte daran. "So, und jetzt noch die richtige Duftkomponente. Hm, bißchen mehr Seewind und Abenteuer ... Oder lieber grüne Wiese?"
Mascha, die von der neuesten Wendung des Dramas noch keine Ahnung hatte, kam herein und war erst einmal baff. "Was machst du denn hier? Ich denke, du wolltest dich verkrümeln?" Triumphierend antwortete Töppers, als ob es das Selbstverständlichste von der Welt wäre: "Denken ist nicht immer die richtige Methode, meine liebe Mascha."
Mascha wollte schon so etwas wie "du mußt es ja wissen" sagen, als sie Töppers' Galakittel bemerkte, der über dem

Stuhl hing. Was hatte denn das schon wieder zu bedeuten?
"Hm, scheint mir auch so", meinte sie skeptisch. "Ich versteh' jetzt nämlich gar nichts mehr." Statt ihr die Sache ruhig zu erklären, nahm Töppers sie unter den Achseln und wirbelte sie im Kreis herum. "Das gibt 'ne Riesenüberraschung, Mascha! Dein Vater wird Vater!"
"Ach nee, also doch", sagte Mascha trocken. Töppers atmete tief durch. "Ich bin so ein Hornochse gewesen! Miguel hat gar nicht Annalena gemeint. Teresa bekommt ein Kind von ihm. Alles wird gut. Der Töppers bringt das heute noch in Ordnung." Da atmete Mascha erleichtert auf. Töppers, der in seiner Begeisterung nicht zu bremsen war, hielt ihr die After-Shave-Flaschen unter die Nase.
"Na, was paßt besser zu 'nem Heiratsantrag?"
"Mensch, Paps, ist das dein Ernst?" Heiratsantrag – da war die Begeisterung auch auf Mascha übergesprungen und freudig warf sie sich ihrem Vater an den Hals. Aber der hatte jetzt Wichtigeres zu tun und wand sich los. "Na, nun riech doch mal!"
"Das da!"
"Echt? Meinste nicht, daß doch das andere vielleicht ..."
"Paps!" unterbrach sie ihn genervt. Aber er war einfach nicht aufzuhalten. "Und was meinst du dazu? Paßt der Smoking oder soll ich nicht doch lieber ..."
"Paaaps! Jetzt bleib' mal auf'm Teppich!" Als sie Töppers sah, wie er sie fassungslos anstarrte, wie ein Kind, dem man das Spielzeug wegnehmen wollte, mußte Mascha wieder lächeln. "Annalena wird's bestimmt nicht leicht haben mit zwei Kindern." "Wieso zwei?" stieß Töppers erschrocken hervor. Mascha sah ihn nur grinsend an. Nach kurzem Überlegen schien Töppers zu begreifen und zeigte fragend auf sich selbst. Mascha nickte. Da mußte auch Töppers loslachen und liebevoll stieß er Mascha in die Seite.

Auf Teresas Anraten hin war Sabina schließlich auf der Suche nach Miguel im Foxy gelandet. Und sie war nicht allein gekommen: Nina, Roberto, Enrico, die ganze Band war mit dabei. Nur Miguel hatte sich noch nicht sehen lassen. Immerhin hatten sie mittlerweile Annalena kennengelernt, und, alle hatten sich ganz nett gefunden.
Annalena brachte der Truppe erst einmal etwas zum Trinken. "Na, der Miguel wird vielleicht Augen machen, wenn er das hört", meinte sie und konnte die große Überraschung kaum noch erwarten. Da endlich hörte sie Schritte auf der Treppe. "Pscht. Ich glaub', er kommt!" Ja, er kam, allerdings nicht allein. Teresa war schon ganz selbstverständlich mit von der Partie und kam händchenhaltend und angeregt mit ihm plaudernd die Treppe herunter. Miguel erzählte ihr gerade von seinem Lieblingsthema: "Der Pianist ist echt geil. Ich leg dir's gleich mal auf. Dann wirst du ..." Der letzte Satz blieb ihm glatt im Halse stecken, als er völlig unerwartet Sabina vor sich stehen sah und dahinter die ganzen anderen Bandmitglieder.
Die Überraschung war perfekt! Mit großem Gejohle umringten ihn seine Freunde, fielen ihm um den Hals, schüttelten ihm die Hand, tauschten Küßchen aus. Teresa schien es nicht zu gefallen, daß Sabina ihren Miguel besonders überschwenglich umarmte und küßte. Sie betrachtete die ganze Szene mit süßsäuerlicher Miene. Aber auch Miguel schien über das unverhoffte Wiedersehen nicht halb so begeistert zu sein, wie die restlichen Bandmitglieder.
Das fiel als erster Nina auf: "Sag mal, Miguel, freust du dich gar nicht?" Sabina ließ Miguel keine Zeit zum Antworten: "Wart's ab! Das kommt gleich." Triumphierend zog sie die CD mit dem Titel "Land of Summer" aus der Tasche und hielt sie Miguel vor die Nase. Miguel nahm sie in die Hand, brauchte einen Moment, bis er den

Titel identifiziert hatte uns stellte dann erfreut fest: "Unser letzter Song! Auf CD!" Und Sabina fuhr stolz fort: "Aber das ist noch nicht alles. Na, willst du mehr wissen? Top Ten der spanischen Charts! Platz vier! Was sagst du jetzt?"
Sie hatte von Miguel auf diese Mitteilung hin zumindest einen Luftsprung oder einen Freudentanz erwartet, aber seine Reaktion fiel unterkühlter aus als gedacht. "Ja. Herzlichen Glückwunsch", sagte er anerkennend und gab Sabina die CD zurück. Sabina mußte sich doch wundern. "Was heißt hier 'herzlichen Glückwunsch'? Das ist doch genauso dein Erfolg!" Miguel nickte bedächtig. "Schon. Aber das liegt jetzt hinter mir."
Alle sahen ihn fassungslos an. Alle bis auf Teresa, von der er für seine Bemerkung ein strahlendes Lächeln erntete. Sabina wollte es nicht wahrhaben. "Von wegen hinter dir, es liegt vor dir! Erstens sind uns 20.000 Mark sicher. 4.000 für jeden! Und zweitens haben wir verdammt gute Chancen auf einen Vertrag. In drei Tagen sollen wir einem bekannten deutschen Produzenten vorspielen."
"Schön für euch", meinte Miguel achselzuckend. Sabina wurde langsam sauer. "Sag mal, kapierst du das nicht? Du gehörst dazu!"
Annalena hatte die ganze Zeit nur zugesehen und zugehört. Es war klar, daß hier irgendwas schieflief und jetzt mußte sie sich dringend einschalten. Sie nahm Miguel die CD aus der Hand, warf einen anerkennenden Blick drauf und meinte dann zu ihm, mit einem augenzwinkernden Seitenblick auf Sabina: "Mensch, Miguel, wir haben schon beschlossen, daß ihr hier zusammen auftretet."
Aber das Thema konnten sie im Augenblick nicht vertiefen. Denn während sich Annalena aufmachte, um die CD einzulegen, hatte Sabina zu ihrer großen Freude etwas an Miguels Hand entdeckt. "Super! Du trägst unseren Ring

ja noch!" Sie hob ihre Hand hoch, an der sie den gleichen Ring trug. Teresas kniff wütend die Augen zusammen. Doch dazu hatte sie eigentlich keinen Anlaß, denn Miguel beeilte sich, kühl zu versichern: "Hm, ja. Ich krieg' ihn nicht mehr vom Finger runter." Teresas Miene hellte sich wieder etwas auf, während Sabinas Enttäuschung kaum zu übersehen war. Aber inzwischen hatte Annalena die CD eingelegt und die Musik, unterband fürs erste weiteren Streit.

Ob sich Felix nun ehrlich durchs Leben schlagen wollte oder nicht, was er auf jeden Fall brauchte, war ein Dach überm Kopf. Und da war immer noch das Naheliegendste, sich wieder in der WG einzunisten. Aber dafür mußte er erst einmal an Nadine vorbei, die von der Aussicht auf Felix als altem und neuem Mitbewohner alles andere als begeistert war. Eine Strafpredigt, die sich gewaschen hatte, das war das Mindeste, was Felix erstmal auf sich nehmen mußte.
Dabei hatte Nadine eigentlich gar keine Lust, sich überhaupt mit Felix abzugeben. Schließlich hatte sie Besseres zu tun. Aber, während sie ihren frischgebackenen Kuchen aus dem Backofen nahm, konnte sie sich dennoch nicht zurückhalten, dem Typen mal klar und deutlich die Meinung zu sagen: "Ich finde es ehrlich gesagt ganz schön dreist, daß du jetzt auf einmal wieder hier einziehen willst!" Felix zog es vor, so zu tun, als verstünde er gar nicht, was sie damit sagen wollte: "Wieso? Wir haben uns doch immer gut verstanden. Wo ist das Problem?"
"Das Problem ist, daß du dich hier still und heimlich verdrückt hast. Und du hast hier einen Riesensaustall hinterlassen! Den ich dann aufräumen durfte! Und was ist mit deiner Miete? Die hast du dir einfach geklemmt."
"Die kriegste natürlich noch", beeilte sich Felix zu versichern. "Kein Problem!"

Das war aber nur das Stichwort für Nadine, endgültig in die Luft zu gehen: "Kein Problem, kein Problem! Ich hör' immer nur kein Problem! Das ist auch der Lieblingsspruch von Olli und Miguel! Kein Problem zu haben, scheint 'n echtes Männerproblem zu sein." Felix winkte ab: "Komm, reg' dich nicht auf. Bei mir läuft zur Zeit alles ganz easy!" Darauf sah er sich suchend um und schnell hatte er erspäht, was er gesucht hatte: "Ah, haste nicht wenigstens 'ne Tasse Kaffee für 'nen armen Obdachlosen?", fragte er und schenkte sich – natürlich ohne Nadines Antwort abzuwarten – einen großen Becher ein. Damit nicht genug schnappte er sich ein Küchenmesser, schnitt sich ein Stück der Größe das-reicht-auch-für-drei von Nadines frischgebackenem Kuchen ab und biß herzhaft hinein. "Hmm", schwärmte er kauend, "selbstgebacken schmeckt immer am besten."
Nadine war drauf und dran, sich auf ihn zu stürzen und ihm links und rechts eine reinzuhauen. Doch was sollte es? War ja eh alles zwecklos! Den änderte keiner mehr! Nadine resignierte und beschränkte sich darauf, eine wegwerfende Handbewegung zu machen. "Meinetwegen zieh' hier ein, bis du was anderes gefunden hast. Auf einen Chaoten mehr oder weniger kommt es jetzt auch nicht mehr an. Obwohl mir das nicht besonders gefällt, daß das hier mittlerweile fast 'ne reine Männer-WG geworden ist."
Das plötzliche Klingeln des Telefons hinderte Nadine daran, ihre Tirade fortzusetzen. "Ja, Nadine Voss … Hey, Svenja! Wie geht's dir und Sülo? … Schön! … Wieso? Felix? Ja, der ist hier, eben gekommen." Felix war schon bei der Erwähnung des Namens Svenja der Kuchen fast im Hals steckengeblieben. Doch es gab kein Entkommen. Sein Name war gefallen und Nadine hielt ihm den Hörer hin. Verkniffen schaltete er aber auf süßsauer und nahm den Hörer, immer bemüht, Svenja so vollzuschwallen,

daß sie möglichst erst gar nicht zu Wort kam:
"Hi, Svenja! Gut, daß du anrufst! Hab' gerade mit Nadine mein Wohnungsproblem belabert. Sie hat nichts dagegen, wenn ich hierbleibe. Kann ich wieder dein Zimmer haben? ... Ja Klasse! Danke und Gruß an Sülo. Also dann ich muß jetzt schlußma ..." Ja, er wollte am liebsten schon auflegen, aber Svenja am anderen Ende der Leitung ließ sich anscheinend nicht so leicht abschütteln. Mit einem ernsten Blick bedeutete Felix Nadine, daß er jetzt am liebsten allein und in Ruhe sprechen wollte. Nadine verstand und verließ das Zimmer. Mit gedrückter Stimme fuhr Felix fort: "Okay, reg' dich nicht so auf ... Ja ... Aber ich ... Ja, die sollen ihre Instrumente wiederkriegen ... Die 5000 waren ... Na, die waren beim Pokern eben quasi Lehrgeld ... Aber jetzt kann ich's ... No problem ... Die paar Märker sind schon so gut wie unterwegs, ehrlich."
Er legte auf und atmete tief durch. Nur gut, daß gerade niemand im Zimmer war. Denn jetzt hätte auch ein Blinder sehen können, daß er in verdammten Schwierigkeiten war.

Sabina konnte und wollte nicht so leicht aufgeben. Jetzt, wo sie so kurz davor waren, ihre Träume wahr werden zu lassen, durfte Miguel einfach keinen Rückzieher machen. "Sei doch nicht so verbohrt Miguel. Jetzt, wo der Erfolg endlich da ist, willst du ihn nicht! Was ist'n los mit dir?"
Miguel wich aus, ignorierte die Frage einfach und setzte stattdessen erst einmal eine Vorstellungsrunde an: "Also, das sind übrigens Sabina, Nina, Roberto und Enrico. Und das ist meine Freundin Teresa." Teresa strahlte die Bandmitglieder betont freundlich an und diese nickten lächelnd zurück.
Bis auf eine. Sabina begann, Eins und Zwei zusammenzuzählen. Ihr dämmerte es endlich, daß Miguel und Teresa zusammengehörten und abgesehen davon, daß sie

das ziemlich eifersüchtig machte, sie jetzt auch, den Grund für Miguels mangelndes Interesse an der Band zu kennen. "Ach so", meinte sie spitz, "dann ist also ..."
Aber weiter kam sie nicht. Denn in diesem Moment ging die Tür auf und kein anderer als Frank Töppers polterte mit strahlendem Lächeln in seinem blauen Monteurkittel die Treppe herunter. "Hallöchen allerseits", rief er, offensichtlich bester Laune, in die Runde. "Hier ist ja schon richtig was los."
Betont freundschaftlich klopfte er Miguel auf die Schulter und nickte dabei Teresa lächelnd zu. Grinsend meinte er zu Miguel, der auch nicht recht wußte, wie ihm geschah, aber sich sowieso schon damit abgefunden hatte, daß dieser Töppers einen Sprung in der Schüssel hatte: "Frank Töppers hatte 'nen kleinen Kurzschluß heute. Ist aber wieder intakt." Verwundert fragte ihn Teresa: "Hast du noch keinen Feierabend? Du siehst ja so nach Arbeit aus."
"Allerdings, hier gibt's dringend was zu reparieren", antwortete Töppers geheimnisvoll, aber mit breitem Grinsen und sah sich in der Runde um. "Wo ist denn die Chefin?"
Schnell hatte er Annalena entdeckt. Er nahm sozusagen Haltung an, schien kurz nachzudenken und stapfte dann mutig auf sie zu. Die anderen im Raum sahen gespannt und belustigt zu. Töppers nahm Annalena an der Hand und zog sie hinter dem Tresen vor.
"Was willst du hier, Töppers?", fragte Annalena verärgert. Doch er legte ihr nur den Finger auf den Mund, ging seinerseits hinter den Tresen und hielt bedeutungsvoll eine CD hoch, die er dann einlegte, um gleich wieder hervorzuspringen.
"So, mein Annalenchen, jetzt paß' mal auf!" Und bevor Annalena, die die ganze Szene sprachlos und mit offenem Mund verfolgte, noch etwas sagen konnte, hatte sich Töppers auf die Bühne geschwungen. Altmodische Bigbandmusik tönte aus den Lautsprecher-boxen.

Töppers ging einige elegante Tanzschritte auf der Bühne hin und her und – begann einen gar nicht mal schlecht einstudierten Striptease!
Stück für Stück warf er lässig seine Klamotten auf die Tanzfläche. Töppers wäre natürlich nicht Töppers gewesen, wenn das Ganze so glatt über die Bühne gegangen wäre. Besonders die Probleme, die er hatte, die Knöpfe seines Arbeitsmantels aufzubekommen, ließen ihn mehr tolpatschig als sexy erscheinen. Aber er ließ sich nicht beirren und setzte zur Belustigung seines erlesenen Publikums die Show bis zum bitteren Ende fort. Das bittere Ende bestand allerdings in diesem Fall nicht darin, daß er splitternackt auf der Bühne stand. Immerhin – Töppers im Smoking hatte auch noch niemand gesehen. Als Krönung seiner Vorstellung zog er sein Einstecktuch hervor, wickelte, immer im Takt der Musik, zwei goldene Ringe heraus, kam mit wiegenden Schritten zu Annalena, kniete sich vor ihr nieder und hielt ihr mit unwiderstehlichem Augenaufschlag die Ringe auf dem Tuch entgegen. Feierlich sagte er in den Applaus seines Publikums hinein, so daß es alle hören konnten: "Ich will auch nie wieder so ein Trottel sein."

Vor lauter Begeisterung über den eigenen Auftritt war dem guten Töppers allerdings entgangen, daß eine Person im Raum nicht geklatscht hatte und sich auch wenig belustigt gezeigt hatte. Auch Töppers' Augenaufschlag fand Annalena in diesem Moment gar nicht so unwiderstehlich. Im Gegenteil, daß Frank anscheinend glaubte, daß er mit dieser Inszenierung alles vergessen machen konnte – alles, was er ihr angetan hatte – das machte sie erst recht stinksauer.
Ungerührt ging sie zur Anlage, schaltete die Musik aus und sagte kalt: "Vergiß es, Töppers! Mit einem Mann, der so wenig Vertrauen zu mir hat, will ich weder ein Kind, noch eine Familie." Damit drehte sie sich um und ließ

Töppers, der sich vergeblich zum Affen gemacht hatte, einfach stehen. Töppers fühlte sich jetzt wirklich so, als ob er am hellen Tag mit heruntergelassenen Hosen in der Fußgängerzone von Köln stehen würde.

Ob "kein Problem" oder "no problem", mit diesen Sprüchen kam Felix jetzt nicht mehr weiter. Schon wieder hatte Svenja angerufen und Kohle verlangt und schon wieder hatte er sie mühsam vertrösten und abwimmeln können. Aber wie lange noch? Wie sollte er innerhalb weniger Tage zu 5000 Mark kommen? Und wie lange würde er es noch verheimlichen können, daß er gewaltig in der Klemme war? Er hatte gerade noch auflegen können, ehe Olli hereingekommen war. Aber Gott sei Dank hatte der nichts gemerkt. Stattdessen kam er mit einem Säckchen in der Hand auf Felix zu und zog belustigt ein kleines Püppchen heraus: "Hab' ich grade gefunden, Felix. Seit wann spielst du denn mit Puppen?"
"Schwachsinn, das sind Paulas brasilianische Sorgenpüppchen. Hat sie wohl mal liegenlassen." Olli verstand nur Bahnhof: "Paulas was?"
"Sorgenpüppchen. Wenn du 'n Problem hast, legst du sie unters Kopfkissen und sie nehmen dir angeblich alles ab."
"Wozu Puppen gut sein können", wunderte sich Olli. Felix lehnte sich wichtigtuerisch in seinem Sessel zurück. "Ha, ich stehe ja eher drauf, wenn mir ganz andere Puppen meine Sorgen abnehmen."
"Was soll das denn heißen?", fragte Olli neugierig, obwohl er ganz gut verstanden hatte. Felix setzte seinen weltmännischsten Blick auf und prahlte wild drauflos: "Tja, in Paris lernste, mit Puppen zu spielen – und mit Karten." Felix wußte selbst nicht so genau, wie und warum er in diesem Moment auf Karten gekommen war. Aber als er Ollis interessierten und fragenden Blick wahrgenommen hatte, kam ihm der geniale Gedanke, wie er

vielleicht doch zu Geld kommen könnte. Doch er versuchte erstmal, sich nichts anmerken zu lassen und sich ganz beiläufig zu geben: "Naja, natürlich nicht Mau-Mau oder Canasta. Richtiges Poker."
"Also um Geld?" fragte Olli mit großen Augen.
"Klar, professionell", sagte Felix überlegen und souverän. "Da kannste saumäßig Kohle machen."
"Erzähl", drängte Olli, der den Duft der großen weiten Welt witterte. Das ließ sich Felix nicht zweimal sagen: "Das ist überhaupt das Tollste an den Pariser Nächten. Es gibt jede Menge heißer Bars, wo du bis zum Morgengrauen durchzocken kannst." Olli hing an seinen Lippen. Um auch mal was zu sagen, fragte er ungläubig-naiv: "Ist das dort nicht verboten?"
Felix nickte wissend und wichtig und flüsterte verschwörerisch, als stecke die Polizei schon im Küchenschrank: "Sowas läuft natürlich nur in Hinterzimmern, da kommt nicht jeder rein. Das bringt's total!" Olli war restlos begeistert: "Ey, das ist die Idee! Wir machen 'ne Pokerrunde auf!"
Felix grinste still in sich hinein. Dahin wollte er ihn bekommen und es hatte geklappt. Aber er spielte erstmal den Gelangweilten: "Ach, mit euch ist das doch Kinderkram. Willste etwa um Gummibärchen spielen?" Olli winkte beleidigt ab und Felix war's zufrieden. "Von mir aus kannst du die anderen ja mal fragen", sagte er gönnerhaft. "Aber Pokern ist ganz schön tough! Darüber mußt du dir im Klaren sein."

Nachdem Annalena ihn derart hatte abblitzen lassen, gab es für Töppers erstmal nur einen altbewährten Rettungsanker: Der war schokoladenbraun und steckte in durchsichtigen Plastikbechern. Ja, er versuchte mal wieder, seine Probleme unter einer dicken Puddingschicht zu begraben. Als Mascha in die Küche kam, löffelte er schon

an seinem vierten Becher. Aber sie war zu gut gelaunt und vor allem viel zu neugierig, wie die Sache gelaufen war, um gleich sehen zu können, was schon wieder los war.
"Morgen, Paps. Na, wann kann ich Blumen streuen?" Töppers steckte den Löffel in die dicke Masse und war ganz heulendes Elend. "Nix mit Blumen. Asche kannst du mir aufs Haupt streuen. Sie hat meinen Antrag schmählich abgelehnt." Jetzt bemerkte Mascha die Puddingbecher und an ihrer Anzahl konnte sie sofort ablesen, daß die Lage ernst war. "Oje", stöhnte sie. Töppers setzte sein Jammern fort. "Mein Annalenchen will mich nicht mehr. Und unser Kind will sie auch ohne mich kriegen."
Mascha seufzte, allerdings eher genervt als teilnahmsvoll. Schon wieder diese Selbstmitleidstour! "Solange der Supermarkt noch Schokopudding hat, kann's ja nicht so schlimm sein", sagte sie giftig. Ihr Paps zog es vor, die beleidigte Leberwurst zu spielen: "Jetzt fällt mir meine eigene Tochter auch noch in den Rücken! Willst du, daß dein Vater endgültig zum Frauenfeind wird?"
So langsam war das Maß voll. Wütend nahm Mascha ihrem Vater den angebrochenen Puddingbecher weg und warf ihn zusammen mit den drei leeren in den Müll. Töppers setzte schon zu einem lauen Protest an, aber angesichts der Rage, in die Mascha geraten war, ließ er es lieber bleiben. "Nee, Paps, nicht zu 'nem Frauenfeind, zu 'nem richtigen Mann! Hast du echt gedacht, daß dir Annalena gleich wieder auf den Schoß hüpft, bloß weil du mit dem Finger schnippst? Nach allem, was du dir geleistet hast?"
"Ich hab' aber doch ..."
"Ja, du hast verdammt viel verpatzt mit deiner blöden Eifersucht! Du mußt dich schon etwas mehr anstrengen, um das wieder geradezubiegen!" Töppers seufzte resigniert. "Liebe kann man nicht erzwingen", hauchte er

kleinlaut. Diese Jammersprüche! Mascha war wieder einmal kurz davor, in die Luft zu gehen. Warum lag es ständig an ihr, ihren Vater zu erziehen?
"Mensch, Paps, sind denn alle Männer so hoffnungslose Fälle? Wie blind bist du eigentlich?" Töppers sah sie hilflos an, aber Mascha war sich sicher, daß er noch nicht genug gehört hatte. "Annalena liebt dich doch genauso, wie du sie. Alles, was du jetzt brauchst, ist Geduld – und 'nen guten Einfall ... Oder ist dein Hirn jetzt auch schon aus Pudding?" Das hatte gesessen! In Töppers schien das Leben zurückzukehren. Jedenfalls erhob er sich ruckartig aus dem Sessel, in dem er die ganze Zeit schlapp gelegen war und wollte schon anfangen, Mascha entschlossen zusammenzustauchen. Aber dann schien ihm eine bessere Idee zu kommen. Und schließlich setzte er sogar ein leises Lächeln auf. Diesmal fragte Mascha lieber erst gar nicht, was er schon wieder vorhatte.

Eigentlich hatte es Miguel schon schwer genug. An seiner neuen Rolle als werdender Vater und – schlimmer noch – als Teresas Freund hatte er gewaltig zu kauen. Daß nun auch noch völlig unverhofft seine alte Freundin Sabina aufgetaucht war, mitten in das sowieso schon laufende Chaos hinein, das war einfach zuviel. Halb angezogen saß er auf seinem Bett. Um ihn herum lagen zahllose Erinnerungen: Briefe, Papiere, Fotos, lauter Sachen, die jahrelang in einer Schachtel vor sich hingegammelt hatten und die er jetzt einfach wieder herausholen mußte. Gedankenverloren blickte er auf ein Foto, das ihn engumschlungen mit Sabina zeigte – eine plötzlich wieder ganz intensive Erinnerung an glücklichere Tage.
Doch schlagartig wurde er von einer wohlbekannten Stimme mit italienischem Akzent, die aus dem Flur zu hören war, aus seinen Träumen gerissen. "Danke, Nadine. Ich will mal sehen, ob er überhaupt schon wach ist." Mist!

So schnell er konnte, stopfte Miguel das Foto und all die anderen Dinge in die Pappschachtel zurück und schob sie hastig unters Bett. Es klopfte an der Tür, aber Teresa wartete erst gar nicht ab, bis er sie hereinbat, sondern betrat ganz selbstverständlich und offensichtlich in blendender Laune sein Zimmer.
"Überraschung!" flötete sie lächelnd. "Ich lad' dich zum Frühstück bei Ortruds ein." Und ehe Miguel noch irgendwie reagieren konnte, hatte sie schon ihre Lippen auf die seinen gepreßt. Gezwungenermaßen bemühte sich Miguel, den Kuß zu erwidern. "Jetzt gleich?" fragte er nach. Teresa begann lächelnd, an ihm herumzuschmusen. "Wir können auch erst noch was anderes frühstücken", antwortete sie eindeutig zweideutig. Miguels Begeisterung für diese Art Vorspeise hielt sich in Grenzen, aber er bemühte sich wacker, das Teresa nicht zu zeigen. Und in gewisser Weise hatte er Glück. Denn als Teresa zärtlich seine Hand nahm, stach ihr sein Ring wie ein häßlicher Schmutzfleck ins Auge. Bemüht cool fragte sie: "Schöner Ring! Wart ihr mal zusammen oder warum hat Sabina den gleichen?"
"Ja, aber das ist längst vergessen", log Miguel. "Ich trag' ihn nur noch aus Gewohnheit." Aber so leicht war Teresas Mißtrauen nicht aus der Welt zu schaffen. Irgendwie ahnte sie, daß da doch noch etwas war. Doch um das herauszufinden, würde sie etwas geschickter vorgehen müssen. So wechselte sie scheinbar das Thema und meinte zuckersüß: "Irgendwie hast du dich gar nicht richtig gefreut, daß eure Band einen Hit gelandet hat." Miguel hatte keine Lust, an diese Angelegenheit erinnert zu werden, und wollte ausweichen: "Doch. Aber ich gehöre ja nicht mehr dazu."
"Sabina wollte aber unbedingt, daß du wieder mitmachst."
"Man soll keine alten Geschichten aufwärmen." Alte

Geschichten – das konnte sich auf alles Mögliche beziehen und das war Teresa nicht entgangen. "Ich denke, es geht nur um die Musik. Das wäre doch eine tolle Chance. Warum willst du soviel Geld einfach sausen lassen?"
"Geld ist nicht alles im Leben, oder?" meinte Miguel, nicht ganz überzeugt und folglich auch nicht richtig überzeugend. "Aber eine ganze Menge", stellte Teresa fest. Miguel fühlte sich ganz schön in die Enge getrieben. Aber im Moment gab es kein Entrinnen. Er wußte, was Teresa hören wollte, also – warum nicht? – sollte sie es eben hören: "Erfolg kann ich auch allein haben. Ich habe die Songs geschrieben und arrangiert. Das ist entscheidend. Wenn ich allein arbeite, habe ich viel mehr Freiheiten."
Damit stand er auf und begann, sich fertig anzuziehen. Teresa schien mit der Antwort noch nicht ganz zufrieden zu sein. Und überhaupt, wollte er etwa nicht mit ihr schmusen und hatte das nicht doch etwas mit dieser Sabina zu tun? Aber er schaffte es schnell, sie zu beruhigen: "Hey, ich weiß, was wir jetzt machen. Nach dem Frühstück machen wir einen Schaufensterbummel und sehen uns Babysachen an." So war's schon besser. Lächelnd strich sich Teresa über ihren Bauch. Miguel gehörte ihr allein.

Töppers machte sich an die Arbeit, um seine glänzende Idee in die Tat umzusetzen. Zu diesem Zweck machte er sich im Foxy zu schaffen. Mit Reißzwecken hängte er eine große Collage, die er schon vorher vorbereitet hatte, über der Theke auf. Die Collage zeigte, so stand wenigstens mit dickem Stift darübergeschrieben, "die größten Blödmänner der Weltgeschichte". Und tatsächlich, zwischen Bildern und Fotos von Till Eulenspiegel, Dick und Doof, Jerry Lewis, Mr. Bean und ähnlichen Gestalten war auch ein Foto eingeklebt, das einen gewissen Frank Töppers zeigte, wie er – vom Fotografen kalt erwischt –

gerade besonders dämlich dreinschaute.
Der selbsternannte Oberidiot wollte gerade die letzte Reißzwecke eindrücken, als er jemanden die Treppe herunterkommen hörte. Dabei erschrak er so, daß er die Reißzwecke statt in die Wand in seinen Finger stach und laut aufheulte. Die unerwartete Besucherin fuhr zusammen. "Töppers, mein Gott, hast du mich erschreckt!", rief Annalena verärgert.
"Tschuldigung, du mich aber auch", meinte Töppers, einerseits schuldbewußt, andererseits anklagend seinen lädierten Finger vorzeigend, an dem allerdings nicht das kleinste Tröpfchen Blut zu sehen war. "Was machst du hier überhaupt?", wollte Annalena wissen. Aber sie mußte nicht mehr auf eine Antwort warten, denn im gleichen Moment fiel ihr Blick auf Töppers' Kunstwerk an der Wand. Mit Mühe widerstand sie der spontanen Versuchung, laut loszulachen. Denn eigentlich war ihr nicht nach Lachen zumute. Also beherrschte sie sich und packte stattdessen ungerührt ihre Tasche aus, um Töppers quasi so nebenbei abzufertigen: "Gib dir keine Mühe, Frank Töppers. Auf solche Witze steh' ich zur Zeit nicht. Für mich ist das alles andere als lustig."
"Ich hab's ja auch ernst gemeint", behauptete Töppers betreten. "Was passiert ist, machst du dadurch nicht besser", beschied ihn Annalena streng. "Womit denn?"
"Mit gar nichts, Töppers. Du hast einfach den Bogen überspannt, dafür gibt's keine Entschuldigung." Wieder einmal stand der arme Töppers da wie ein begossener Pudel. Er machte einen letzten kleinlauten Versuch, indem er Annalena seinen "verletzten" Finger hinstreckte. "Hast du ein Pflaster für mich?" hauchte er, als ob er heldenhaft schlimmste Schmerzen unterdrücken müßte.
Ungerührt nahm Annalena ein Pflaster aus der Schublade und warf es ihm lässig hin. Statt sich besorgt nach der Tiefe der gefährlichen Fleischwunde zu erkundigen, sagte

sie mit betonter Sachlichkeit: "Ich hole demnächst meine restlichen Sachen bei dir ab. Und jetzt geh' bitte. Gleich kommen die Musiker."
Damit hatte sie genug gesprochen und würdigte Töppers keines Blickes und keines Wortes mehr. Der steckte traurig das Pflaster in die Jackentasche, rollte seine Collage ein und schlurfte mit eingezogenem Kopf von dannen. Erst als sie sich sicher war, daß sich Töppers nicht mehr umblicken würde, sah ihm Annalena mit einem leisen Lächeln hinterher.

Versöhnung

Die Poppels waren in Aufbruchstimmung. Das Frühstück war beendet und während Heinz den Tisch abräumte, packte Hilde, die ins Lädchen losmußte, ein paar Sachen in ihr Täschchen. Und natürlich redeten sie dabei über das augenblickliche Thema Nummer eins. "Ja, jetzt, wo Teresa schwanger ist, brauch' ich bald 'ne neue Bedienung", grummelte Heinz. Hilde schüttelte den Kopf. Ihr Heinz sah eben immer und überall die praktischen Seiten. "Ja, schon, aber ich freu' mich für sie. Trotz allem. Ich glaube, sie hat endlich mal Glück gehabt." Heinz lachte schallend auf und stichelte gutgemeint: "Auf den Satansbraten, der da rauskommt, bin ich jetzt schon gespannt."
Hilde wollte ihren Gatten schon liebevoll zur Ordnung rufen, als Paula ins Wohnzimmer kam. "Deine Schulbrote liegen in der Küche", gab ihr Hilde Bescheid. "Danke", antwortete Paula mißmutig. "Eigentlich brauche ich heute gar nichts. Wir haben nur vier Stunden."
"Bei euch fällt mehr Unterricht aus, als auf dem Stundenplan steht", stänkerte Heinz lachend. Paula wollte schon antworten, doch da klingelte es an der Wohnungstür und sie ging hin. Felix stand in der Tür. "Was willst du denn hier?" fragte Paula unwirsch.
"Nur Guten Morgen sagen", entgegnete Felix, Paulas unfreundlichen Unterton ignorierend. Er kramte Paulas Sorgenpüppchen aus seiner Hosentasche heraus. "Da, und die wollte ich dir wiedergeben. Ich hab' sie in Paris immer bei mir getragen", log er, ohne rot zu werden. Und mit

einem treuherzigen Augenaufschlag fügte er noch hinzu: "Du hast mir echt sehr gefehlt."
Paula schaute verlegen zu Boden. Sie war nun doch sehr gerührt und Felix entging das natürlich nicht. Also beschloß er, noch weiter in die gleiche Kerbe zu hauen: "Paula, ich hör' auf mit diesem Bockmist. Ich hab' mich geändert. Und ich will auch wieder bei Töppers anfangen. Gleich nachher geh' ich hin und frag' ihn." Paula stand noch immer schweigend und mit gesenktem Kopf da und kämpfte mit den Tränen. "Kann ich reinkommen?" fragte Felix zaghaft. Paula schüttelte den Kopf. "Ich muß Hausaufgaben machen."
"Okay", meinte Felix resigniert, "dann geh' ich jetzt wieder. Tschüß." Paula schloß leise die Tür hinter ihm und ging nachdenklich ins Wohnzimmer zurück, die Püppchen fest in den Händen. Heinz und Hilde, die zwar nichts gesehen, aber alles gehört hatten, blickten sie besorgt und fragend an. Sie spürten, daß Paula ganz schön in der Krise steckte. "Seit wann ist der denn wieder da?" fragte Hilde verwundert. "Seit gestern."
Und Heinz, der mit Felix gelinde gesagt nie so besonders gut ausgekommen war, wurde jetzt auch ganz ernst und einfühlsam. "Ist nicht so ganz einfach, Paula, hm?" Er nahm sie zärtlich in den Arm. "Ja, komm mal her. Du weißt ja, Felix ist nicht ganz unser Geschmack. Aber darauf kommt's nicht an. Hauptsache, du magst ihn." Paula schüttelte mutlos den Kopf. "Aber es hat doch keinen Zweck. Ich glaube, er ändert sich nie." Zu ihrer Überraschung widersprach ihr Heinz, der oft genug selber gesagt hatte, daß sich dieser Lümmel niemals ändern würde, diesmal: "Jeder kann sich ändern. Ohne deine und Hildes Hilfe wär' ich nicht wieder auf die Beine gekommen."
"Schon, aber … Ach, ich weiß auch nicht." Paula zuckte seufzend mit den Achseln und alle drei sahen sich nachdenklich an.

Mascha war eigentlich fest davon überzeugt, daß der großen Versöhnung jetzt nichts mehr im Wege stehen würde. Zeit, sich aus dem Staub zu machen, hier konnte sie da nur stören. Also griff sie sich das Telefon und rief ihre Freundin an. "Ach, Elena ... Ja, kommst du nachher mit ins Foxy? ... Da probt 'ne Band ... Annalena hat gesagt, die sind echt klasse ... Ja, bis später dann."
Sie hatte kaum aufgelegt, als Töppers hereinkam, mit hängendem Kopf und einem großen, zerrissenen Papierbogen unter dem Arm. Mascha schlug die Hände über dem Kopf zusammen. "Oje. Laß mich raten: Du bist schon wieder abgeblitzt."
"Ja", entgegnete Töppers stinkig, "weil der Töppers so ein Knallkopf ist und sich von seiner halbwüchsigen Tochter Kasperle-Aktionen einreden läßt." Wütend knallte er die ramponierte Collage auf den Tisch. Mascha konnte es nicht fassen. "Komm, Paps! Jetzt gibst du mir noch die Schuld?" Ärgerlich nahm sie die Collage in die Hand. "Eigentlich 'ne süße Idee. Aber euch beiden ist wohl wirklich nicht mehr zu helfen." Töppers ließ sich verzweifelt in einen Stuhl fallen und vergrub das Gesicht in seinen Händen. " Da ist Hopfen und Malz verloren. Es ist unwiderruflich aus." Mascha wollte das immer noch nicht wahrhaben. "Du kannst mir sagen, was du willst, das glaub' ich einfach nicht."
"Dann läßt du's eben bleiben! Stimmen tut's trotzdem. Annalena hat sogar verkündet, daß sie ihren restlichen Krempel abholt. Das war's dann wohl – und tschüß!" Mascha schüttelte skeptisch den Kopf. Jetzt fehlte nur noch die alte Selbstmitleidstour. Darauf mußte sie nicht lange warten. "Aber vielleicht ist es ja besser so. Soll sie die Sachen möglichst bald holen, dann hab' ich's hinter mir."
"Ich finde immer noch, du gibst zu schnell auf", sagte Mascha. Doch mit Töppers war jetzt nicht mehr zu reden.

"Darüber führ' ich mit dir, ausgerechnet mit dir, bestimmt keine Grundsatzdebatten mehr!" Damit stand er entschlossen auf und wandte sich zum Gehen. "Ich mach' mich an meine Arbeit. Da weiß ich, was ich hab'."
"Vielleicht solltest du ja deinen Laden heiraten", maulte ihm Mascha hinterher. Töppers drehte sich noch einmal im Türrahmen um. "Auf jeden Fall läßt sich da leichter was reparieren", beschied er sie knapp und war weg. Jetzt lag es schon wieder an ihr, sich einen Ausweg zu überlegen. Sie dachte kurz, aber intensiv nach. Dann griff sie entschlossen zum Telefon und wählte.
"Annalena? Hier ist Mascha. Paps hat gesagt, du willst deine Sachen abholen ... Ich glaube, es ist besser, wenn du gleich kommst. Dann hat er's hinter sich ... Nein, in den nächsten zwei Stunden ist er garantiert nicht zu Hause ... Tu' ihm den Gefallen ... Ja, bis gleich." Sie legte auf und atmete tief durch. War dieser Plan nicht doch zu gewagt? "Jetzt hilft nur noch Beten", machte sie sich nach einer kurzen Atempause selbst Mut und griff erneut zum Hörer ...

"Skat-Kloppen ist doch nur was für senile alte Knacker. Aber Poker ist 'n Thriller!" Olli war in seinem Missionseifer für das von Felix ins Gespräch gebrachte Spiel nicht zu bremsen. Und jetzt suchte er weitere Jünger vor der Schule. Paula winkte nur gelangweilt ab: "Ihr habt zuviele alte Krimis geguckt. Das ist doch todlangweilig." Elena und Anna nickten zustimmend. Ja, so war es eben, mit Mädchen konnte man sich über sowas einfach nicht unterhalten. "Typisch", maulte Olli, "das ist eben 'n Männerspiel, da sieht man's mal wieder. Ihr braucht ja nicht mitzumachen!"
"Gott sei Dank", sagte Elena, "dann können wir ja gleich gehen." Während Paula noch stehenblieb, hakte sie Anna unter und zog ab. Glücklicherweise standen aber auch

einige Jungs rum und die waren im Gegensatz dazu mehr als interessiert. Und dann bekam Olli auch noch Unterstützung. Felix kam lässig herangeschlendert. Olli zeigte auf ihn: "Und der Mann hier ist Profi im Pokern. Der kann das organisieren." Felix gab sich weiterhin betont cool und gelangweilt. "Da gibt's nicht viel zu organisieren. Spielen muß man können. Das ist alles."
"Du mußt uns halt die Regeln erklären", sagte Bastian. Felix winkte ab und versuchte gleichzeitig, die Jungs an ihrer Ehre zu packen: "Die Spielregeln sind das wenigste. Das Entscheidende sind Fingerspitzengefühl und gute Nerven. Das kann man nicht lernen. Das hat man oder man hat's nicht. Wenn's richtig läuft, ist das natürlich 'ne heiße Sache."
"Wir können's doch mal ausprobieren", meinte nun auch Mike, der ebenfalls geködert war. Doch Felix mußte erst noch auf einen ganz entscheidenden Punkt kommen: "Pokern ohne Geld ist wie'n Kaffeekränzchen im Altersheim." Jetzt war Emanuel in seiner Mannesehre gekränkt: "Wieso, wer spricht hier von 'ohne Geld'? Wenn schon, dann richtig!"
Felix war begeistert, alle schienen ihm aus der Hand zu fressen. Aber immer noch gab er sich ganz ruhig: "Naja, ihr müßt es ja wissen. Aber Risiko gehört eben auch dazu." Schon, aber die Sachen war schon so weit fortgeschritten, daß sich jetzt sowieso keiner mehr getraut hätte, zuzugeben, daß er das Risiko scheute. "Also? Nachher in der WG?" fragte Olli in die Runde. Alle nickten entschlossen. Felix grinste still in sich hinein. "Meinetwegen. Ich besorg' die Karten. Aber steckt genug Kohle ein!" Damit gingen sie fürs erste auseinander.
Paula hatte die ganze Szene still mit angesehen. Sie war nach wie vor skeptisch, ob das Ganze mit rechten Dingen zuging. Dafür kannte sie den allzu unschuldig lächelnden Ausdruck auf Felix' Gesicht zu gut. "Na, das werd' ich mir

ansehen", sagte sie leise und besorgt zu sich. Hoffentlich würde das nicht wieder in einer Katastrophe enden.

Der ältere Herr in Töppers' Laden war in seiner Erregung nicht zu bremsen. "Und wir stehen ohne Heizung da! Jetzt, wo's abends schon recht kalt ist! Stellen Sie sich das vor: Der läßt uns einfach hängen. Aber auf Handwerker kann man sich heutzutage ja nicht mehr verlassen ..."
Diesen Angriff auf seine Handwerkerehre konnte Töppers dann doch nicht mehr so einfach im Raum stehenlassen und er unterbrach den aufgebrachten Kunden. "Nun mal schön langsam mit den jungen Pferden, Herr Krämer. Die Firma Töppers läßt Sie bestimmt nicht im Stich. Sie sollen Ihre neue Heizung kriegen, ich nehme das in Angriff. Das Aufmaß mach' ich sofort, dann haben Sie heute abend schon Ihren Kostenvoranschlag." Herr Krämer seufzte erleichtert. "Da bin ich Ihnen aber sehr dankbar, daß Sie mir aus der Patsche helfen. Und so 'ne Erdgasheizung ist ja auch ..."
Das Telefon klingelte und zwang Herrn Krämer, seinen Redefluß zu unterbrechen. "Kleines Momentchen bitte ... Ja, Töppers ... Mascha! Ich hab' jetzt gar keine Zeit! Ich ... Was? Was heißt, dir ist nicht gut? Dann geh' sofort zu Doktor Eschenbach!" Doch plötzlich wurde seine Miene sehr ernst. Er mußte etwas Besorgniserregendes erfahren haben. "Ja, natürlich ... Ich bin gleich da."
Sichtlich beunruhigt legte er den Hörer auf und blickte seinen Kunden ratlos an. "Tut mir leid, ich muß meine Tochter sofort zum Arzt fahren." Herrn Krämers Stirn legte sich in tiefe Falten und er war drauf und dran, seine Strafpredigt über unzuverlässige Handwerker wieder aufzunehmen, als die Ladentür aufging. Es war Felix, der sich zaghaft-zögerlich hineinschob. Töppers blickte von Krämer zu Felix und plötzlich hellte sich seine Miene wieder auf und übertrieben freundlich fing er an: "Ja, was

sehen meine alten müden Augen! Felix! Komm doch näher, Junge! Ich beiß' noch immer nicht."
"Meister, ich wollte ... Eigentlich wollte ich ..."
"Na, schön, daß du gekommen bist." Herr Krämer verlor die Geduld. "Ich seh' schon: Große Worte machen sie alle. Dann wird es wohl auch mit Ihnen nichts. Ich sage ja, Handwerker ..." Töppers schnitt ihm das Wort ab: "Sie sagen es, Handwerker wie Töppers sind sowas von zuverlässig. Sehen Sie, ich habe gerade überlegt, ob ich Ihnen nicht meinen Mitarbeiter Felix Hertel mitschicke."
Er legte dem völlig verdutzten Felix die Hand auf die Schulter. "Und so machen wir das jetzt auch. Und morgen früh geht's dann richtig los, was Felix?" Der schaute ihn fassungslos an. "Heißt das ... Kann ich etwa wieder bei dir anfangen?"
"Natürlich, was denn sonst?" Und ehe die beiden noch irgend eine Bemerkung machen konnten war Töppers auch schon weg und hatte sie verdattert zurückgelassen.

Die Aufforderung, ihre Sachen gleich abzuholen, paßte Annalena zwar gerade nicht besonders in den Kram, aber sich noch lange bitten lassen – das war unter ihrer Würde. Also war sie sofort losgeeilt. Und unter Maschas vorwurfsvollen Blicken hatte sie auch schon eine ganze Menge zusammengepackt, ehe sie merkte, daß ihr Rucksack doch zu klein war für all die Sachen. Sie war in dieser Wohnung eben mehr gewesen als ein häufiger Besuch und dementsprechend viel von ihren Sachen hatte sich angesammelt.
"Haben wir irgendwo noch 'ne Tasche?" fragte sie Mascha. "Ein Plastiksack tut's notfalls auch." Mascha zuckte nur mit den Achseln und machte schon fast demonstrativ keinerlei Anstalten, Annalena zu helfen. Annalena fühlte sich zunehmend unbehaglich und glaubte, sich rechtfertigen zu müssen: "Wenn Töppers unbe-

dingt darauf besteht, daß ich ausziehe, dann soll er das auch haben. Der tickt ja nicht richtig! Erst jammert er rum und dann kann er mich nicht schnell genug loswerden. Aber bitte, wenn er so schnell andere Zukunftspläne hat!" Fluchend packte sie weiter, stopfte die Sachen eben mit Gewalt in ihren Rucksack.
Nun wurde es auch Mascha zunehmend unbehaglich zumute. Schließlich war sie es, die die Situation so dringlich dargestellt hatte. Nervös warf sie einen Blick auf ihre Uhr, dann steckte sie, ohne Annalena aus den Augen zu lassen, unbemerkt das Telefon aus und ließ es in ihren Rucksack gleiten. Als das glücklich geschafft war, sagte sie ärgerlich: "Ich frage mich, wer von euch beiden den dickeren Schädel hat. Zusammen paßt ihr doch durch keine Tür mehr."
Bevor Annalena darauf antworten konnte, war ein Schlüssel in der Wohnungstür zu hören. Für Mascha der Startschuß, so schnell wie möglich zu verschwinden. Annalena sah sie erschrocken an. "Aber du hast doch gesagt, daß in den nächsten zwei Stunden ..." Zwecklos, Mascha war mitsamt ihrem Rucksack schon an der Tür und gab ihrem verwirrten Vater ein Küßchen. Der wollte schon fragen, warum es ihr so plötzlich wieder besser ging, doch da erblickte er Annalena, die ihn wütend ansah. Mascha nutzte diesen kurzen Moment, um sich an Töppers vorbei aus der Tür zu drängen. Wieder war das Geräusch eines Schlüssels zu hören – Töppers und Annalena waren eingesperrt.
Zornig rüttelte Töppers an der Tür. "Mascha! Mascha, mach' sofort auf! Wenn ich dich zu fassen kriege!" Er besann sich eines Besseren und versuchte, mit seinem eigenen Schlüssel aufzusperren – vergeblich. "Der Schlüssel steckt von außen", teilte er hilflos Annalena mit und brüllte nach draußen: "Mascha, ich denke du bist krank!" Keine Antwort! Er gab auf. Kopfschüttelnd wen-

dete er sich wieder an Annalena. "Die ist wirklich krank." Annalena ging an die Decke: "Der einzige, der hier krank ist, bist du! Wer sonst sollte sich sowas Idiotisches ausdenken?"

Eine Zeitlang saßen Töppers und Annalena nur schweigend-schmollend herum. Aber schließlich beschlossen sie doch, das Beste aus der peinlichen Situation zu machen. Und das war in diesem Fall: Mal so richtig rumzustreiten, sich alles mal so richtig an den Kopf zu werfen. So ein richtig knallharter Streit, wie er eben nur zwischen Menschen vorkommt – die sich lieben. "Und daß wir hier zusammengesperrt sind wie die Legehennen, ist auch nicht meine Idee", polterte Töppers. "Ich halte nichts von Freiheitsberaubung."
"Ach nein? Aber von krankhafter Eifersucht, oder wie? Du solltest dir 'ne Frau suchen, die du zusammenfalten und in die Tasche stecken kannst, dann hast du sie immer unter Kontrolle!" Annalena war nicht gerade auf den Mund gefallen und Töppers stand ihr dabei in nichts nach. "Wär's dir etwa lieber, daß ich noch fröhlich hinterherwinke, wenn dich irgendwelche Möchtegern-Pavarottis abschleppen?" Schon wieder diese alte Leier! "Hast du jetzt schon Wahnvorstellungen? Miguel will mich nicht abschleppen. Außerdem mußt du nicht jeden meiner Schritte bewachen. Ich bin keine arabische Prinzessin!"
"Nein, aber leichtsinnig und ohne Weitblick. Daß du mit dem Begriff Treue leichtfertig umgehst, ist ja wohl erwiesen!" Annalena glaubte, ihren Ohren nicht zu trauen. "Töppers, hast du Fieber? Wovon redest du?"
"Fieber, haha! Was war denn damals mit Matthias? Und mit meinem Kumpel ..." Jetzt ging er aber endgültig zu weit. Annalena begann, zu schreien: "Ich bin mit deinem Kumpel nicht im Bett gewesen, verdammt nochmal! Außerdem war ich mit dir da gar nicht zusammen!"

Annalenas Lautstärke ließ Töppers etwas abkühlen. "Ist ja gut", grummelte er, räusperte sich und faßte sich an den Hals. "Ich hab' schon 'ne ganz trockene Kehle vom vielen Schreien." Er ging zum Kühlschrank und brachte eine angebrochene Flasche Wein und zwei Gläser mit. Annalena sah ihn erstaunt an. "Ja, Annalenchen, wenn wir uns schon anschreien, können wir's uns wenigstens ein bißchen gemütlich dabei machen."
Aber so leicht würde sie sich nicht um den Finger wickeln lassen! "Ich will mir's aber nicht mit dir gemütlich machen. Überleg' dir lieber, wie wir hier wieder rauskommen! Du bist doch Handwerker! Wenn du deine Tochter schon nicht im Griff hast, wirst du wohl wenigstens so 'ne lumpige Tür aufkriegen."
Eigentlich schon, aber erstens hatte Töppers keine Lust, seine teure Tür aufzubrechen und zweitens schien er so langsam Gefallen an der Situation zu finden. Er prostete Annalena zu und nahm einen Schluck. Wein war ja schon immer ein gutes Mittel zum Auftauen, selbst wenn kein Frostschutzmittel reingepanscht ist ...
"Annalenchen, wenn wir davon ausgehen, daß wir zwei erwachsene Menschen sind, könnten wir ja mal drüber nachdenken, was unsere kleine Mascha uns damit sagen will ..."
"Na, da bin ich aber gespannt", meinte Annalena, kühl, aber schon etwas besänftigt. "Immerhin werde ich ja nun Vater ...", begann Töppers mit stolzgeschwellter Brust. Da hätte Annalena schon wieder in die Luft gehen können. "Und? Denkst du, ich bin jetzt deine Leibeigene? Bloß, weil ich zufällig ein Kind von dir im Bauch habe?"
"Ach, zufällig nennst du das? Ich will dir mal was sagen: Ein Kind von Töppers ist alles andere als ein Zufall!" Annalena winkte halb resigniert, halb belustigt ab. "Ja, ich weiß, wahrscheinlich hast du vorher 'nen genauen Montageplan gemacht."

Die Probe im Foxy war in vollem Gange. Sabina versuchte so gut wie möglich, Miguels Part zu übernehmen. Sie war es, die nun den Takt und das Tempo vorgeben, die anderen Bandmitglieder immer wieder aufmuntern und außerdem auch noch die Leadstimme singen mußte. Alle gaben ihr Bestes. Und das war wirklich nicht von schlechten Eltern. Eigentlich schade, daß sie nur ein so kleines Publikum hatten. Miguel und Teresa fielen da sowieso nicht ins Gewicht. Denn unter Teresas Augen tat Miguel notgedrungen so, als ob ihn das alles nicht im geringsten interessieren würde und sah sich stattdessen mit ihr Platten an. Nur einige verstohlene Blicke, die er seiner Band zuwarf, wenn er glaubte, Teresa würde es gerade nicht bemerken, zeigten, daß es in ihm ganz anders aussah. Schließlich war es seine Band, seine Musik, sein Hit, den er selbst komponiert hatte. Aber stets wandte er wieder seinen Blick ab, um Teresa anzulächeln.
So blieben als Zuhörer nur noch Elena und Mascha, und auch die waren nicht hundertprozentig bei der Sache, da Mascha Elena unbedingt von ihrer Aktion erzählen mußte. Elena fand die Sache zum Totlachen, während sich Mascha doch etwas Sorgen machte. "Na", beruhigte sie Elena, "bis jetzt ist die Sache doch nach Plan gelaufen."
"Ja, bis jetzt."
"Der Rest klappt bestimmt auch noch."
"Hoffentlich. Ein bißchen Schiß hab' ich schon, wenn ich nachher nach Hause gehe – in die Höhle der kämpfenden Löwen." – "Ach, die werden dir dankbar sein."
"Hoffentlich", seufzte Mascha und wechselte dann doch lieber das Thema: "Hör' mal! Sind die nicht toll?" Und die beiden konzentrierten sich wieder auf die Band. Als der Titel zu Ende war, waren sie begeistert. Unter Zugaberufen klatschten sie, so laut sie es zu zweit fertigbrachten. Die Musiker waren zufrieden mit dieser

Reaktion und Nina drückte den beiden eine CD in die Hand. "Hier. Für unsere ersten Fans im Marienhof." Allein Sabina war mit dem Auftritt nicht ganz glücklich. Zögernd ging sie auf Miguel zu, immer im Visier von Teresas mißtrauisch blickenden Argusaugen.
"Klingt schon ganz gut, Miguel", meinte sie seufzend. "Aber wenn du dabei wärst, würde es noch besser klappen." Mit einem Seitenblick auf Teresa entgegnete Miguel: "Ich sehe, daß es auch ohne mich wunderbar geht." Sabina ließ nicht locker: "So richtig klasse wird ein Gig erst, wenn du dabei bist. Ich würd' mich mit dir einfach wohler fühlen."
Der arme Miguel sah sich zwischen den zwei Frauen zunehmend in die Enge getrieben. Die Diskussion war ihm äußerst unangenehm. "Das ist doch Quatsch, Sabina. Ihr seid zu viert komplett, das weißt du ganz genau." Sabina blickte ihn traurig an. "Und wer schreibt uns die neuen Songs? Wer managt uns, gibt uns die Inspiration, das Feeling? Und wenn wir einen neuen Vertrag kriegen wollen, müssen wir neue Titel in petto haben. Überleg's dir bitte noch einmal!" Sabina sah ihm mit zärtlichen Blicken so tief in die Augen, daß sich Miguel richtiggehend einen Ruck geben mußte, um Herr der Situation zu bleiben. "Da gibt es nichts zu überlegen. Ich will musikalisch jetzt in 'ne ganz andere Richtung." Ein Seitenblick auf Teresa, die zufrieden lächelte, versicherte ihm, daß er es so richtig machte. "Und außerdem bleibe ich hier im Marienhof." Demonstrativ zog er Teresa an seine Seite. "Ich werde nämlich Vater!" Sabina blieben sämtliche guten Argumente im Halse stecken. Sie war einfach von den Socken.

Endlich war es soweit: Der große Pokerabend hatte begonnen. In der WG hatten sich Felix, Mike, Olli, Emanuel und Bastian eingefunden und saßen wie routi-

nierte Zocker um den Wohnküchentisch herum. Paula saß daneben und schaute mißmutig zu. Nach der ersten Runde, in der noch nicht viel passiert war, lagen bereits etliche Münzen und sogar einige kleine Scheine im Pott. Mike hatte als erster gepaßt, die anderen hielten noch mit. Aber ein paar schienen zu viel Geld zu haben. Bastian gehörte jedenfalls nicht dazu und so war er der nächste, der sagte: "Ich passe."
Felix strahlte ihn mit einem überlegenen Lächeln an, schob noch einen Schein auf den Tisch und kündigte an: "Okay. Und jetzt will ich sehen. Showdown!" Und damit legte er triumphierend seine Karten offen auf den Tisch: "Full House!"
Emanuel und Olli schluckten und zeigten ebenfalls ihre Karten. Etwas verunsichert sahen sie Felix an, doch der grinste nur und strich das Geld ein: "Tja, der Pott gehört mir. Tut mir leid." Die anderen beeilten sich, sofort wieder coole Mienen aufzusetzen, während Felix die Karten zusammenschob und an Mike weitergab: "Na los, nächste Runde. Du gibst."
Die nächste Runde verlief nicht viel anders als die vorhergegangene. Felix zockte die anderen erbarmungslos ab, aber keiner hörte auf. Ob es daran lag, daß sie alle das Spielfieber gepackt hatte oder ob sich einfach keiner traute, als erster auszusteigen, konnte man nicht sagen. Aber alle schienen wild entschlossen, lieber auch noch den letzten Pfennig zu verspielen, als aufzugeben.
"Vorhand eröffnet", rief Felix und sah Bastian herausfordernd an. Der bemühte sich, ein richtiges Pokerface aufzusetzen und möglichst cool, mit einem Seitenblick auf den schon wieder gewaltig angewachsenen Pott, zu sagen: "Ich setze drei." Er legte drei Mark in den Pott. Felix blickte mit angestrengt nachdenklichem Blick in sein Blatt, schien fast endlos zu zögern und hin und her zu überlegen, dann sagte er fest entschlossen: "Halte drei

und erhöhe um siebzehn." Und legte mit großer Geste einen Zwanzigmarkschein in den Pott.
Alle erstarrten fast vor Schreck. Mike warf resigniert seine Karten auf den Tisch. "Nee, danke, ich passe." Olli und Emanuel taten es ihm gleich. Jetzt mußte auch noch Bastian die Hosen runterlassen: "Da komm' ich auch nicht mehr mit. Passe ebenfalls." Felix strich mit überlegenem Grinsen den ganzen fetten Pott ein und legte das Geld neben sich. "Tja, da kann man nichts machen. Wenn ihr es mir unbedingt kampflos überlassen wollt."
"Du hast geblufft", zischte Bastian verärgert. Felix zuckte mit den Achseln. "Das gehört dazu", meinte er weltmännisch-großkotzig.
Alle sahen betreten drein und warfen einen letzten traurigen Blick auf ihr entschwundenes Geld. Die Stimmung begann schon fast gedrückt und ungemütlich zu werden. Emanuel wollte sie mit einem Witz auflockern: "Wahrscheinlich hat Felix 'n As im Ärmel." Einige schienen den Spaß nicht zu verstehen und blickten Felix entgeistert an. Doch der grinste nur breit: "Nee, zwei natürlich." Jetzt wäre eigentlich endgültig der Punkt erreicht gewesen, wo alle hätten aussteigen können. Ohne Gesichtsverlust und alles. Aber ein letztes Mal wollten sie es noch wissen. Fast schon überflüssig zu sagen, daß auch die letzte Runde den üblichen Verlauf nahm und als einziges Ergebnis hatte, daß jetzt alle fast kein Geld mehr einstecken hatten. Olli machte dem grausamen Spiel ein Ende und stand auf: "Das war's für heute. Ich bin erledigt." Mike pflichtete ihm bei: "Danke. Ebenfalls."
"War halt der erste Versuch", meinte auch Emanuel kleinlaut. "Aber das nächste Mal brühen wir dich ab, Felix!" Bastian schüttelte den Kopf. "Ich glaub', ich schmeiß' mein Geld in Zukunft lieber anders zum Fenster raus." Felix grinste nur amüsiert: "Ihr habt's so gewollt. Ich habe euch gewarnt." Die anderen zuckten mit den Achseln.

Bastian forderte sie auf: "Kommt ihr noch mit einen trinken?" Die anderen nickten und alle bis auf Felix und Paula zogen ab.
Als sie gegangen waren, konnte Paula endlich mal rauslassen, was sie von der ganzen Sache hielt: "Sag' mal, findest du das nicht unfair, daß du die anderen so ausnimmst?" Doch davon wollte Felix, der mit dem Verlauf des Spielabends voll zufrieden war und dementsprechend auf Wolke Sieben schwebte, nichts wissen. Genüßlich zählte er die Scheine. "Ich haben eben Glück gehabt. Bluffen muß man können. Darf ich dich heute zum Essen einladen? Geld spielt keine Rolle!" Übermütig warf er die ganzen Geldscheine in die Luft, die lustig herumwirbelten. Aber da wirbelte dazwischen noch etwas anderes, das nicht aus Felix' Händen, sondern aus seinem Ärmel gerutscht war. Paula glaubte, ihren Augen nicht zu trauen und sah Felix entgeistert an. Doch der stand auch nur mit offenem Mund da. Paula bückte sich und hob das Ding auf: Kreuz As! Voller Wut wandte sie sich an Felix, der in diesem Moment am liebsten im Boden versunken wäre, wollte losbrüllen, aber sagte dann nur ruhig und kalt: "Du hast dich keine Spur geändert, Felix Hertel!" Und bevor der noch irgendwas zu seiner Verteidigung sagen konnte, war sie gegangen. Jetzt reichte es endgültig!

Als Mascha die Wohnungstür aufsperrte, um die zwei Streithähne zu befreien, schlug ihr das Herz bis zum Hals. Auch wenn sie es natürlich gehofft hatte – wie hätte sie wissen sollen, daß sich Töppers und Annalena nach anfänglichen Schwierigkeiten längst wieder versöhnt hatten? Leise schlich sie sich herein und horchte. Allerdings hätte sie ahnen können, daß zwei Menschen, die stundenlang eingeschlossen sind, das Geräusch eines Schlüssels im Türschloß unmöglich verborgen bleiben kann, und wenn man ihn noch so vorsichtig umdreht.

Töppers und Annalena hatten es natürlich mitbekommen und sich spontan und wortlos verständigt, Mascha eine Lektion zu erteilen. Indem sie ihr vorspielten, daß der Streit nun auf seinem unrühmlichen Höhepunkt angelangt war. "Ich hab' mir soviel von dir gefallen lassen", brüllte Töppers mit sich überschlagender Stimme, "irgendwann reicht es mal, meine Liebe. Von mir aus bleib', wo der Pfeffer wächst!"
"Meinst du, mir geht das anders mit dir? Ich bin froh, wenn ich mein Kind allein aufziehen kann! Auf dein ständiges Theater kann ich gut verzichten!"
"Na schön, dann sind wir uns ja einig!"
"Allerdings", keifte Annalena. "Im übrigen möchte ich nämlich nicht, daß aus meinem Kind ein so verzogenes Gör wird wie deine Tochter Mascha!" Mascha rutschte das Herz in die Hose. So ein Mist, die Begabung für schlechte Einfälle mußte sich vom Vater auf die Tochter vererbt haben. Das war ja wohl gründlich danebengegangen! Wie ein begossener Pudel schlich sie sich in die Wohnküche, bereit, den Anschiß des Jahrhunderts für ihre idiotische Aktion entgegenzunehmen. Doch zu ihrer großen Überraschung saßen ihr Vater und Annalena dort Arm in Arm, mit Weingläsern in der Hand. Und beim Anblick Maschas, verdattert wie sie war, fingen sie auch noch an, lauthals loszulachen.
Mascha verstand, was da gespielt wurde. In einer Mischung aus Erleichterung und Empörung brach es aus ihr heraus: "Was soll das? Spinnt ihr?" Töppers ging auf sie zu und legte ihr mit übertrieben väterlicher Geste den Arm um die Schulter. "Ach, das war doch nur Spaß. Sei doch nicht böse, Mascha, mein Töchterlein, der Abend ist noch jung – und du auch. Wie wär's, wenn du dich ein bißchen amüsierst", schlug er vor und drängte sie mit sanfter Gewalt wieder in Richtung Tür. "Ich spendier' dir 'ne Kinokarte", fügte Annalena hinzu. Aber Maschas Wut

hatte sich schon gelegt. Zufrieden betrachtete sie die zwei. Ihre Pläne funktionierten eben!
Das mußte eigentlich auch Töppers zugeben. Doch der hatte seinen eigenen Kommentar dazu: "Und wenn es dir das nächste Mal dreckig geht, gehst du allein zu Eschenbach und belästigst mich nicht mit deinem Anruf, ja?" Ihr Vater! Mascha räumte lachend das Feld und überließ es gerne den beiden Frischverliebten.

Paula war mit Felix endgültig fertig. Das hatte sie sich zumindest fest vorgenommen. Wieder und wieder hatte sie sich von ihm um den Finger wickeln lassen, hatte seinen Versicherungen, daß er sich ändern und keine krummen Dinger mehr drehen würde, geglaubt. Und sogar ihre Eltern hatten sie bestärkt, ihm eine Chance zu geben. Die hatte er gehabt: Genau eine Chance zuviel. Seinen Freunden mit miesen Tricks das knappe Geld aus der Tasche zu ziehen, das war einfach das Letzte. Mit dem würde sie kein Wort mehr wechseln.
Aber plötzlich, auf dem Weg zur Schule, stand er auf einmal vor ihr. "Hey, Paula", haute er sie an, als ob nichts gewesen wäre. Paula erschrak zuerst. Aber dann tat sie einfach so, als sei er Luft und ging wortlos an ihm vorbei. Felix war doch ein bißchen verblüfft über Paulas Reaktion. Schließlich war er es gewohnt, daß ihm immer wieder alles verziehen wurde und daß Paula seinem treuherzigen Blick nicht widerstehen konnte. Warum sollte es jetzt anders sein? Nach einer kurzen Schrecksekunde, in der er mit offenem Mund dagestanden war, lief er ihr aber hinterher. "Nun warte doch mal", rief er, überholte sie, hielt sie am Ärmel fest und stellte sich ihr in den Weg.
Nachdem schon einige Passanten auf das, was sie für ein pubertäres Beziehungsdrama hielten, aufmerksam geworden waren und kichernd die Köpfe zusammensteckten, hielt Paula widerwillig an, um nicht noch mehr Aufsehen

zu erregen. "Ich muß mit dir reden", sagte Felix eindringlich. Doch Paula reagierte nicht und blieb stumm. "Ey, hörst du nicht, ich hab' gesagt, ich muß mit dir reden!"
"Aber ich nicht mit dir", sagte Paula ungerührt. Felix schaltete auf verfolgte Unschuld: "Mensch, Paula, ich raff' das nicht. Warum bist du denn so sauer?" Paula wollte ihren Ohren nicht trauen. Das war ja wohl der Gipfel der Unverfrorenheit! Sie ging fast in die Luft. "Das fragst du noch??? Du bist doch echt mies!" Felix sah ein, daß er dringend den Tonfall wechseln mußte. Jetzt versuchte er es mit zerknirschter Verzweiflung: "Paula, du mußt mich verstehen ..."
"Was? Erst zockst du deine Freunde ab, und dann soll ich dich auch noch verstehen?"
"Paula, versteh' doch ... In Paris, da ..." Paula unterbrach ihn wütend: "Spar' dir deine Lügen! Ich kann mir auch so vorstellen, was in Paris abgelaufen ist!" Felix ließ traurig den Kopf hängen. "Eben nicht. Das war ganz anders."
"Ach ja? Wie denn?" fragte Paula kühl. "Da ... Da ist was total schiefgelaufen. Und jetzt steck' ich fürchterlich in der Klemme."
"Aha", meinte Paula völlig unbeeindruckt. "Paula, ich ... Ich hab' jede Menge Schulden in Paris. Ich brauch' die Kohle."
"Ach so, verstehe. Und da hast du dir eben einfach gedacht, steck' ich mir ein As in den Ärmel und bescheiß' meine Freunde." Felix schien immer verzweifelter zu werden. Fast flehend jammerte er: "Dann sag' mir, was ich tun soll. Ich muß das Geld irgendwie auftreiben."
"Dein Problem. Jedenfalls kriegen die anderen ihr Geld zurück. Sonst ..."
"Aber ..."
"Sonst erzähl' ich ihnen allen, daß du falschspielst." Felix erschrak gewaltig. "Okay, okay", lenkte er ein. "Aber so krieg' ich meine Schulden nie bezahlt."

"Dann laß dir eben was einfallen." Damit war für Paula alles gesagt. Für sie war das Gespräch beendet und sie ging ohne sich noch einmal nach ihm umzusehen weiter. Felix lief ihr nach, aber sie zwang sich, ihn und sein Gejammer nicht weiter zu beachten.
"Du weißt ja nicht, wie diese Typen drauf sind, Paula. Die verstehen keinen Spaß ..." Als Paula auch darauf nicht reagierte, entschloß er sich, seinen letzten Trumpf auszuspielen und sagte leise, wie zu sich selbst, aber doch laut genug, daß es Paula auf jeden Fall hören mußte: "Dann verkauf' ich eben doch meine Niere." Das schlug ein! Paula blieb völlig entgeistert stehen und fragte ungläubig nach: "Was???"
"Ach nichts", sagte Felix ganz beiläufig und nebenbei. "Ich muß jetzt zur Arbeit. Tschüß." Damit ließ er sie stehen. Daß die letzte Bemerkung gewirkt hatte, daran gab es für ihn keinen Zweifel. Paula blieb allein stehen und fragte sich noch stundenlang, ob sie richtig gehört hatte.

Ob er es wollte oder nicht – mit Teresa zu schlafen, das gehörte jetzt wohl zu Miguels neuem Leben. Immerhin war er bemüht, sie nicht merken zu lassen, daß ihm die Sache nicht halb so gut gefiel wie ihr – auch wenn er als Mann auf dem Gebiet des vorgetäuschten Orgasmus nicht besonders viel Übung hatte. Und Teresa schien zufrieden zu sein. Zärtlich kuschelte sie sich an ihn und hauchte ihm verliebt ins Ohr: "Mir geht es so gut, seit wir zusammen sind."
Miguel, der mehr auf das Radio gehört hatte als auf sie, streichelte sie abwesend. "Hmm", grummelte er. Plötzlich wurde seine Aufmerksamkeit durch etwas ganz anderes geweckt. Im Radio kam ein Lied, das ihm gefiel und als er die Musik hörte, war Teresa nur noch Nebensache. Schnell drehte er lauter. "Hör dir das an! Ist das nicht geil?" Teresa konnte seine Begeisterung jetzt nicht teilen.

"Musik! Musik! Du denkst an nichts anderes", sagte sie vorwurfsvoll. "Hey, ich bin nun mal Musiker", verteidigte sich Miguel. "Mich gibt's doch auch noch", meinte Teresa mit verführerischem Lächeln und streichelte seine Brust. "Sag, daß du mich liebst!" Nach kurzem, kaum merklichen Zögern, kam Miguel der Aufforderung nach: "Ich liebe dich. Dich und das Kind."
"Und du hast dir das wirklich gut überlegt? Du willst nicht mehr bei der Band einsteigen? Immerhin sieht es so aus, als ob ihr jetzt den Durchbruch schaffen könntet." Miguel schüttelte resigniert den Kopf. "Das ist endgültig vorbei. Meine Entscheidung steht fest. Und Geld kann ich auch alleine verdienen."
"Und ich werd' dich natürlich immer dabei unterstützen", flüsterte Teresa zufrieden. Miguel nickte stumm. Irgendetwas schien er noch auf dem Herzen zu haben und er wußte nicht, wie er es sagen sollte, wie ein Kind, das eine Fensterscheibe eingeworfen hat. Endlich nahm er seinen ganzen Mut zusammen und begann zögerlich: "Allerdings ... Bei dem Auftritt morgen ..." Teresa wußte, worauf er hinauswollte, schluckte aber ihren Ärger hinunter und gab sich einfühlsam: "Miguel, du solltest so schnell wie möglich einen Schlußstrich ziehen. Glaub' mir, es ist besser, wenn du morgen nicht hingehst." Aber so schnell wollte er nicht aufgeben. "Nur das eine Mal noch. Das bin ich der Band schuldig ... Weißt du, der Produzent ist echt erfolgreich, der hat schon viele Bands groß rausgebracht. Mensch, ich würd' mich so freuen, wenn wir ... wenn Sabina und die anderen es schaffen würden." Teresa schaltete auf Schmollen um. "Manchmal habe ich das Gefühl, es geht dir mehr um Sabina als um die Band."
"Also, das ist jetzt wirklich Blödsinn", rief Miguel eine Spur zu laut und allzu entschieden. Teresa schmiegte sich wieder eng an ihn und spielte das zerbrechliche Mädchen.

"Weißt du, Miguel, ich bin schon so oft enttäuscht worden."
"Aber du weißt doch, daß ich zu meinem Wort stehe."
"Entschuldige, ich liebe dich eben so." Miguel seufzte kaum hörbar. Nach kurzem Zögern sagte er: "Ich dich doch auch." Und sanft machte er sich von Teresa los und stand auf.

Als Paula an diesem Mittag mit ihrem Vater im Wilden Mann beim Mittagessen saß, mußte sie sich förmlich zwingen, den Eintopf runterzuwürgen. Heinz war nicht der Typ, der gleich merkte, was los war. Außerdem freute er sich viel zu sehr, daß er mal wieder mit Paula in Ruhe essen konnte.
"Du solltest öfter zum Essen hierherkommen. Da hab' ich dich dann ganz für mich allein", sagte er liebevoll. Paula lächelte ihn an. "Mach ich. Versprochen." Doch dann mußte sie einfach zum Thema kommen: "Und? Was soll ich jetzt machen? Ich meine, mit Felix?"
"Hm, da kann ich dir schlecht raten", meinte Heinz kauend. Paula schob seufzend ihren noch halbvollen Teller von sich weg. "Ich könnte den Typen erwürgen." Heinz schob den Teller lächelnd wieder zu ihr hin. "Dann liebst du ihn", stellte er belustigt fest.
"Nein, tu' ich nicht. Nicht mehr. Er wird sich nie ändern." Damit schob sie den Teller wieder zur Seite und wollte nach dem Nachtisch greifen, doch Heinz schob die Schale mit dem Pudding grinsend an den Rand des Tischs, so daß sie nicht hinkam und deutete mit gespielter Strenge wieder auf den Suppenteller. Paula tat etwas genervt, löffelte dann aber brav weiter, während Heinz zu erzählen begann.
Irgendwie erinnerte ihn dieser Felix ja an seine eigene Vergangenheit, seine wilden Zeiten. "Ist natürlich 'ne dumme Sache. Aber falsch gespielt hab' ich auch schon

mal. So schlimm ist das nun auch wieder nicht, solange er den anderen das Geld zurückgibt."
Paula war nicht so ganz überzeugt. Aber Heinz ließ nicht locker: "Paula, wenn wir am wenigsten liebenswert sind, brauchen wir den anderen am meisten. Weißt du, als ich damals wirklich am Boden war, da haben du und Hilde mir sehr geholfen. Ihr habt zu mir gehalten. Und deshalb hab' ich den Alkohol besiegt." Wie um seine letzten Worte noch zu unterstreichen, schenkte er Paula und sich nach – Mineralwasser. "Ja, schon, wir sind aber auch eine Familie", gab Paula zu bedenken. Heinz ließ das nicht gelten: "Nein, wir sind Menschen, die sich lieben, Paula." Jetzt hielt es Paula nicht mehr aus, jetzt mußte endlich das, was sie am meisten beschäftigte, raus: "Heinz, er will seine Niere verkaufen!" Heinz fiel vor Schreck fast der Löffel aus der Hand. "Was?" fragte er entsetzt. Paula kämpfte mit den Tränen. "Ja, er braucht das Geld." Heinz nahm sie in den Arm und wiegelte ab: "Nun mal langsam. Das wird er sicher nicht ganz ernst gemeint haben."
"Und wenn doch?"
"Paula, er war sicher verzweifelt und hat Dinge gesagt, über die er noch nicht richtig nachgedacht hat." Die besonnene Stimme ihres Vaters beruhigte Paula wieder ein wenig. "Hoffentlich hast du recht", sagte sie nachdenklich. Heinz schien einen Moment angestrengt nachzudenken und meinte dann: "Verdient hat er's eigentlich nicht … Aber vielleicht solltest du ihm wirklich noch eine Chance geben."
Nach kurzem Überlegen lenkte Paula ein: "Er kriegt eine Chance. Aber erst laß ich ihn noch schmoren." Heinz schob ihr schmunzelnd den Nachtisch hin. So gefiel ihm seine Paula.

Wenn man Töppers und Annalena jetzt so sah, wie sie engumschlungen wie zwei Frischverliebte durch die

Galerie schlenderten, hätte man nie auf den Gedanken kommen können, daß zwischen den beiden noch vor gar nicht allzu langer Zeit die Fetzen geflogen waren. Aber wie hätte man das auch vermuten sollen, schließlich konnten die beiden selber ja schon nicht mehr glauben, daß das alles tatsächlich passiert war. Töppers blieb plötzlich stehen, hob Annalena hoch und drehte sich überschwenglich mit ihr im Kreis. "Annalenchen, mit allen Farben der Welt kannst du dir nicht ausmalen, wie glücklich der Töppers ist", sagte er glücksstrahlend.
"Das brauch' ich mir gar nicht auszumalen, das ist auch so nicht zu übersehen", antwortete Annalena grinsend.
"Ich war ja sowas von bestußt", seufzte Töppers, "ich könnt' mich jetzt noch in den Hintern beißen!"
"Ha, dieses Schauspiel möcht' ich mir lieber nicht ansehen."
Nicht nur aufgrund dieser Bemerkung ließ Töppers sein verwegenes Vorhaben fallen und erinnerte kopfschüttelnd an seinen eigenen Fehler: "Daß ich dir sowas zugetraut habe ... Ich hab' ja soviel gutzumachen. Der ist für mein Mißtrauen ..." Ein dicker Kuß ... "Der ist für meine Eifersucht ..." Noch ein Kuß. "Und der für meine schlimme Phantasie ..." "Und der ..."
Annalena wand sich lachend los. "Ist ja gut, Töppers! Laß mich endlich runter!" Töppers gehorchte umgehend, aber nicht ohne ihr einen weiteren Kuß auf den Mund zu geben. "Der war ganz allgemein für meine Dusseligkeit."
Annalena sah sich um und stellte belustigt fest, daß die ganze Szene schon wieder das Interesse einiger Passanten geweckt hatte. Als ihnen Annalena allerdings in die Augen sah, beeilten sie sich allerdings, schnell woanders hinzuschauen. "Wir sind ja verrückt, Töppers", lachte sie. "Benehmen uns wie verliebte Teenies!"
"Genauso fühl' ich mich auch!"
"Muß aber doch nicht gleich ganz Köln wissen, daß Frank

Töppers auf Wolke sieben schwebt."
Da war der gute Töppers aber ganz anderer Ansicht. Spontan hob er sie noch einmal hoch und wirbelte sie herum. "Von mir aus kann es das ganze Universum erfahren. Ist ja schließlich nichts Unanständiges, obwohl ..."
"Laß mich jetzt sofort runter! Ich muß zum Foxy. Sonst steht der Getränkehändler vor verschlossenen Türen."
Töppers gehorchte seufzend. Annalena gab ihm noch einen flüchtigen Abschiedskuß, der ihm allerdings jetzt nicht genügte. Doch Annalena hatte es jetzt wirklich eilig, wand sich geschickt aus seiner Umarmung und drückte dem verdutzten Töppers die rote Rose, die er ihr gerade erst geschenkt hatte, in die Hand. "Ciao Bello, als Trostpflaster." Ein wenig enttäuscht blickte Töppers ihr nach, roch dann verträumt an der Rose und sofort sah man ihn wieder strahlend lächeln. Nein, Wolke sieben, das war noch stark untertrieben.

Die Band

Ungeduldig schlürfte Sabina im Ortruds an ihrem Cappuccino und sah immer wieder auf die Uhr. Warum um alles in der Welt hatte sie diese Teresa hierherbestellt, was konnte die von ihr wollen? Da endlich, mit einiger Verspätung, kam sie, ziemlich aufgetakelt, wohl um Sabina zu beeindrucken. Sabina war schon leicht angenervt, begrüßte sie aber betont freundlich. "Ich bin ein wenig zu spät", sagte Teresa. Da wär' ich nie draufgekommen, dachte sich Sabina, beschränkte sich aber auf ein "Schon okay." Ortrud kam, um Teresas Bestellung aufzunehmen: "Auch einen Cappuccino?"
"Ja", sagte Teresa ganz automatisch, besann sich dann aber darauf, daß zuviel Koffein für werdende Mütter nichts ist und verbesserte sich: "Ach nein, warte, einen Vitaminsaft bitte!" So war's perfekt! Sabina wollte sich nicht lange mit Smalltalk aufhalten: "Jetzt erzähl' mal. Warum wolltest du dich mit mir treffen?" Teresa setzte ein zuckersüßes Lächeln auf. "Ja, weißt du, Sabina, ich finde dich einfach sehr sympathisch. Und vielleicht kannst du mir auch einen Rat geben, wegen Miguel." Sabina blickte erstaunt auf. "Äh, ja, ich hab' mich echt gefreut, ihn wiederzusehen. Fehlt ihm denn was?"
"Das nicht. Ich mache mir nur Gedanken um ihn. Er ist so nervös wegen dem Auftritt morgen."
"Kenn' ich gar nicht von ihm. Er ist doch sonst nicht so." Das war die ideale Steilvorlage für Teresa, um ihre erste Giftspritze an die Frau zu bringen: "Du kannst ihn ja auch nicht mehr kennen. Seit er mit mir zusammen ist, ist er ein anderer Mensch. Wenn er nur nicht so sensibel wäre ..."

Sabina schluckte ihren Ärger herunter und ging nicht darauf ein: "Jetzt komm' mal zum Punkt! Womit hat er ein Problem?" Teresa ließ sich Zeit mit ihrer Antwort, nippte erst einmal genüßlich an ihrem Saft und lächelte Sabina an. Dann schaltete sie auf besorgt und meinte: "Er ist völlig zerrissen, weil er euch nicht wehtun will. Aber er hat jetzt doch eine Familie."
Aha, daher wehte also der Wind. Sabina hatte es sich gleich gedacht. "So, und da hat er dich geschickt, weil er uns nicht selber sagen kann, daß er nicht zu unserem Auftritt kommen will?"
"Nicht direkt, dazu ist er viel zu anständig."
Das war das Stichwort für Sabina, um nun ihrerseits ein wenig Gift zurückzusprühen. Auftrumpfend erzählte sie Teresa von früher: "Genau das ist er. Damals in Spanien hat er mich mal nachts um drei vom Bahnhof abgeholt. Und ist dafür 80 Kilometer gefahren. Wo er allerdings um diese Zeit die Blumen herbekommen hat, hat er mir nicht verraten ..."
Teresas Hand krampfte sich um das Saftglas. Solche Geschichten konnte sie wirklich nicht hören. Aber sie schaffte es doch, den Hieb süßsäuerlich abzuwehren: "Komisch, daß er nie von dir redet. Naja, er hat's wohl doch inzwischen vergessen. Ist ja auch schon 'ne Weile her."
"Solange auch wieder nicht", entgegnete Sabina eine Spur zu aggressiv, um allerdings ebenfalls sofort wieder auf zuckersüß umzuschalten: "Aber ich freu' mich für dich. Miguelito ist ja so verantwortungsbewußt. Er würde nie sein Kind im Stich lassen." Teresa überhörte die versteckte Andeutung, daß es Miguel nur um das Kind, aber nicht um sie ging. "Er liebt mich", gab sie sich selbstbewußt, "und deshalb muß ich mich um ihn kümmern."
"Das kann er ganz gut alleine. Ich denke, ich frage ihn einfach selbst. Und euch beiden wünsche ich viel Glück."

Damit stand sie auf und ließ eine verärgerte Teresa mit ihrem Vitaminsaft allein zurück.

Als Paula sich am Nachmittag mit einem dicken Stapel Bücher unter dem Arm von der Schule auf den Heimweg machte, wurde sie schon wieder abgepaßt. "Hallo, Paula", sagte eine zaghafte, verlegene Stimme in ihrem Rücken. Felix – diesmal hatte er nichts von seiner sonstigen auftrumpfenden Art an sich.
Paula vergaß vor Schreck ihren Vorsatz, ihn schmoren zu lassen und noch eine Weile die Unnahbare zu spielen und rief entgeistert: "Felix! Was machst du denn hier?" Felix nahm ihr kurzerhand – ganz Kavalier – den Bücherstapel ab.
"Laß uns nochmal reden, Paula." Doch Paula schüttelte den Kopf. Das ging schon wieder alles viel zu schnell. "Vom Reden allein ändert sich gar nichts", sagte sie ein bißchen genervt. Felix nickte. Schließlich hatte er auch schon gehandelt und wollte das jetzt stolz vermelden: "Ich hab' den anderen das Geld zurückgegeben."
"Und das soll ich dir glauben?"
Aber er meinte es anscheinend ernst, denn er wirkte fast ehrlich entrüstet: "Du kannst sie ja fragen, wenn du mir nicht glaubst." Eine Weile gingen sie schweigend nebeneinander her. Felix merkte, daß er unbedingt weitersprechen mußte, wenn sie sich nicht schweigend wieder trennen sollten. "Mit Nadine gab's auch Zoff, als sie das Chaos nach der Zockerrunde gesehen hat."
"Kein Wunder", entgegnete Paula ungerührt.
"Aber sie hat mir wenigstens verziehen." Das mitgedachte "und du nicht, Paula" verkniff er sich. Aber Paula verstand auch so, was er damit andeuten wollte. "So, hat sie das? Bestimmt aus Mitleid. Wahrscheinlich hast du ihr auch erzählt, daß du deine Niere verkaufst." Da hatte sie einen wunden Punkt getroffen. Felix verzog peinlich

berührt das Gesicht. "Paula, ich weiß ja, daß du sauer auf mich bist. Es tut mir leid, wirklich ... Du glaubst mir nicht, oder?"
"Würdest du dir denn glauben?"
Felix gab ihr mit hängenden Schultern und gesenktem Kopf die Bücher zurück. "Du hast ja recht", sagte er resigniert. "Nach all den Geschichten kannst du mir auch nicht mehr glauben." Und wie ein geprügelter Hund schlich er sich davon. Paula sah ihm eine Weile hinterher und kämpfte mit sich, ob sie der Versuchung, ihm zu folgen oder noch etwas zu sagen nachgeben sollte. Doch dann zuckte sie mit den Schultern und ging ihres Weges. Ein bißchen Schmoren konnte dem Typen wahrscheinlich wirklich nicht schaden.

Im Foxy war alles für die Probe vorbereitet. Die Anlage war aufgebaut, die Band war komplett angetreten. Sogar Miguel war da, auch wenn er ein wenig so wirkte, als ob er gar nicht dazugehörte. Und da waren auch noch zwei Frauen, die nicht nur so taten, sondern wirklich nicht dazugehörten. Doch während Annalena wegen der Versöhnung mit Töppers sogar besonders gut drauf war, zog die andere, Teresa, unentwegt ein ziemlich säuerliches Gesicht. Nicht einmal, daß sich Miguel nur um sie kümmerte und pflichtbewußt die Band links liegen ließ, konnte daran etwas ändern. "Wenn das Vorspielen gut läuft, haben wir gute Aussichten auf einen Plattenvertrag", teilte Sabina Annalena stolz mit.
"Ich drück' euch ganz fest die Daumen", meinte Annalena strahlend. "Und vergeßt dann aber nicht, in welchem Laden ihr eure Karriere gestartet habt."
"Ja, ich wünsch' euch auch viel Glück", sagte Miguel griesgrämig und teilnahmslos. Sabina seufzte enttäuscht. "Willst du nicht doch wieder bei uns einsteigen?"
"Noch kannst du's dir überlegen, Miguel", pflichtete ihr

Roberto bei. Aber Miguel schüttelte entschlossen den Kopf und sagte, mit einem versteckten Seitenblick auf Teresa: "Ihr wißt doch, daß das nicht geht." Das war die Musik in den Ohren, die Teresa von ihrem Miguel hören wollte. Für einen Augenblick verwandelte sich ihr mißtrauisch-grämlicher Blick in ein triumphierendes Lächeln. "Wirklich schade", jammerte Sabina. "Wir bräuchten dringend noch 'nen eigenen hitverdächtigen Titel."

Annalena, die gerade jetzt, wo sie so glücklich war, keine miese Stimmung in ihrer Umgebung brauchen konnte, hatte die scheinbar rettende Idee und klopfte Miguel auf die Schulter: "Was ist mit 'You are the one'?" Sabina, die das Lied, das Miguel einmal Annalena gewidmet hatte, nicht kannte wurde sofort hellhörig. "Mensch, Miguel, 'You are the one', ist das 'n neues Lied von dir? Verschweigst du uns da was?" Annalena war jetzt endgültig von ihrer Idee hellauf begeistert: "Das wär's doch! Ist echt 'n tolles Lied! Miguel hat's mir vor ein paar Tagen vorgespielt!"

Miguel schaute betreten drein. War das wirklich erst ein paar Tage hergewesen? Aber inzwischen hatte sich soviel verändert, hatte sich sein ganzes Leben auf den Kopf gestellt. Jedenfalls schien er von der Idee nicht gerade angetan. "Aber, das ...", wollte er anfangen, doch Sabina ließ ihn nicht ausreden. "Du hast also doch 'nen neuen Titel auf der Pfanne", sagte sie nicht weniger begeistert als Annalena. "Den mußt du uns unbedingt vorspielen!"

"Ja, tu's doch Miguel", half ihr Annalena. "Das ist doch echt 'n Megahit!" Miguel druckste unschlüssig herum. "Ach, eigentlich ..." Doch Sabina gab nicht auf: "Bitte, Miguel. Damit würden wir's sicher schaffen! Du mußt uns einfach helfen!" Miguel stand kurz unschlüssig da. Aber letztendlich siegte der Musiker in ihm und er griff sich eine Gitarre und stieg wortlos auf die Bühne. "Morgen

mußt du dann aber auch kommen", rief ihm Nina lachend hinterher. "Also gut, abgemacht", lenkte er ein.
Alle brachen in lauten Jubel aus. Miguel war wieder mit dabei. Wenigstens vorübergehend. Er würde sie nicht hängenlassen, das hatten sie immer gewußt. Nur Teresa beobachtete das ganze pikiert, mit eisigem Schweigen und krampfhaft verschränkten Armen. Eine Weile hörten alle einfach zu, wie Miguel mit Gitarrenbegleitung sein Lied vortrug, dann stiegen alle nacheinander ein, erst Sabina, die eine zweite Stimme improvisierte, dann Nina, Enrico mit seiner Gitarre, Roberto mit dem Keyboard. Und es entwickelte sich eine spontane, groovende improvisierte Session. Vor allem zwischen Miguel und Sabina, die gemeinsam in ein Mikrofon sangen, schien es gewaltig zu knistern, mehr, als nur mit dem Groove der Musik zu erklären war. Miguel war jetzt jedenfalls wieder völlig in seiner Musik aufgegangen und dahin konnte ihm eine Teresa nicht folgen.
Die betrachtete die ganze Szene mit zunehmendem Mißfallen, während Annalena begeistert mit der Musik mitging. "Kommen echt gut zusammen die beiden, was?", fragte sie Teresa, ohne dabei irgendwelche Hintergedanken zu hegen. Aber diese Frage war für Teresa jetzt einfach zuviel. Ächzend zog sie ein Taschentuch hervor, tupfte sich damit leidend über ihr plötzlich schmerzverzerrtes Gesicht und hauchte schwach: "Mir ist so schlecht. Ich muß raus." Damit hielt sie ihre Hand vor den Mund, als ob es tatsächlich jede Sekunde passieren könnte und taumelte wie halbtot aus dem Foxy.
Das war das Ende der Session. Die Band unterbrach abrupt ihr Spiel, Miguel sprang mit einem Satz von der Bühne und rannte mit schlechtem Gewissen hinter Teresa her. Wie hatte er sie nur so vernachlässigen können? Nina schüttelte besorgt den Kopf: "Was hat sie denn?"

"Sieht fast aus wie Schwangerschaftsübelkeit", meinte Annalena wenig überzeugt. Sabina, die restlos enttäuscht war, drückte sich deutlicher aus: "Manche Menschen sind offensichtlich besonders empfindlich. Woran auch immer das liegen mag ..."
Teresa hatte heldenhaft die Zähne zusammengebissen und Miguels Angebot, sie ins Krankenhaus oder wenigstens zum Arzt zu bringen, tapfer abgelehnt. Stattdessen waren sie ins Ortruds gegangen, wo die Leidende versuchte, ihren "Schwächeanfall" mit Kamillentee zu kurieren. "Es tut mir so leid, was passiert ist", jammerte sie, scheinbar den Tränen nahe. Miguel, selbst von Gewissensbissen geplagt, nahm sie verständnisvoll in den Arm. "Na, hör' mal, Teresa. Du kannst doch nichts dafür."
"Ja, aber ihr mußtet eure Probe abbrechen. Mir ist das so peinlich." Miguel versuchte ein aufmunterndes Lächeln. "Mach' dir darüber keine Gedanken. Geht es dir besser?" Teresa lächelte tapfer, so ganz auf die Art "mir geht's so schlecht, aber ich will niemandem zur Last fallen". "Ja, etwas flau noch, aber schon viel besser." Dabei atmete sie tief durch und schien schon wieder in sich zusammenzusacken. "Ist wirklich alles in Ordnung?" fragte Miguel zutiefst besorgt.
"So richtig nicht. Diese Schwächeanfälle kommen ohne jede Vorwarnung."
"In deinem Zustand ist das nichts Außergewöhnliches. Ich denke, ich gehe morgen lieber nicht zu dem Auftritt hin." So liebte Teresa das. Auch wenn sie es sich nicht anmerken lassen wollte: "Das will ich aber auf gar keinen Fall. Ich weiß doch, wie wichtig das ist für die Band. Außerdem spielen sie deine Lieder." Aber Miguel wußte inzwischen genau, was seine Pflicht war: "Nichts ist jetzt wichtiger, als der Mutter meines Kindes beizustehen."
Trotz ihres bedrohlichen, besorgniserregenden Zustandes schaffte es der Engel Teresa, ihrem Miguel ein schwaches

Lächeln zu schenken. Und dann hatte sie für die Zeit der Bandprobe ja auch noch andere Pläne. "Du bist so lieb. Aber ich verspreche dir, daß ich gut auf mich aufpasse. Geh' morgen ruhig dorthin. Ich habe sowieso einen Termin bei meiner Frauenärztin."
"Meinst du wirklich? Du mußt mir aber versprechen, daß du auch wirklich zu deiner Ärztin gehst." Dabei legte er liebevoll seine Hand auf ihren Bauch. "Versprochen", sagte Teresa. Doch plötzlich schien sich Miguel wieder eines Besseren besonnen zu haben, denn er zog resolut seine Hand zurück und meinte entschlossen: "Nein, das geht so nicht. Ich habe mich ein für allemal entschieden. Ich werde dich begleiten."
"Das kommt überhaupt nicht in Frage", entschlüpfte es Teresa eine Spur zu hastig und aggressiv. Sofort sah sie an Miguels erstauntem Gesicht, daß sie sich ein bißchen im Ton vergriffen hatte, und um abzulenken fügte sie nachdenklich an: "Weißt du Miguel, manchmal frage ich mich, ob du mich genauso lieben würdest, wenn ich nicht schwanger wäre." Darüber wollte er jetzt lieber nicht nachdenken. "Aber du bist schwanger", sagte er knapp.
Teresa versteckte ihr verärgertes Gesicht schnell hinter der Teetasse und nahm einen tiefen Schluck. Gut, das war eine klare Antwort. Hektisch trank sie ihren Tee aus und verabschiedete sich: "Ich muß jetzt unbedingt weg. Wir sehen uns heute abend." Eilig raffte sie ihre Tasche und ihre Jacke zusammen und ließ den verdutzten Miguel sitzen. Der war immerhin so verblüfft, daß es ihm nicht einmal auffiel, daß von Schwäche oder Übelkeit urplötzlich nichts mehr zu bemerken war.
Teresa hatte es einfach nicht mehr ausgehalten und war sofort zu ihrer Ärztin geeilt, um Klarheit zu bekommen. Als die Untersuchung beendet war, sah sie sie erwartungsvoll an. Dr. Herzsprung lächelte sie an. "Gesundheitlich ist alles in bester Ordnung, Frau

Lobefaro. Kein Grund zur Sorge." Teresa lächelte gequält. Das interessierte sie im Augenblick wirklich nicht. "Aber vielleicht ein Grund zur Freude?" fragte sie zaghaft nach. Aber weiter kam sie nicht. Es klopfte an der Tür und noch ehe die Ärztin "herein" sagen konnte kam er auch schon atemlos hereinspaziert – Miguel. Teresa zuckte vor Schreck zusammen. "Entschuldigen Sie, Frau Doktor", meinte er und wandte sich dann an Teresa: "Ich bin dir einfach gefolgt, um nochmal nach dir zu sehen. Ist alles in Ordnung mit ..." ... mit dem Kind, wollte er sagen, aber Teresa, die den ersten Schrecken verwunden hatte, beeilte sich, ihm ins Wort zu fallen, bevor er noch etwas Falsches sagen konnte. Mit bemühter Freundlichkeit lächelte sie ihn an: "Aber Miguel, jetzt mach' dich doch nicht verrückt!" Damit stand sie auf und schob ihn mit sanfter Gewalt wieder zur Tür hinaus. "Bitte warte noch einen kleinen Moment, ich bin gleich wieder bei dir."
Dr. Herzsprung schaute sie mit einem verwunderten, fragenden Blick an. "Er macht sich solche Sorgen um mich", erklärte Teresa. "Tut mir leid." Die Ärztin, die schon andere Männer kennengelernt hatte, war hochzufrieden: "Das sollte Sie freuen! Andere Frauen würden Sie beneiden."
"Jaja", wiegelte Teresa fahrig ab. "Aber was ist jetzt mit dem Test? Bin ich schwanger?"
"Es tut mir leid. Da müssen Sie sich wohl noch etwas gedulden."
Teresa sank verzweifelt im Stuhl zusammen und vergrub ihr Gesicht in den Händen. Dr. Herzsprung sprang besorgt auf. "Alles in Ordnung?" Teresa schüttelte traurig den Kopf und schaute auf. Und dann teilte sie ihrer Ärztin mit, mit einem düsteren, fast drohenden Tonfall, den diese noch bei keiner Patientin gehört hatte: "Ich muß aber schwanger werden! Unbedingt!"

Statt wie ihm aufgetragen die Werkstatt aufzuräumen, nutzte Felix Töppers' Abwesenheit, um in der Zeitung dubiose Kreditangebote zu studieren. Irgendwie sahen sie ja alle gleich aus, gleich verheißungsvoll: "Von 2000.- DM bis 70.000.- DM – keine Vertreterbesuche, keine Sicherheiten", "Wir helfen Ihnen aus der Klemme – Schnell und unbürokratisch", "Bankkredit abgelehnt? Wir fangen da an, wo andere aufhören" undsoweiter undsofort.
Er strich schon das fünfte derartige Angebot an, als plötzlich Töppers überraschend hereinkam. Erwischt! Gott sei Dank schien er blendender Laune zu sein. Jedenfalls pfiff er vergnügt vor sich hin und schnüffelte immer wieder lächelnd an einer roten Rose. Felix versuchte, die gute Laune auszunutzen, um von seiner Untätigkeit abzulenken: "Na, Meister, haste 'ne neue Freundin?" Aber so sehr schwebte Töppers dann doch wieder nicht über allen Dingen, daß er nicht gesehen hätte, was hier vor sich ging: "Hehe, brauchst gar nicht abzulenken. Du wirst nicht fürs Lesen bezahlt." Felix probierte es noch einmal: "Wer ist denn die Glückliche? Kenn' ich sie?" Diesmal schien es zu funktionieren. Töppers roch träumerisch an seiner Rose und fing an zu schwärmen: "Ja, äh … nein, also …"
Doch dann legte er plötzlich die Stirn in Falten und kehrte in die harte Realität zurück: "Das geht dich gar nichts an. Dann kann ich also annehmen, daß das Lager aufgeräumt ist, oder?" Felix lenkte seufzend ein. Er klemmte sich die Zeitung unter den Arm und zog in Richtung Lager ab. "In genau einer Viertelstunde, Meister", sagte er lustlos. Aber Töppers hatte sich schon wieder eines anderen besonnen: "Nee, laß mal jetzt, bleib hier. Du mußt hier nochmal die Stellung halten. Ich muß kurz was besorgen." Dabei betrachtete er verliebt lächelnd seine Rose. "Laß mich raten", meinte Felix grinsend, "für Annalena?"

"Treffer! Na bravo! Siehste, es geht auch ohne Abitur!" Doch dann verkniff sich Töppers sein Lächeln, schnappte sich die Zeitung unter Felix' Arm und entdeckte sofort die angestrichenen Anzeigen. Und mußte sich doch ziemlich wundern. "Willste dir'n Porsche kaufen, oder wofür brauchst du soviel Geld?"
"Ach, ich will jetzt endlich meine Schulden loswerden."
Hm, das war wenigstens mal ein löblicher Vorsatz. Und weil Töppers sowieso schon mal gut aufgelegt war, legte er Felix gutmütig und wohlwollend den Arm auf die Schulter. "Ich hab' dir doch gesagt, daß du dir damit Zeit lassen kannst. Du brauchst mir das Geld nicht sofort zurückzuzahlen."
"Ich weiß. Aber ich schulde nicht nur dir Geld."
Anstatt zu einer Moralpredigt anzusetzen, wie er es vielleicht sonst gemacht hätte, gab sich Töppers nun erst recht väterlich besorgt: "Ja, wem denn noch, Junge?"
"Den Kumpels in Paris", sagte Felix kleinlaut. Töppers konnte sich denken und auch an Felix' Gesicht ablesen, daß das irgendwie kein Spaß war. Da mußte er sich erstmal setzen. Und doch noch ein paar pädagogische Worte anbringen. "Felix, Felix! Du mußt unbedingt lernen, nicht über deine Brieftasche zu leben. Als angehender Installateur hast du doch ein solides Fundament. Das ist doch ein sicheres Handwerk."
"Noch bin ich aber nur Lehrling, wenn ich mal ganz bescheiden daran erinnern darf. Kannst du mir nicht 'ne Gehaltserhöhung geben?" Doch davon wollte Töppers absolut nichts wissen. Lief ja auch seinen eben ausgesprochenen Ratschlägen, von wegen lernen, mit Geld umzugehen und so, direkt zuwider. "Nein, ich wüßte nicht, warum. Unter 'Besondere Verdienste' fallen deine Leistungen hier ja nicht gerade."
"Aber ich könnte jeden Tag zwei Stunden länger arbeiten."

Töppers grinste nur. "Ha, da würde ich mir ja ein schönes Ei legen. Ich müßte dich ja dann beaufsichtigen. Nee, laß mal." Felix ließ traurig den Kopf hängen. "So komm' ich da nie raus." Aber, soviel war Töppers klar, auch nicht mit diesen dubiosen Krediten. Resolut warf er die Zeitung in den Papierkorb. "Mit solchen Kredithaien aber schon gar nicht. Da zahlste bis an dein Lebensende bloß die Zinsen ab." Felix seufzte. "Und jetzt?"
"Kopf hoch, Junge! Die Schulden bei mir setzen wir erstmal aus. Und wenn du das Geld an deine Kumpels zurückgezahlt hast, sehen wir weiter." Felix fügte sich stumm. Töppers schaute aufgeregt auf die Uhr. "Na, jetzt muß ich mich aber beeilen, sonst machen die Geschäfte zu."
"Hat Annalena Geburtstag?"
"Nee, wir feiern unsere gestrige Versöhnung", sang Töppers mehr, als er es sprach und verschwand fröhlich pfeifend aus der Werkstatt. Felix tippte sich kopfschüttelnd an die Stirn. "Völlig durchgeknallt, der Typ! In dem Alter!"

Schwanger werden, ja. Aber wie? Teresa hatte da schon so ihre Methoden. Andere benutzen vielleicht Zyklustabellen und Temperaturkurven als Methode zur Empfängnisverhütung. Teresa dagegen kamen diese Sachen gerade recht zur Empfängniserzwingung. Konzentriert studierte sie am frühen Morgen ihre Blätter und Tabellen und trug ihren aktuellen Wert beim elften Tag ein. "Schon der elfte Tag, da macht man was mit", murmelte sie leise vor sich hin, während sie angestrengt in ihrem Taschenkalender blätterte und nachgrübelte. Als Miguel aber, nur mit einem Handtuch um die Hüften bekleidet, aus dem Bad kam und sich an der Kaffeemaschine zu schaffen machte, raffte sie den ganzen Krempel eilig zusammen und ließ ihn in der Tasche ihres

Morgenmantels verschwinden. Und sofort setzte sie wieder ihr verquältes, leidendes Gesicht auf. "Hola, mi querida", begrüßte sie Miguel, der mit zwei Tassen in der Hand an den Tisch kam, sanft und gab ihr einen zärtlichen Kuß. "Möchtest du einen Kaffee?"
"Nein", ächzte Teresa mit leidendem Tonfall und stand plötzlich auf und hielt sich die Hand vor den Mund. Das wirkte immer. Miguel war sofort ganz besorgter Partner: "Geht es dir wieder schlecht? Kann ich dir helfen?" Teresa winkte schwach ab und spielte weiterhin die Rolle tapfer ertragenen Leidens: "Ist schon in Ordnung. Das ist ja jetzt normal ..."
"Ist wirklich alles okay?"
"Ja, war nur blinder Alarm. Aber es tut gut, wenn man so umsorgt wird." Miguel nahm das als Aufforderung, seine Bemühungen um Teresa noch zu verdoppeln: "Möchtest du Frühstück? Ein weiches Ei? Oder einen Saft?" Teresa schüttelte müde den Kopf: "Ich krieg' keinen Bissen runter. Nur einen Tee. Ich hab' schon Wasser aufgesetzt." Miguel war ernsthaft besorgt: "Soll ich nicht doch Frau Dr. Herzsprung anrufen?" Sie lächelte ihn dankbar an: "Ach nein, die hat doch gesagt, daß alles in Ordnung ist."
"Ich hab' halt in diesen Dingen keine Erfahrung", meinte Miguel liebevoll. Teresa streichelte zärtlich seine Hand und sagte in plötzlich nicht mehr leidendem, sondern verführerischem Tonfall: "Aber in anderen Dingen hast du sehr viel Erfahrung!" Leider kam in diesem Moment zum wiederholten Mal etwas dazwischen und sie mußte ihre Verführungsversuche zähneknirschend einstellen.
"Ey geil, schon Kaffee da", rief Felix in ungewohnt guter Morgenlaune in die traute Runde. Ohne Umschweife schnappte er sich die für Teresa gedachte Tasse und schenkte sich Kaffee ein. Und im gleichen Moment klingelte auch noch das Telefon. Miguel hob ab. "Hallo? ... Einen Moment ... Für dich, Felix, eine Svenja." Felix

wollte verzweifelt mit den Armen rudernd abwimmeln, doch Miguel beachtete das nicht weiter. "Er kommt", sprach er in den Hörer.
Felix nahm mit finsterem Blick den Hörer in die Hand. "Hallo? … Oh, Svenja … Was, du hast denen meine Nummer gegeben? … Daß die sauer sind, ist mir auch klar … Schon gut, in ein paar Tagen hast du das Geld … Versprochen … Ja, okay." Wütend knallte er den Hörer auf und wandte sich an Miguel: "Wenn die nochmal anruft, bin ich auf keinen Fall da! Ist das klar?" Damit ging er und knallte beim Herausgehen laut die Wohnungstür zu.
Miguel sah ihm erstaunt nach, aber Teresa riß ihn sofort wieder aus seinem Nachdenken heraus. "Endlich allein", hauchte sie ihm ins Ohr. Als sich Miguel zu ihr hindrehte, sah er, daß sie den Bademantel halb abgestreift hatte. "Wie wär's mit einer Rückenmassage?" fragte sie einladend. Aber die Wirkung des Augenblicks wurde gnadenlos durch das laute Pfeifen des Teekessels zerstört. Und Miguel sprang sofort auf und rannte zum Herd. Es war wie verhext!

"Was ist mit dir los, Paula? Schlecht geschlafen?" Heinz hatte gut reden. Er hatte schließlich nicht Paulas Probleme, obwohl er sich hätte denken können, warum ihr das Frühstück heute nicht schmeckte. Auch Hilde schien das ganze eher von der witzigen Seite zu nehmen. "Wahrscheinlich macht sie eine Diät", sagte sie lachend, woraufhin Paula genervt das Gesicht verzog. Darauf wurde Heinz, seiner blendenden Laune zum Trotz, etwas ernster: "Sieht mehr nach einem ausgewachsenen Stimmungstief aus, was?"
"Ach, ich denke über Felix nach", entgegnete Paula einsilbig.
"Was ist denn so kompliziert?" fragte Hilde einfühlsam.

"Weißt du doch. Er braucht dringend Geld. Bei Töppers verdient er so gut wie nichts." Paula wartete auf eine Reaktion, aber als die nicht kam, faßte sie sich ein Herz und rückte damit raus: "Könnt ihr ihm nicht helfen?" Heinz fiel fast die Kaffeetasse aus der Hand. "Wir? Ausgerechnet dem Felix?"
"Heinz! Nicht schon wieder", bremste Hilde und unterstrich ihre Worte zusätzlich mit einem strafenden Blick.
"Naja", sagte Heinz, wieder ganz ruhig, "wie stellst du dir das vor? Ich bin doch kein Kreditinstitut!" Doch an die Art von Hilfe hatte Paula gar nicht gedacht. "Ich hätte schon eine Idee ...", sagte sie geheimnisvoll. Heinz seufzte. "Ich glaub', die Idee möchte ich mir lieber nicht so früh am Morgen anhören." "Nun hör' doch wenigstens mal zu, Heinz", mußte ihn Hilde wieder ermahnen und nickte Paula aufmunternd zu.
"Ihr macht im Wilden Mann eine Spezialitätenwoche! Französische Küche!" Haute Cuisine in seiner Kneipe – das schien Heinz ziemlich lustig zu finden: "Haha, Bockwurst in der Trikolore, ja? Und was hat das Ganze mit Felix zu tun?"
"Der kocht", sagte Paula triumphierend. Damit hatte Heinz nun wirklich nicht gerechnet. Felix und Kochen? Ja, die Rohre in den Toiletten auswechseln oder sowas, das hätte er ihm vielleicht noch zugetraut, aber ihn auf seine Gäste loslassen? "Ach nee! Seit wann kann der denn kochen?" Und diesmal teilte Hilde seine Skepsis: "Ehrlich, Paula, das ist doch ein Scherz, oder? Du willst uns allen Ernstes Felix als Koch vorschlagen? Und auch noch für eine Spezialitätenwoche?"
"Ja, warum denn nicht?"
"Hat er denn schon mal für dich gekocht?"
Paula blickte verlegen auf ihren Teller, schluckte und log dann ohne rot zu werden: "Ja, war echt prima. Vom Feinsten." Heinz blieb mißtrauisch: "Und danach hattest

du keinen Brechdurchfall, oder?"
Aber Hilde hatte sich inzwischen schon wieder auf Paulas Seite geschlagen: "Heinz! Jetzt hör' aber mal auf mit deinen Vorurteilen." Heinz sah sich hilflos um und sah ein, daß er geschlagen war. "Okay, ihr habt gewonnen. Aber zuerst will ich mich selber von seinen legendären Kochkünsten überzeugen."

Sabina hatte eine Hiobsbotschaft für die Band: "Es ist eine Katastrophe! Miguel will nicht kommen!" Das war wirklich ein Tiefschlag – heute, am Tag, der für ihre weitere Karriere so wichtig war, an dem sie den Produzenten treffen sollten. Alle ließen ganz schön die Köpfe hängen. Sabina blickte mutlos in die gedrückte Runde. "Ich hab' schon dran gedacht, diesem Produzenten wieder abzusagen. Was meint ihr?" Immerhin brachte diese Bemerkung wieder etwas Leben in die schreckerstarrten Bandmitglieder. "Wofür haben wir dann so lange geprobt?" fragte Nina wütend. Und Roberto stimmte ihr zu: "Jetzt haben wir den Titel gerade richtig drauf." Aber Sabina sah nur noch schwarz: "Was sollen wir denn machen? Wenn der Produzent erfährt, daß unser Komponist weg ist, dann können wir einpacken. Ich hab' ihm gesagt, Miguel gehört zur Band."
"Er muß einfach mitmachen", beharrte Nina stur.
"Aber er will nicht!"
Annalena glaubte eingreifen zu müssen, bevor sich die Musiker noch unnötig in die Haare kriegten. "Und da ist nichts mehr zu machen? Das glaub' ich nicht. Miguel ist ein prima Kerl. Er läßt doch seine Freunde nicht im Stich." Das war ja gut gemeint, aber da gab es eben noch andere Sachen – Geschichten, von denen Annalena nichts wissen konnte.
"Naja, eigentlich ist er ja schon länger ausgestiegen", erklärte ihr Sabina verlegen. "Und diese Sache mit dem

spanischen Produzenten, die liegt ihm bestimmt noch im Magen."
"Ja, das wird's wohl sein", bestätigte Nina, mit einem säuerlichen Blick auf Sabina. Und Roberto war ihrer Meinung: "Das war 'ne echte Sauerei." Sabina ließ traurig den Kopf hängen. "Ihr habt ja recht. Aber das hilft uns jetzt auch nicht weiter." Annalena verstand nur Bahnhof. "Jetzt mal langsam. Was war das denn für 'ne Geschichte mit diesem spanischen Produzenten?" Sabina atmete tief durch und sah sich hilfesuchend um. Sie hatte wahrlich keine große Lust, diese peinliche Sache auch noch selber zu erzählen. Aber da war keiner, der es ihr abgenommen hätte. "Also, ich hatte ein Verhältnis mit ihm. War aber noch mit Miguel zusammen ... Ich wollte ihm doch nicht wehtun, ich war so blöd ..."
"Allerdings", bestätigte Nina kalt. Sonst wollte niemand einen Kommentar zu der Sache abgeben, aber jeder dachte sich natürlich seinen Teil. Annalena seufzte. "Ach, und jetzt glaubt ihr, daß das die Rache von Miguel ist, oder?" Sabina zuckte hilflos mit den Schultern. "Ich weiß doch auch nicht. Ich weiß nur, daß er auf jeden Fall heute abend hier sein muß. Sonst können wir einpacken." Annalena dachte angestrengt nach. Aber eine glatte, angenehme Lösung für dieses Problem gab es wohl nicht. "Sprich doch nochmal mit ihm, Sabina", war das einzige, was ihr einfiel. Nina pflichtete ihr bei. "Er liebt dich noch immer. Du bist die einzige, die ihn umstimmen kann." Sabina nickte stumm. Alles hätte sie lieber getan als das, aber jetzt ging es nicht mehr nur um sie.

Ein Koch verdirbt den Magen

Die Sache mit den Kredithaien hatte Felix aufgegeben, aber es gab ja noch andere Menschenfreunde, die einen mit Bargeld versorgen konnten. Und Geschirr gab es in der WG sowieso mehr als genug, warum also nicht einen Teil davon zum Pfandleiher bringen? Was nicht mehr da war, mußte auch nicht mehr abgespült werden. Aber das Telefonat mit dem Typen gestaltete sich schwieriger als gedacht. Stellte auch noch Ansprüche, der Typ! "Nee", seufzte Felix schon leicht genervt ins Telefon, "gekreuzte Schwerter sind nicht drauf ... Aber mit Blumen hätte ich was, Moment mal ..." Er drehte einen Suppenteller um und las von der Unterseite. "Ja, da haben wir echtes chinesisches Porzellan ... Ja, hier steht's doch: Made in Hongkong ... Aber das ist sehr schön ... Wie, sind Sie noch dran? Scheiße!" Der Sack hatte doch glatt sein Superangebot ausgeschlagen und einfach aufgelegt! Wütend knallte Felix den Hörer auf.
Und im gleichen Moment klingelte es auch schon an der Wohnungstür. Paula war gekommen, gleich nach der Schule, um Felix von seiner neuen großen Chance zu berichten. Doch begeistert war der nicht gerade davon, eher amüsiert. "Kochen? Bist du noch zu retten? Ich krieg' nicht mal Kartoffeln weich!"
"Ich kann auch nicht kochen", beharrte Paula. "Aber zusammen schaffen wir's."
"Na, ich weiß nicht."
"Stell' dich nicht so an! Ich denke, du brauchst das Geld."
Felix winkte entschlossen ab. "Schon. Aber nicht um jeden Preis." Aber Paula war nicht so leicht zu entmuti-

gen. "Du hast null Phantasie", versuchte sie ihn anzustacheln. "Wir kriegen das schon hin." Und ohne sich weiter um Felix' Bedenken zu kümmern, studierte sie eingehend die ausgeschnittenen Rezepte, die wahllos an den Küchenschränken hingen und entdeckte schließlich das einzige Kochbuch der WG.
"Na bitte", sagte sie und hielt das Buch triumphierend hoch. "Ist doch alles da, was wir brauchen. Und das nötige Zubehör steht auch schon bereit." Felix blickte verdutzt auf die zahllosen Küchenutensilien, die er kurz zuvor selber aus den Schränken geräumt hatte – eigentlich, um sie zu verscherbeln. Töpfe, Pfannnen, Teller:Es gab kein Entrinnen mehr.

Sabina hatte all ihren Mut zusammengenommen und in den sauren Apfel gebissen. Und jetzt saß sie mit Miguel im Wilden Mann und versuchte ihn verzweifelt zur Mitarbeit zu überreden. Wie erwartet war das gar nicht so einfach. "Begreif' doch, Miguel", sagte sie schon fast flehend, "wir brauchen dich!"
"Du kennst meine Meinung. Ich steige aus!"
"Aber dieser Tag ist so wichtig für uns. Bitte, nur noch heute!" Doch der Typ war einfach nicht zu packen. "Sabina, ich bin nicht euer Übervater. Ihr habt gezeigt, daß ihr auch ohne mich auskommt." Nach einem Schluck aus seinem Weinglas fügte er noch bitter hinzu: "Und du ganz besonders!"
Ja, das hatte sie schon erwartet. Aber jetzt, wo es endlich mal ausgesprochen war, konnten sie vielleicht doch noch wie erwachsene Menschen miteinander reden. Jedenfalls gab sie nicht auf oder wollte wenigstens ihre Mutlosigkeit nicht zeigen. "Miguel, kannst du das nicht vergessen? Ich habe einen Fehler gemacht, ich weiß. Aber die Band kann doch nichts dafür. Wir haben so gekämpft um diesen Termin ..."

"Nein, es bleibt dabei."
"Bitte!"
Teresa, die bediente, hatte schon die ganze Zeit die Unterhaltung der beiden mißtrauisch beäugt. Aber vor lauter Streß hatte sie nie nahe genug an ihren Tisch kommen können, um zu hören, was da eigentlich verhandelt wurde. Als die Unterhaltung jedoch immer eindringlicher und leidenschaftlicher zu werden schien, hielt sie es nicht mehr aus, ließ Bestellungen Bestellungen sein und näherte sich zielstrebig dem Tisch der beiden. Weit kam sie aber nicht, denn Hilde rief sie sofort wieder ärgerlich zurück:
"Teresa! Vom Herumstehen werden diese Schnitzel hier auch nicht wärmer. Das nennt sich hier schließlich Warme Küche!"
"Ich habe auch nur zwei Hände", verteidigte sich Teresa schwach. "Ach, Unsinn! Momentan ist doch eh nicht soviel los!"
Zähneknirschend nahm Teresa Hilde die zwei dampfenden Teller ab und servierte sie mit zuckersüßem Lächeln. Doch als sie sah, daß Hilde wieder in der Küche verschwunden war, nahm sie sogleich ihr Vorhaben wieder auf und näherte sich dem Tisch, wo Sabina immer noch versuchte, Miguel herumzukriegen. "Ach, Miguel! Warum soll die Band darunter leiden, daß wir beide … Komm doch heute abend! Wenigstens den anderen zuliebe." Miguel war schon fast weichgekocht. "Mal sehen", meinte er unschlüssig. "Vielleicht …"
"Ja, dann wird es bestimmt ein Erfolg. Du …"
Die letzten Sätze hatte Teresa noch hören können. Höchste, ja, allerhöchste Zeit, einzuschreiten! Resolut ging sie zum Tisch, schaute die beiden streng von oben herab an und sagte kalt: "Darf es noch etwas sein?" Miguel, der bei Teresas Auftritt wie ein ertappter Dieb förmlich in seinem Stuhl zusammengesunken war, zog es

vor, die Sache lieber abzubrechen und meinte knapp: "Nein, danke." Sabina hielt dagegen Teresa herausfordernd ihr Glas entgegen und lächelte sie an: "Ja gern. Noch einen Wein bitte!"
"Einen Wein noch, aber gerne", wiederholte Teresa kühl. Um sich dann, im Kontrast dazu mit ganz besonders liebevoller Stimme und herausfordernden Augenaufschlag, Miguel zuzuwenden: "Ich habe bald Feierabend. Wartest du auf mich, Miguelito?" Miguel blickte unbehaglich von einer zur anderen. In ihm arbeitete es offensichtlich und er wußte immer noch nicht, wem er nachgeben sollte. Aber keine hatte im Moment Augen für ihn. Die beiden blickten sich kalt lächelnd an. Jede im Gefühl, am längeren Hebel zu sitzen.

"Na, was fällt dir dazu ein?" Paula hielt Felix ein Netz Zwiebeln vor die Nase. "Weinkrampf", meinte Felix knapp. Paula holte mit dem Netz aus und tat so, als ob sie es ihm gleich um die Ohren hauen wollte. "Gleich krieg' ich einen! Französische Zwiebelsuppe natürlich!" Unverzüglich machte sie sich im Kochbuch auf die Suche nach dem Rezept. Nur Felix hatte immer noch so seine Zweifel: "Das ist ja Wahnsinn", stöhnte er. "Das schaffen wir nie!" Aber Paula hatte längst das Rezept gefunden und war ganz anderer Ansicht: "Klingt ganz einfach. Außerdem mag Heinz die sehr gern." Felix glaubte, er hätte nicht richtig gehört. "Was? Wir kochen für Heinz?" "Ja, und für Hilde." Das war endgültig zuviel! Felix winkte entschieden ab. "Nein! Ohne mich! Eher würde ich das Zeug noch selber essen. Ich geh' jetzt lieber. Such dir 'nen anderen Küchenguru, das ist nicht mein Ding." Doch Paula hielt ihn energisch am Ärmel fest und sah ihn ernst und streng an. "Das ist mal wieder typisch. Ich bemühe mich, dir zu helfen und du läßt mich hängen! Wir müssen es versuchen! Wir machen eine Zwiebelsuppe und ..."

"Brot", ergänzte Felix, der eingesehen hatte, daß es jetzt besser war, keinen neuerlichen Streit mit Paula anzufangen. Aber was war das, Paula konnte man es einfach nicht recht machen. "Brot, o Gott! Nein, ein zweites Gericht, keine Beilage! Schlag doch mal was vor! Du warst doch in Frankreich!" Felix überlegte angestrengt. In Frankreich war er gewesen, ja, aber um die französische Küche hatte er sich eher weniger gekümmert. Wie hieß das ganze Zeugs denn noch gleich? "Ratatouille", schlug er schließlich stolz vor, stolz vor allem darauf, daß ihm das Wort noch eingefallen war, wenn er auch nicht genau wußte, was das eigentlich sein sollte. Immerhin – Paula war zufrieden und fing sogleich wieder im Kochbuch zu suchen an. "Na also, es geht doch! Aha, Seite fünfunddreißig. Ja, das müßte zu schaffen sein." Felix nahm seufzend das Kochbuch in die Hand und warf einen resignierten Blick rein. "Außer 'nem Spiegelei habe ich noch nichts gekocht! Das haut nie im Leben hin!"
"Quatsch' nicht rum. Wir haben alles hier, was wir brauchen, also fang' schon mal an, Gemüse zu schneiden!" Felix gab es auf. Der Frau war er einfach nicht gewachsen. Es war besser, zu gehorchen. Also machte er sich an die Arbeit. Und in kürzester Zeit hatte sich die Küche in ein einziges Chaos aus Töpfen, Pfannen und Gemüseabfällen verwandelt. Während Paula mit einer Schwimmbrille als Augenschutz mit Zwiebelschneiden beschäftigt war, saß Felix ratlos vor einer Schüssel Tomaten. "Was soll denn das heißen, Paula: "... die Tomaten überbrühen?"
"Keine Ahnung. Mit Brühe übergießen wahrscheinlich."
"Brühe ham' wir nicht", vermeldete Felix, halb bedauernd, halb erleichtert. Vor allem letzteres war Paula nicht entgangen. Sie schlug genervt die Hände über dem Kopf zusammen und stauchte ihn zusammen: "Mein Gott, stell dich nicht so an. Dann nehmen wir eben Wasser, mit viel

Salz." Felix las mürrisch im Kochbuch weiter: "Und was heißt: "einkochen lassen"? Um das hier zu verstehen, braucht man ja 'n Studium!" Paula kippte wütend die Zwiebeln in einen großen Topf und wandte sich dann wieder Felix zu: "Verdammt, vielleicht fängst du einfach mal mit irgendwas an! Der Rest ergibt sich dann schon!" Felix nahm sich achselzuckend ein riesiges Fleischmesser und stach damit vorsichtig in eine Möhre, die er interessiert beäugte, als sei sie ein Wesen von einem anderen Stern. "Ja, äh, dann schneide ich schon mal die Möhren. Kann ja so schwer nicht sein." Damit begann er, ungeschickt die Möhre, die sich ja nicht wehren konnte, zu sezieren.
In diesem Moment bekamen sie Besuch. Nadine stürzte in die Küche, blieb aber angesichts des Chaos sofort wie eingefroren stehen. "Hat's schon Tote gegeben?" fragte sie sarkastisch. Felix blickte verständnislos auf. "Warum?"
"Na, für dieses Schlachtfeld gibt es nur eine Erklärung: Hier hat eine Bombe eingeschlagen und ihr habt durch ein Wunder überlebt." Nadine ließ den Blick zu Paula schweifen und bemerkte zu ihrer nicht geringen Belustigung, daß sie eine Schwimmbrille trug. "Hallo Paula, schickes Outfit! Hat dir dein Verehrer aus Paris mitgebracht, oder? Designermodell?" Paula nahm hastig die Brille ab und grinste Nadine an. "Ist sehr praktisch. Bist du nachher noch hier?" Nadine ahnte Böses: "Wenn es ums Aufräumen geht, ist die Antwort ein entschiedenes Nein, ansonsten ja."
"Quatsch, du bist zum Essen eingeladen." Das klang schon besser. "Das laß ich mir auf keinen Fall entgehen! Was kocht ihr denn?"
"Französisch", sagte Felix seufzend. "Aus einem Kochbuch, das ein Chinese verfaßt hat. Man versteht kein Wort." Nadine verließ kopfschüttelnd die Küche. "Also, verstehen will ich auch gar nichts", rief sie noch hinein.

"Nur essen!" Jetzt hatte Paula endlich mal Zeit, Felix' verzweifelte Bemühungen mit der Möhre zu begutachten. Und was sie sah, war zum Heulen. "Warum schneidest du denn schmutzige Möhren?" fragte sie entgeistert.
"Gab keine sauberen."
Paula nahm ihm resigniert das Messer aus der Hand und begann, sich um die Auberginen zu kümmern. "Das war eine sehr dumme Idee, dich als Koch vorzuschlagen."
Doch Felix strahlte sie an: "Es fängt aber gerade an, so richtig Spaß zu machen! Aber gut, dann übernehme ich schon mal das Würzen." Da konnte man wenigstens nichts falsch machen. Die Angaben im Kochbuch waren ausnahmsweise klar und deutlich. Halblaut las er sich vor: "Also, drei Eßlöffel Essig und einen halben Teelöffel Cayennepfeffer. No problem." Ausgerüstet mit Essig, Cayennepfeffer und zwei Löffeln begab er sich zum Kochtopf und maß ab. "So, drei Eßlöffel Cayennepfeffer, einen halben Teelöffel Essig und gut umrühren, fertig."
Stolz reichte er Paula einen Kochlöffel hielt ihn ihr hin. "So, ist zwar noch nicht ganz fertig, aber probier' schon mal!"
Paula lächelte ihn an, nahm den Löffel und probierte – und spuckte das ganze Zeug sofort ohne Rücksicht auf Verluste auf den Küchenboden aus. Aber es war zu spät, es hatte seine Wirkung schon getan. "Wasser! Schnell!"
Felix löste sich aus der ersten Schreckensstarre und gab ihr entsetzt die Mineralwasserflasche, die Paula in einem Zug halb austrank. "Entschuldige, da muß ich wohl was durcheinandergebracht haben. So 'n Mist."
Das Zeug konnten sie jedenfalls unbesehen in die Grüne Tonne kippen, das war mal klar. Aber was jetzt? Die WG-Vorräte waren vernichtet und die Einladungen zum Essen waren ausgesprochen! Felix dachte angestrengt nach. Aber er wäre nicht Felix gewesen, wenn er nicht doch noch eine ausgefallene, rettende Idee gehabt hätte. "Ich

hab's", rief er triumphierend und schnappte sich hastig die Gelben Seiten.

Besser hätte das Vorspielen im Foxy fast nicht laufen können. Das neue Lied "You are the one" war ein voller Erfolg. Nicht nur beim zahlreich erschienenen Publikum, das begeistert mitgegangen war, sondern auch – das war das Entscheidende – bei dem Produzenten, der sich allerdings aufgrund seines fortgeschrittenen Alters auf anerkennendes Nicken beschränkte. Nur hinter der Fassade, für Außenstehende nicht zu erkennen, war alles ein wenig anders. Da war nichts von Friede, Freude, Eierkuchen. Miguel hatte sich zu einem unglaublich dummen Kompromiß durchgerungen und war gekommen – allerdings nicht als Musiker, sondern quasi als seelischer Beistand, der neben der Bühne stand und von dort aus die Performance seines eigenen Liedes verfolgte. An seiner Stelle fungierte Sabina als Leadsängerin – und sie sang das Lied praktisch nur für Miguel. Sonst merkte das natürlich keiner, aber Teresa, die ihren Miguel in dieser heiklen Situation natürlich nicht aus den Augen lassen konnte, war es nicht entgangen, daß diese Musiktussi die ganze Zeit völlig auf ihren Miguelito fixiert war, ihn ständig anschmachtete. Sie platzte fast vor Wut.
Und ihre Wut steigerte sich noch mehr, als sie die anerkennenden Worte hörte, die der Produzent an Annalena richtete: "Ausgezeichnet! Ganz ausgezeichnet! Wenn die Band noch einige ähnlich gute Titel hat, kann ich sie ganz groß rausbringen."
Höchste Zeit, hier mal einiges klarzustellen! Teresa drängte sich geschickt neben den Produzenten und flötete ihm zu: "Ja, eigentlich schade. Denn der Texter und Komponist hat die Band verlassen. Sie sind Musikproduzent?" Der Typ nickte und betrachtete Teresa sichtlich gespannt. Das waren ja in der Tat interessante

Neuigkeiten. "Woher wissen Sie denn so gut über die Band Bescheid?" Teresa zeigte auf Miguel. "Der Komponist ist mein Mann. Da steht er." Der Produzent nickte anerkennend. "Offensichtlich ein äußerst talentierter Musiker. Und er hat sich von der Band getrennt?" Teresa nickte, zufrieden lächelnd. "Ja, er plant seine Solokarriere." Bei dem Produzenten schrillten die Alarmglocken.
"Aber er hat doch dieses Lied komponiert?"
"Ja, aber es ist das letzte Lied für die Band. Und zusammen mit "Land of summer" – das hat übrigens auch er komponiert – der einzige Hit, den sie haben." Der Produzent sah endgültig seine Felle davonschwimmen.
"Ja, aber warum will er sich denn von der Band trennen?"
"Er hat sich einfach von ihnen distanziert. Es gab zu viele Probleme." Teresa seufzte tief, scheinbar voller Mitgefühl und Bedauern. "Jaja, das wird wohl das Ende der Band sein. Ohne Miguel sind sie zu nichts in der Lage." Der Produzent hatte genug gehört. Das gab es doch nicht! War er umsonst gekommen? Der Sache mußte er auf den Grund gehen. Hektisch quetschte er sich durch die jubelnde Menge an den Bühnenrand, wo Miguel und Sabina beisammenstanden und den Gig besprachen. Erst einmal mußte er gratulieren: "Das war musikalisch und stilistisch perfekt. Meinen Glückwunsch. Ich habe gehört, Sie sind der Komponist?" Miguel nickte stolz. "Danke. Es freut mich, daß es Ihnen gefällt." Der Produzent beschloß, die Lage erst einmal vorsichtig zu sondieren: "Und, haben Sie schon irgendwelche Pläne?" Miguel druckste herum. "Naja ... Wirklich konkret ist da noch nichts. Nichts wirklich Spruchreifes."
"Aber diese Band lebt von Ihren Ideen, oder?" Miguel warf einen vorsichtigen Seitenblick zu Sabina. Im Gegensatz zu ihr hatte er schon so ungefähr verstanden, worauf der Typ hinauswollte. "Das sollte man nicht über-

bewerten", wiegelte er ab. "Die Band ist gut, das haben Sie selbst gesagt." Aber die Situation war nicht mehr zu retten, und so schon gar nicht. Der Produzent wurde deutlicher: "Ich will ehrlich sein. Wie ich – sozusagen aus gut informierten Kreisen – erfahren habe, sind Sie nicht nur der Komponist, sondern auch das musikalische Rückgrat der Band. Sozusagen der Mann, der alles zusammenhält. Mit Ihnen steht und fällt die Truppe!"
Mittlerweile hatten sich alle Bandmitglieder um die drei versammelt und sahen sich irritiert an. Auch Teresa war herbeigekommen und sah mit Genugtuung, daß ihre Saat aufgegangen war. Alle Blicke waren nun mit gespannter Erwartung auf Miguel gerichtet, der sich immer unbehaglicher fühlte und verzweifelt versuchte, heil aus dieser unangenehmen Lage herauszukommen, ohne irgendjemandem zu schaden: "Ach wissen Sie, die vier sind ein Team. Und jeder von Ihnen ist begabt."
"Daran habe ich auch überhaupt keinen Zweifel", entgegnete der Produzent. "Aber, um es noch deutlicher auszudrücken: Ich habe Kenntnis davon bekommen, daß Sie die Band verlassen haben. Stimmt das?" Miguel senkte den Kopf. "Ja, das stimmt." Damit war es mit der Geduld des Produzenten vorbei. Wütend wandte er sich an Sabina: "Über Ihre Geschäftspraktiken muß ich mich doch sehr wundern! Sie verkaufen mir eine Band mit fünf Musikern. Dann sind es plötzlich nur noch vier – und ausgerechnet der wichtigste fehlt. Welche Überraschungen darf ich denn noch von Ihnen erwarten?"
"Lassen Sie mich das erklären ..."
"Danke, ich habe genug gehört. Unter Professionalität verstehe ich etwas anderes. Unter solchen Umständen kommen wir nicht ins Geschäft!" Damit verließ er ungehalten und fluchend das Foxy und ließ die Musiker wie begossene Pudel stehen. Die Stimmung, die eben noch am Überkochen war, war ruckartig auf den Nullpunkt

gesunken. Der große Abend – er war voll in die Hosen gegangen. Nur eine Person konnte mit dem Verlauf hochzufrieden sein ...

Das große Essen ging schon in die letzte Runde und bis jetzt waren alle hellauf begeistert von Felix' Kochkünsten. Getrüffelte Gänseleberpastete, Zwiebelsuppe, Burgunderbraten, Herzoginkartoffeln, Zucchinisoufflé – das hatte ihm weiß Gott keiner zugetraut. Nadine und Hilde überboten sich in Komplimenten. Aber insbesondere der stets besonders kritische Heinz schien hin und weg: "Also, das Essen war ein Traum. Direkt professionell. Und das nach ein paar Wochen Frankreich. Bist ja'n richtiges Naturtalent!"
Felix zuckte nur mit den Achseln, bescheiden, aber doch stolz. "Das hätte ich dir gar nicht zugetraut", mußte auch Hilde neidlos anerkennen.
"Ja, ich bin echt platt", stimmte ihr Nadine zu. Felix winkte ab und hatte stattdessen noch einen draufzusetzen: "Es gibt noch ein Dessert!" Er stand auf und ging zum Kühlschrank. Wie Siegestrophäen hob er mehrere Dessertschalen hoch und servierte sie formvollendet. Auch Paula stand der Stolz ins Gesicht geschrieben. "Mousse au chocolat", verkündete sie. "Seine Spezialität." Heinz schien nun völlig begeistert: "Fantastisch. Ich sterbe für Mousse au chocolat – einfach genial. Und wie machst du die?"
Felix starrte ihn irritiert an und stotterte dann los: "Äh, wie ich die ...? Also, eigentlich ist das ein Berufsgeheimnis." Heinz nickte verständnisvoll. "Ja, natürlich, verstehe." Felix und Paula tauschten erleichterte Blicke aus. Hilde hatte mit großem Appetit ihre Portion schon aufgegessen und war ebenfalls hochzufrieden. "Und das hast du alles in Paris gelernt?" Heinz ließ Felix nicht antworten und klopfte ihm stattdessen anerkennend

auf die Schulter: "Tja, Reisen bildet eben ..."
"Leider macht es einen auch arm", sagte Felix. "Deshalb ... wie soll ich sagen? Habe ich den Job?" Heinz nahm sich viel Zeit für seine Antwort. Erst einmal faltete er sorgfältig seine Serviette zusammen und legte sie auf den Teller, dann trank er langsam und behaglich einen Schluck Mineralwasser, lehnte sich in seinem Stuhl zurück und sah Felix belustigt an. "Ja, meinst du nicht, daß das ein bißchen teuer wird auf die Dauer?" Felix blickte sich verdutzt in der Runde um. "Wieso?" Doch Heinz rückte noch nicht so richtig raus mit der Sprache: "Naja, soviel kann ich dir nun auch nicht zahlen."
Alle sahen Heinz verwundert an. Meinte der, Felix sei als Spitzenkoch zu teuer für ihn, oder was? Doch Heinz grinste nur still zurück. "Zumindest reicht es nicht ..." Damit nahm er noch einen Schluck aus seinem Glas. "Also, es reicht einfach nicht für diesen teuren Partyservice."
Hilde und Nadine waren total von den Socken. Jetzt wurde einiges klar. Paula blickte beschämt zu Boden. Nur Felix machte noch einen schwachen, aussichtslosen Versuch, sich zu verteidigen: "Herr Poppel, das ist alles ein Mißverständ..."
"Wenn du mich für blöd verkaufen willst, mußt du 'n bißchen früher aufstehen. Ich hab' den Partyservice wegfahren sehen, als wir gekommen sind." In der Runde machte sich betretenes Schweigen breit. Aus der allgemeinen Verlegenheit heraus, meinte Hilde: "Na sowas. Aber die sollte man unbedingt weiterempfehlen." Felix war am Boden zerstört. "Na, damit ist wohl alles im Eimer", murmelte er kleinlaut. "Naja", grinste Nadine, "jedenfalls haben wir hervorragend gegessen."
"Und das zum Nulltarif", ergänzte Heinz und brach auf einmal in schallendes Gelächter aus. "Haha, du brauchst anscheinend wirklich ganz dringend 'n Job! Und offensichtlich ist dir dafür jedes Mittel recht."

"Dringend ist gar kein Ausdruck", sagte Felix leise.
"Gut, du kannst ab und zu als Kellner bei mir arbeiten. Verdienst zwar ein kleines bißchen weniger als ein französischer Starkoch. Dafür brauchst du aber nicht jeden Tag den Partyservice zu bezahlen. Haha, da fallen 'ne Menge Nebenkosten weg." Erleichterung machte sich breit. Die Situation war gerettet und alle atmeten sichtlich auf. Nur Felix schien die Entwicklung ein bißchen schnell zu gehen und er traute dem Frieden noch nicht so ganz. "Ich dachte ..." Aber sofort unterbrach ihn Heinz gutmütig: "Ist schon in Ordnung, Junge. Hab' mir früher auch so manche Tour geleistet."
"Und noch ganz andere", erinnerte sich Hilde. Heinz winkte ab. Das war jetzt nicht das Thema. Jetzt war er mit Felix beschäftigt. "Ich dachte immer, du bist so 'n Weichei. Aber Phantasie hast du und Organisationstalent hast du auch. Das braucht man in der Gastronomie. Also was ist – nimmst du mein Angebot an?"
Jetzt strahlte endlich auch Felix. Solche Lobeshymnen auf sich, das war er wirklich nicht gewohnt. Endlich mal jemand, der seine ganz besonderen Fähigkeiten zu würdigen wußte. "Logo, sofort!" Damit sprang er aufgeregt von seinem Stuhl auf, um Heinz die Hand zu schütteln, war dabei aber so überschwenglich, daß er gleich ein volles Weinglas umstieß. Heinz schüttelte seufzend den Kopf. "Wenn du so weitermachst, bist du deinen neuen Job gleich wieder los." Alle sahen Heinz erschrocken an, aber als der die betroffenen Gesichter um sich sah, stimmte er ein derart herzhaftes Gelächter an, das in kürzester Zeit alle ansteckte. Die Sache war gelaufen, zwar anders als geplant, aber besser hätte es kaum können können. Operation mißlungen – Patient wohlauf.

Teresas krumme Touren

Für Teresa war es mal wieder an der Zeit, sich um ihr letztes verbliebenes Problem zu kümmern. Mit den Musikern war sie ja ziemlich gut fertiggeworden, aber wenn sie diese Sache nicht auch noch in den Griff bekam, konnte immer noch alles schiefgehen. "Bitte, Frau Doktor", drängte sie ihre Frauenärztin, die ihr ernst am Schreibtisch gegenübersaß, "ich kann einfach nicht länger warten! Je schneller ich ein Kind bekomme, desto besser!" Frau Dr. Herzsprung wußte noch immer nicht so recht, was sie mit dieser merkwürdigsten all ihrer Patientinnen anfangen sollte. "Schön, daß sie sich so sehnlich ein Kind wünschen", sagte sie zögernd, "das hört man nicht oft als Ärztin. Aber ..." Teresa ließ sie nicht ausreden. "Ich hab' sogar schon überlegt, ob ich es vielleicht mit künstlicher Befruchtung versuchen soll." Diese Bemerkung überzeugte die Ärztin fast endgültig davon, daß diese Frau Lobefaro ein bißchen, um nicht zu sagen ein bißchen sehr überspannt war.
"Wie kommen Sie denn darauf", fragte sie befremdet. "Sie sind jung und völlig gesund! So etwas zieht man erst in Betracht, wenn gar nichts mehr hilft. Warum denn diese übertriebene Eile?" Als Teresa nicht antwortete, fiel ihr noch etwas ein, womit man diese hysterische Person vielleicht ein wenig hinhalten konnte: "Hat sich eigentlich Ihr Partner schon untersuchen lassen? Es kommt oft genug vor, daß es an ihm liegt, wenn ..." Teresa wehrte heftig, fast erschrocken ab: "Um Himmels Willen! Er darf davon nichts erfahren ... Ich meine, er ist Südländer. Es ist sehr schwierig, mit ihm über diese Dinge zu reden."

Das wirkte meistens. Und die Ärztin beeilte sich denn auch, verständnisvoll zu nicken. Aber so ganz konnte sie Teresas Problem immer noch nicht verstehen. "Wie lange sind Sie denn zusammen? Ich meine, seit wann versuchen Sie ..."
Doch dann stutzte sie, als sie bemerkte, daß Frau Lobefaro diese Fragen anscheinend unangenehm waren. Merkwürdig, merkwürdig. Ob es daran liegen konnte, daß auch Frau Lobefaro Südländerin war? Teresa druckste verlegen herum: "Äh, ja, noch nicht so lange ... Aber wir leben in einer festen und glücklichen Beziehung! Mein Freund wünscht sich so sehr ein Kind. Genau wie ich!" Die letzten Sätze hatte sie ebenso hektisch wie engagiert ausgesprochen. Aber ein einziger Blick in das Gesicht ihrer Ärztin genügte, um ihr mitzuteilen, daß die das Ganze nicht so recht geschluckt hatte, sondern immer skeptischer wurde. Teresa wurde es klar, daß sie jetzt wenigstens teilweise mit der Wahrheit rausrücken mußte. Dazu brauchte sie sich ja auch gar nicht zu verstellen. Schließlich liebte sie Miguel wirklich und wollte nichts mehr, als ihn an sich zu binden. Sie atmete tief durch.
"Bitte, Frau Doktor. Ich habe so viele Enttäuschungen hinter mir. Zum ersten Mal in meinem Leben habe ich das Gefühl, daß Miguel der Richtige ist." Sie verbarg ihr Gesicht in den Händen und begann zu schluchzen. "Wenn ich kein Kind bekomme, dann verläßt er mich bestimmt." So lief das Ganze also. "Sie wollen also ein Kind, um Ihren Freund an sich zu binden", faßte die Ärztin in kalter Sachlichkeit zusammen. Und an Teresas Gesicht konnte sie deutlich ablesen, daß sie damit ins Schwarze getroffen hatte. Aber was nun? Sie blickte Teresa ebenso ernst wie wohlwollend an. "Das ist ein gefährliches Spiel, das man nur selten gewinnt."
Das war allerdings keine Drohung, sondern eher ein guter, fast freundschaftlicher Rat. Teresa merkte auch,

daß Dr. Herzsprung schon so gut wie auf ihrer Seite war und machte noch einen Versuch, sie von der Dringlichkeit ihres Wunsches zu überzeugen: "Nein, Frau Dr. Herzsprung. Ich wünsche mir ein Kind von Miguel, weil ich ihn so sehr liebe! Ich will das Kind von ganzem Herzen. Ob er nun bei mir bleibt oder nicht."
Die Ärztin lächelte still in sich hinein. Das war wohl ein hoffnungsloser Fall und es war das Beste, einfach zu tun, wofür sie bezahlt wurde. Sie deutete freundlich auf Teresas Zyklustabelle, die vor ihr auf dem Schreibtisch ausgebreitet war. "Der Eisprung liegt normalerweise zwischen dem zwölften und dem sechzehnten Tag. Laut Ihrer Zyklustabelle wäre demnach heute ein idealer Zeitpunkt für eine Empfängnis. Sie sollten das ausnutzen!" Das hörte sich schon besser an. Die beiden tauschten ein eindeutig-zweideutiges Lächeln von Frau zu Frau aus. Diese Nacht würde sie Miguel nicht entkommen lassen.

Die Nacht war ganz nach Teresas Vorstellungen verlaufen. Wenn es jetzt immer noch nicht klappte mit dem Nachwuchs – sie hatte wenigstens alles in ihrer Macht stehende dafür getan. Und auch der Morgen danach ließ sich für Teresa wunderschön an. Schließlich wurde sie nicht jeden Tag von sanftem Gitarrenspiel geweckt. Bis jetzt zumindest. Teresa streckte sich behaglich und schnurrte förmlich in perfektem Wohlgefühl. "Du bist ja schon wach, Schatz", hauchte sie Miguel liebevoll zu. "Ja", antwortete der kurz angebunden und so ganz nebenbei, ohne sein Spiel auch nur für eine Sekunde zu unterbrechen. Teresa stand gähnend auf und umarmte ihn von hinten. "Und schon beim Komponieren. Da werden dein Sohn und ich aber einen fleißigen Familienvater bekommen."
Miguel war aber im Moment alles lieber, als sich mit Teresa ausgerechnet über dieses Thema zu unterhalten

und er spielte wortlos weiter. "Es wird bestimmt ein Junge", plapperte Teresa weiter, "eine Frau spürt sowas." Statt vor Begeisterung in Tränen der Rührung auszubrechen oder sowas ähnliches, fluchte Miguel leise auf. Durch Teresas ständiges Dazwischengequatsche hatte er sich schon wieder verspielt. Teresa sah ein, daß es Zeit für einen Themenwechsel war. "Du machst so ein besorgtes Gesicht, Miguel. Ärgerst du dich über den geplatzten Plattenvertrag?"
"Nein", antwortete Miguel eine Spur zu laut und genervt. Da hatte Teresa wohl Salz in eine offene Wunde gestreut. Allerdings ohne es zu merken. "Mußt du auch nicht. Kommt eben ein anderer Produzent."
"Teresa, ich muß arbeiten", sagte Miguel nur noch genervter als zuvor. Teresa verzog verärgert das Gesicht. Aber sie schluckte den Ärger hinunter und schaltete auf treusorgende Stütze ihres Mannes: "Klar! Entschuldige" Und ich rede und rede und du bist bereits beim Komponieren. Was wird es denn?"
"Ein Liebeslied", sagte Miguel knapp und sachlich. Aber Teresa war begeistert. "Ein Lied für mich ... und für unseren Sohn. Du bist einfach süß, Miguel. Weißt du, was mich an dir am meisten beeindruckt?"
"Nein", antwortete Miguel, völlig uninteressiert und ohne aufzuschauen.
"Daß du niemanden brauchst. Keine Band, keinen Manager, du schaffst das ganz allein, bei deinem Talent, Liebster. Du bist stark." Jetzt reichte es Miguel aber wirklich. So ging es nicht und plötzlich kam seine bislang mühsam unterdrückte Gereiztheit voll zum Durchbruch: "Was ich jetzt vor allem brauche, Teresa, ist Ruhe, um arbeiten zu können. Sonst wird das alles nichts!"
Auch Teresa begann, ernsthaft sauer zu werden. Was bildete der sich eigentlich ein? Sie flüsterte ihm die zärtlichsten Komplimente ins Ohr und er ... Doch alles war bes-

ser, als jetzt noch einen richtigen Krach anzufangen. In gespielter Hektik schaute Teresa auf ihre Uhr. "Madonna! Ich müßte ja schon längst im Wilden Mann sein!" Eilig raffte sie ihre Sachen zusammen, zog sich an und verabschiedete sich. "Wir sehen uns", hauchte sie ihm verführerisch zum Abschied zu. "Bis dann. Und komponiere schön an unserem Lied, mein Liebster!"
Miguel atmete auf. Noch fünf Minuten länger und er hätte einen Nervenzusammenbruch erlitten.
Am nächsten Morgen war es Teresa, die als erste erwachte. Liebevoll beobachtete sie ihren Miguelito, der immer noch den Schlaf der Gerechten schlief. Sie mußte lächeln. So wie er sich in der Nacht verausgabt hatte, war der Tiefschlaf ja auch hochverdient. Sanft streichelte sie ihm über die Nase, wovon er unweigerlich erwachte und – noch im Halbschlaf – ihre Hand wegwischte wie ein lästiges Insekt. "Guten Morgen, mein Schatz", schnurrte ihn Teresa zärtlich an. Miguel blickte verschlafen und alles andere als begeistert auf. Teresa schmiegte sich eng an ihn und hatte anscheinend einiges mit ihm vor. Aber Miguel blockte ab. "Du, ich bin noch total müde. Aber du scheinst ja schon putzmunter zu sein." Teresa lächelte verführerisch. "Bin ich auch." Miguel rieb sich die Augen. "Ist dir heute gar nicht schlecht?"
"Weshalb sollte mir schlecht sein?" fragte Teresa unschuldig und verständnislos.
"Naja, die letzten Tage war dir doch morgens öfter schlecht." Ach ja, das hatte Teresa ja völlig vergessen. Aber möglichst leicht und locker sagte sie: "Ach, die Phase scheint vorbei zu sein ..." Miguel blieb skeptisch. "Meinst du, das geht so schnell?" Teresa lachte etwas gezwungen. "Aber Schatz. Das ist doch von Frau zu Frau verschieden." Miguel seufzte. "Na, du scheinst wirklich ein Glücksfall zu sein. Kaum noch Übelkeit und dafür jede Menge Lust ..." Teresa spielte die Pikierte. "Würde

es dir besser gefallen, wenn ich leiden müßte?"
"Nein, natürlich nicht", beeilte sich Miguel schnell zu versichern. Da hatte er sich wohl im Ton vergriffen und ihm tat das aufrichtig leid. War wohl besser, auf ein erfreulicheres Thema zu kommen. "Ich freu' mich schon so auf unser Kind", sagte er etwas bemüht. "Wann wird es denn kommen, warte mal ..." Er begann angestrengt, im Kopf zu rechnen. "Hm, im April? Nein. Eher im Mai." Doch auch mit diesem Thema hatte er danebengetappt. Teresa jedenfalls schien sich bei seiner Rechnerei gar nicht wohlzufühlen. "Äh, nein, eher so im Juni, Juli", meinte sie zögernd.
Miguel sah sie verdutzt an. Wie konnte es denn das geben? Das ging doch irgendwie nicht auf. Teresa wurde es ganz anders zumute. Ihr war klar, daß sie sich in eine peinliche Lage manövriert hatte und da irgendwie wieder rauskommen mußte. "Meine Mutter war ein Zehnmonatskind und ich auch", dichtete sie aus dem Stegreif zusammen. "Liegt bei uns in der Familie. Und ich bin doch ganz gut geraten, oder?"
"Natürlich, natürlich." Gott sei Dank, er hatte es anscheinend geschluckt! Damit das Thema nicht nochmal aufkam, rückte Teresa ihm wieder auf die Pelle. Doch erneut wand er sich sanft los. "Nicht jetzt. Ich muß nachher ins Foxy. Bin verabredet. Mit Mola." Teresa verzog schmollend das Gesicht. "Läßt du mich schon wieder wegen der Musik allein?"
"Teresa, ich hab' die anderen schon gestern versetzt. Ich kann die Band doch nicht schon wieder hängenlassen." Und ohne weitere Umschweife stand er auf und begann, sich anzuziehen.
"Aber mich kannst du hängenlassen?" beharrte Teresa, immer noch schmollend. Miguel gab sich einen Ruck, kehrte noch einmal zum Bett zurück und gab Teresa innerlich fluchend aber schicksalsergeben einen Kuß.

"Ich laß dich doch gar nicht hängen. Komm doch einfach später ins Foxy!"

Als Teresa schließlich ins Foxy nachkam, verschlug ihr das, was sie dort sah, erst einmal die Sprache. Die ganze Band war versammelt und probte gerade wieder einmal "You are the one". Und ihr Miguel stand zwar nicht mit auf der Bühne, aber er war offensichtlich die treibende Kraft dieses Auftritts. Hatten sie ihn also doch noch einmal rumgekriegt! Er dirigierte, wies die Musiker ein, diskutierte die verschiedenen Riffs und Passagen des Stücks immer wieder mit ihnen durch und war einfach voll engagiert bei der Sache, ganz anders als noch heute morgen bei ihr – voll in seinem Element eben.
Mit mehr als säuerlichem Gesichtsausdruck nahm sie am Tresen Platz und beobachtete mißmutig die ganze Szene. Das Schlimmste war – Miguel hatte ihr Kommen überhaupt nicht bemerkt, so vertieft war er in seine Arbeit. Noch nicht einmal, als die Band aufhörte zu spielen, bemerkte er sie. Stattdessen steckte er mal wieder mit Sabina, der offensichtlich seine besondere Aufmerksamkeit galt, den Kopf zusammen und Teresa konnte genau hören, wie sie durch die gemeinsame Arbeit an der Musik sofort einen Draht zueinander fanden. "Sabina, das ist schon sehr schön. Ich hab' nur den Eindruck, daß du am Anfang, in der zweiten Sequenz, in der Stimme etwas nachgeben kannst." Sabina nickte verständig. "Ja, natürlich, wenn du meinst ..."
"Auf jeden Fall! Probier's! Paß aber auf, daß du deine Stimme nicht überanstrengst!" Sabina und die Band stellten sich zu einem erneuten Probendurchgang bereit und nach wie vor hatte Miguel nur Augen für die Musiker. Resigniert wandte sich Teresa an Annalena: "Einen Grappa! Aber bitte einen großen!" Annalena blickte sie erstaunt an. In ihrem Zustand? Wieder begann die Band

zu spielen. Und wieder war Miguel mit Leib und Seele bei der Sache.
Teresa kochte innerlich. Jetzt wurde ihr klar, daß ihr Plan, die Band auseinanderzubringen, gescheitert war. Anscheinend hatte sie eher das Gegenteil erreicht: Miguel schien in seiner Rolle als Mann im Hintergrund, als Mädchen für alles, als heimlicher Bandleader voll aufzugehen. Wütend griff sie sich ohne hinzusehen das Glas, das Annalena ihr in der Zwischenzeit hingestellt hatte, wurde dann aber doch stutzig. Das Glas war selbst für einen großen Grappa ein wenig üppig geraten. Verwundert schaute sie hin. Orangensaft! Verärgert drehte sie sich zu Annalena um, um ihre gesammelte Wut an ihr auszulassen, doch die blickte sie mit freundlichem Lächeln an. "Ist besser so, Teresa. Schwangere müssen doch zusammenhalten!"
Mit aller Mühe schaffte es Teresa, sich zu beherrschen und ihre Wut runterzuschlucken. Sie zwang sich sogar zu einem süßsäuerlichen Lächeln. "Danke, Annalena", sagte sie bemüht. Hoffentlich wollte die jetzt nicht auch noch einen Gedankenaustausch über Schwangerschaft oder sowas anfangen!
Aber in diesem Augenblick schlug das Schicksal zu und verhinderte derartige Peinlichkeiten. Denn die Bandprobe nahm ein abruptes Ende. Ein lautes Zischen – und das gesamte Equipment versagte. Alle Instrumente verstummten. Sabinas Stimme verhungerte förmlich in der Luft – auch das Mikro war ausgefallen. Mit einem Satz war Miguel bei den Geräten und checkte eines nach dem anderen durch. Das Mischpult war okay, soviel stand fest. Rasch hatte er die Fehlerquelle geortet. Es war – was sonst – Enricos abenteuerlicher selbstgebauter Verstärker. "Marke Eigenbau ist ja ganz gut", meinte Miguel kopfschüttelnd zu Enrico. "Du solltest ihn nur hin und wieder auch mal warten. Da, die Steckverbindung ist total oxidiert. Das kann ja nicht hinhauen. Tu' mir den Gefallen

und check' den ganzen Kasten nochmal durch."
"Okay, okay", sagte Enrico schuldbewußt.
"Ich möchte nämlich keine technischen Defekte erleben, wenn dieser neue Musikproduzent zum Gig kommt. Sonst können wir endgültig einpacken. Okay, das war's für heute!" Technischer Defekt – das war vielleicht doch noch eine Möglichkeit. Und Teresa war allmählich jedes Mittel recht, um die Band und vor allem diese Sabina ein für allemal loszuwerden. Also warum nicht durch eine kleine Panne?

"Stör' ich etwa?" Teresa lächelte süßlich, als sie sah, daß Sabina schon da war, als sie am nächsten Tag Miguel besuchen wollte. Das war jetzt wohl die neue Hauptperson in Miguels Leben. Aber der würde sie es schon zeigen. "Nein, nein", beeilte sich Miguel zu versichern. "Natürlich störst du nicht. Wir besprechen nur gerade, wie es mit der Band weitergeht." Frustriert blickte Teresa auf die Berge von Notenblättern, die auf dem Küchentisch verstreut waren. "Ach, Miguel – entschuldige, aber kann ich mich einen Moment setzen?" Miguel schaute sie besorgt an. "Sicher. Ist dir nicht gut?" Mit Leidensstimme behauptete Teresa: "Mir ist 'n bißchen übel ..." Eilig rückte ihr Miguel einen Stuhl zurecht und stützte sie beim Hinsetzen. Aber damit hatte es sich dann auch schon mit lustig. Denn Miguel streifte seine Rolle als besorgter Partner gleich wieder ab und kam auf Dinge zu sprechen, die ihn brennend, Teresa aber nicht im geringsten interessierten: "Sabina erzählt mir gerade, wie sie den neuen Produzenten für die Band an Land gezogen hat."
"Ja", bestätigte Sabina, "wo war ich stehengeblieben? Ach ja! Stell' dir vor, ich hab' ihn dann endlich höchstpersönlich an den Apparat gekriegt."
"Alle Achtung", meinte Miguel anerkennend.

"Und das Größte kommt noch – ich hab' ihn nämlich rumgekriegt!"
"Das scheint ja deine Spezialität zu sein", quatschte Teresa spitz dazwischen. Sabina und Miguel zogen es vor, so zu tun, als ob sie diese Bemerkung nicht gehört hätten. Stattdessen fragte Miguel fassungslos: "Sag' bloß, er will die Band unter Vertrag nehmen?" Sabina hob abwehrend die Hände. Ganz soweit waren sie noch nicht, dazu reichten nicht einmal ihre Überredungskünste. "Er will morgen abend zur Probe kommen und sich uns anhören."
"Klasse", entfuhr es Miguel, der wie in alten Zeiten wieder voll und ganz bei der Sache war. Sabina registrierte das mit Genugtuung: "Heißt das, du kommst auch?"
"Ja, natürlich. Hab' ich doch versprochen." Sabina war vor Freude völlig aus dem Häuschen. "Mensch, super! Das find' ich toll!"
Teresa hatte sich das jetzt lange genug angehört. Mittlerweile platzte sie fast vor Eifersucht. Sie mußte jetzt unbedingt einschreiten, bevor Miguel noch weiter abhob: "Ich will euch ja wirklich nicht beim Pläneschmieden stören, aber kannst du mir vielleicht ein Glas Wasser geben?" Miguel zuckte fast zusammen. Er hatte Teresas Anwesenheit schon fast vergessen und wurde durch ihre schneidende Stimme jäh aus seinen Träumen gerissen. Sofort sprang er mit etwas schlechtem Gewissen auf. "Ja, natürlich." Eilig füllte er ihr ein Glas. "Brauchst du sonst noch was, Teresa?" Sabina beobachtete Miguels Gespräch mit Teresa nicht weniger mißmutig als vorher Teresa ihres. Ungeduldig stichelte sie dazwischen: "Ein Notarzt wird schon nicht nötig sein."
"Sabina, bitte", herrschte sie Miguel an, der auf keinen Fall wollte, daß die angespannte Lage noch eskalierte. Teresa nippte vom Mineralwasser. "Danke, Miguel, es geht gleich wieder." Und sie lächelte ihn dankbar an. Doch was tat der? Lächelte einfach unschuldig zurück

und meinte eiskalt: "Gut, dann können Sabina und ich ja derweil weitermachen." Jetzt war Teresa erst recht ernsthaft gekränkt. "Du könntest dich auch ein bißchen um mich und um unser Baby kümmern." Miguel seufzte genervt. "Sieh mal, Teresa. Sabina und ich sind gerade dabei, die Songs durchzusprechen."
"Verstehe. Da hast du natürlich keine Zeit für mich." Miguel rang verzweifelt die Hände. "Teresa, bitte! Sei mir nicht böse!"
"Ist schon gut." Miguel atmete tief durch und wollte sich endlich wieder Sabina und seinen Noten zuwenden. Und da, seine stillen Gebete wurden erhört. Teresa stand auf und kündigte an: "Tja, dann geh' ich jetzt mal nach Hause." Sabina konnte es sich nicht verkneifen, noch einen kleinen Kommentar dazu zu geben. "Schön, dann können wir ja endlich ungestört weiterarbeiten."
Teresa lächelte sie nur kalt an. Wer zuletzt lachen würde, das würde man ja noch sehen. Sie jedenfalls hatte eine Idee, davon würden dieser Sabina noch die Augen übergehen. Zuckersüß fragte sie ihren Miguel: "Ach, könntest du mir vielleicht deine Jacke leihen? Mir ist kalt." Warum nicht? Hauptsache, sie war weg. Fürsorglich legte er ihr seine Jacke um die Schultern. Ohne daß er es merkte kontrollierte Teresa schnell die Taschen. Alles bestens, Miguels Schlüssel waren drin. Kurz vor der Tür wandte sie sich noch einmal um und zeigte den beiden ein triumphierendes Lächeln, mit dem sie allerdings wenig anfangen konnten. "Bis heute abend, Miguel. Tschüß, ihr beiden. Und arbeitet noch schön!"

Das Foxy war um diese nachmittägliche Stunde noch völlig menschenleer. Teresa blickte sich nervös und etwas ängstlich um. Aber da war wirklich niemand zu sehen oder zu hören. Die Luft war rein. Mit einem verstohlenen Grinsen schlich sie sich auf die Bühne. Und da war alles

parat, wie für sie vorbereitet. Um Enricos Eigenbauverstärker lag noch jede Menge Werkzeug herum. Kichernd murmelte sie in sich hinein, voller Vorfreude auf die nächste Pleite der Band: "Du wirst dich noch über deinen komischen Gesang wundern, du kleine Schlampe."
Zielbewußt wählte sie einen Schraubenzieher und versuchte die Abdeckung des Verstärkers abzumontieren. Doch – Mist – mit einem knarzenden Geräusch rutschte sie an der Schraube ab und stach sich den Schraubenzieher in die Hand. Die blöden Schrauben an diesem Schrotthaufen waren wirklich total eingerostet. Naja, umso leichter würde das Ganze zu manipulieren sein. Entschlossen setzte sie noch einmal ein. Die Schraube gab nach.
Doch im selben Moment, gerade als die Sache endlich zu funktionieren schien, erstarrte Teresa vor Schreck. Das Licht im Foxy ging an und als sich Teresa wieder etwas gefangen hatte und hinter dem Verstärker aufblickte, stand Annalena auf der Tanzfläche und beäugte sie mit nicht gerade freundlichen Blicken. "Teresa! Was machst du denn hier?" Das Mißtrauen stand ihr ins Gesicht geschrieben. Teresa ließ verdattert den Schraubenzieher fallen, der mit einem peinlich laut klirrenden Geräusch auf den Bühnenboden fiel und konnte nur hilflos herumstottern: "Ich, ich … äh …"
"Wie kommst du hier rein?", fragte Annalena unfreundlich.
"Ich … äh, ich …"
"Ich dachte, nur Miguel hat einen Schlüssel für meinen Laden?" Mit Mühe gelang es Teresa, langsam wieder etwas kühler zu werden. "Ja, ja", sagte sie hastig. "Das stimmt. Miguel, äh, Miguel hat ihn mir auch gegeben." Aber davon, daß diese Information Annalena zufriedenstellte, konnte keine Rede sein. "Miguel hat dir den Schlüssel gegeben? Wieso das denn?" Auweia, jetzt hieß

es, vorsichtig zu sein. Teresa mußte gleichzeitig sprechen und nachdenken und da galt es, nur ja keinen Fehler zu machen. "Miguel, also Miguel hat mir gesagt, ich soll … ich soll hier was für ihn holen."
"Und was bitte?"
"Ein … äh, ja, ein Mikrofon soll ich für ihn holen. Ja, ein Mikrofon", stotterte Teresa mit gequältem Lächeln heraus. Annalena war alles andere als überzeugt. "Das war aber eben doch kein Mikrofon, was du da in der Hand hattest, oder? Sah eher wie ein Schraubenzieher aus." Teresa sah sich verzweifelt, wie hilfesuchend um. Aber da war sonst niemand. Hier mußte sie alleine wieder rauskommen. "Ja? Ein Schrauben … Ja, ja, da hab' ich mich vertan. Ich versteh' ja von technischen Dingen …"
"Und im übrigen fällt mir gerade ein", unterbrach sie Annalena ungehalten, "daß Miguel das Mikro gestern mitgenommen hat. Ich glaub', weil er's reparieren lassen wollte."
"Ja? Ach ja! Genau! Deshalb hab' ich's nicht gefunden. Na, dann ist ja alles klar." Teresa machte sich mit bemühtem Lächeln auf den Rückzug. Nur raus hier, sonst war eh schon alles egal. "Ja, das hat er bestimmt vergessen. Also, tschüß dann." Ohne weitere Erklärungen machte sich Teresa davon. Annalena schaute ihr mißtrauisch hinterher. Was war das nur für ein merkwürdiger Auftritt? Aber Teresa war eben ab und zu etwas wunderlich. Also beschloß sie, die Sache auf sich beruhen zu lassen.

Nachdem Teresa nach ihrem peinlich gescheiterten Sabotageversuch mit einem blauen Auge aus dem Foxy entwischt war, zitterte sie noch stundenlang am ganzen Leibe. Schlimmer noch, sie hatte die ganze Nacht nicht einschlafen können. Denn Miguel, mit dem sie bei sich abends verabredet war, war auch nicht gekommen. Keiner war dagewesen, um sie zu beruhigen. Der ganze Tag war

von A bis Z verkorkst gewesen. Klar, daß sie der erste Gang des neuen Tages zu Miguel führte. Und der machte ihr einfach so, noch im Schlafanzug und laut gähnend die Tür auf, als ob nichts gewesen wäre. Was Teresa so wütend machte, daß sie sich nicht mal hinsetzen wollte, sondern aufgebracht in der Küche auf und ab ging.
"Wo bist du gestern abend gewesen?" fragte sie barsch, mit einer dunklen Vorahnung. Miguel rieb sich noch schlaftrunken die Augen und antwortete so sanft und freundlich, wie es die frühe Stunde eben erlaubte: "Erst einmal Guten Morgen, Teresa. Was willst du denn schon so früh hier?"
"Genau das gleiche wollte ich dich auch gerade fragen!"
Miguel verstand nicht, wo das Problem war.
"Aber das siehst du doch! Ich stehe hier ... und koche Kaffee. Willst du auch einen?" Teresa stampfte wütend auf. "Nein! Ich will wissen, wo du gestern abend gewesen bist. Und vor allem heute nacht!" Miguel bekam es langsam mit der Angst zu tun und versuchte es nun mit Humor: "Erst haben wir geprobt, und dann habe ich geschlafen, bis die Vöglein mich geweckt haben."
Aber Teresa war jetzt wirklich nicht in der Stimmung für Späßchen. "Jetzt spiel' nicht den Unschuldigen", fuhr sie ihn scharf an. "Ich spiel' überhaupt nichts! Kannst du mir bitte sagen, was los ist?" Soviel Kaltschnäuzigkeit – Teresa konnte es nicht fassen. "Das heißt also, du hast unsere Verabredung vergessen!"

Miguel zuckte wie ein ertappter Einbrecher zusammen. Die Verabredung, mein Gott. Vergessen hatte er sie nicht direkt, aber große Lust hatte er auch nicht gehabt ... "Natürlich habe ich die nicht vergessen ... Aber hör' doch erstmal zu, was passiert ist, bevor du mir hier eine Szene machst." Er wollte sie behutsam auf einen Stuhl setzen, doch sie riß sich unsanft los und rückte sich lieber selbst einen Stuhl zurecht. "Also ... Warum bist du gestern nicht

zu mir gekommen?" Miguel nahm direkt gegenüber von ihr Platz. "Ich habe dir doch erzählt, daß wir im Foxy proben wollten ..."
"Ach", unterbrach ihn Teresa laut, "ich bin aber im Foxy gewesen, bis sie zugemacht haben!" Was ging hier bloß vor? Wollte der Typ sie für dumm verkaufen? Als Miguel sie vorsichtig umarmen wollte, schüttelte sie ihn unwillig ab und stand wieder auf. "Ich habe die Nase voll davon, ständig von dir versetzt zu werden!" Miguel dachte mit Grauen an das harmonische Eheleben, das ihm da so unweigerlich bevorstand. Das konnte ja wirklich heiter werden. Er schwankte innerlich, ob er jetzt mit der Faust auf den Tisch hauen oder auf den Knien um Verzeihung bitten sollte. Erst einmal entschied er sich für den Mittelweg. "Laß mich ausreden. Dann kann ich dir alles erklären."
"Da bin ich aber gespannt, was für eine Ausrede du mir heute wieder auftischst. Du denkst immer nur an dich! Was ich fühle, ist dir doch ganz egal!" Mit großer Geste faßte sich Teresa an ihren Bauch, um an ihren labilen Zustand zu erinnern. Das wirkte unweigerlich. Augenblicklich erlosch in Miguel alle Wut und er fühlte nur noch Reue. Wie ein armer Sünder erhob er sich und ging zu ihr. "Es ... Es tut mir leid. Entschuldige bitte ... Wir hatten gestern eine schwierige Probe." Teresa schüttelte unwirsch seinen Arm ab, der zärtlich ihre Hüften streicheln wollte. "Aber die Probe war am Nachmittag", keifte sie ungnädig. "Und am Abend wolltest du zu mir kommen!" Miguel wäre am liebsten im Boden versunken. "Du ... du hast recht. Aber wir hatten Schwierigkeiten mit Sabinas Mikrofon. Und da mußten wir schnell noch in die Stadt ..."
"Sabinas Mikrofon ... Stadt ... Was hat das alles mit unserer Verabredung zu tun? Warum hast du mich nicht wenigstens angerufen?" Miguel wand sich wie ein Aal. Er

wußte schon ganz genau, warum er sie nicht angerufen hatte. Um mal Zeit für sich und seine Musik zu haben, um mal seine überstrapazierten Nerven zu schonen. Aber damit konnte er jetzt ja schlecht kommen. Also versuchte er es so einfühlsam wie möglich: "Ich wußte einfach nicht, daß es so spät wird. Du weißt doch, daß ich beim Proben alles um mich herum vergessen kann. Vor allem, wenn ich dein Lied singe … Und als ich endlich auf die Uhr geguckt hab', war es so spät, daß ich dich nicht mehr wecken wollte." Ja, da hatte er endlich die richtige Saite angeschlagen, das war es, was Teresa gerne hörte. Schon fast versöhnt fiel sie in seine ausgebreiteten Arme und hauchte ihm weinerlich ins Ohr: "Und ich hab' die ganze Nacht kein Auge zugemacht." Miguel strich ihr sanft übers Haar und zwang sich, zu fragen: "Kannst du mir ein letztes Mal verzeihen?"
"Gut, das letzte Mal", hauchte Teresa sanft. Doch mitten in diese Versöhnungsszene hinein rauschte im Bad ganz unromantisch die Klospülung. Die Tür zur Küche ging auf. Und herein kam – gähnend und nur mit Miguels Morgenmantel bekleidet – keine andere als Sabina. Teresa erstarrte. Wütend riß sie sich los, stürmte hinaus und ließ krachend die Tür ins Schloß fallen.
Teresa war außer sich vor Wut. Miguel hatte es tatsächlich gewagt … Nein, damit hatte sie wirklich nicht gerechnet. Sie hatte das Unheil zwar irgendwie nahen fühlen, aber daß er so schnell so weit gehen würde – nein. Daß er seine schwangere Freundin … Ja, die Rolle als schwangere Freundin hatte sie inzwischen schon so verinnerlicht, daß es in bestimmten Situationen für sie gar keinen Unterschied machte, ob sie es denn nun wirklich war oder nicht. Für ihn war sie es jedenfalls und dann sollte er sich gefälligst auch so verhalten! Aber gerade jetzt, jetzt, wo es anscheinend fünf vor zwölf war, galt es, kühlen Kopf zu bewahren. Systematisch und gelassen ans

Werk zu gehen. Immerhin, Miguel mußte jetzt ein ziemlich schlechtes Gewissen haben und das konnte man vielleicht ausnutzen. Und diese Sabina würde ihrer Strafe auch nicht entgehen. Aber zunächst mußten mal ganz grundsätzliche Dinge geklärt werden.
Also machte sie auf dem Weg zur Arbeit kurzentschlossen an einer Telefonzelle halt und rief ihre Ärztin an. "Guten Tag, Teresa Lobefaro … Ja, ich würde gerne das Ergebnis von meinem Schwangerschaftstest haben … Wie, was heißt 'es hat sich noch kein CTG gebildet'? … Ach so, kein Schwangerschaftshormon … Das heißt, ich bin nicht schwanger? … Und da sind Sie sich ganz sicher?"
Teresa atmete schwer durch und legte auf, ohne sich zu verabschieden. Eine Weile stand sie einfach da, die Stirn gegen die kalte Scheibe der Telefonzelle gepreßt. Dann gab sie sich einen Ruck und trat auf die Straße – um dort direkt Miguel in die Arme zu laufen. Der rief freudig überrascht. "Hallo, Teresa, da bist du ja endlich!"
Teresa war nach dem Anruf einfach zu fertig, um einen neuerlichen Streit mit ihm anzufangen und ließ sich willig und leise schluchzend in seine ausgebreiteten Arme fallen. Miguel, der nicht wissen konnte, warum sie schluchzte, streichelte ihr sanft über den Rücken. "Wie konntest du nur einfach so weglaufen", sagte er leise. "Ich habe mir solche Sorgen um dich gemacht." Wieder sagte Teresa nichts und schmiegte sich stattdessen noch enger an Miguel. "Teresa, zwischen Sabina und mir ist nichts gewesen! Das mußt du mir glauben." Schluchzend antwortete sie: "Ich weiß überhaupt nicht mehr, was ich glauben soll." Aber in dieser Beziehung hatte Miguel wirklich ein reines Gewissen, reiner, als es Teresa für möglich gehalten hätte. "Unsere Probe hat einfach ewig lange gedauert. Und da hat Sabina auf der Couch in der WG geschlafen." Teresa blickte ihm ernst und ungläubig in die Augen. Doch Miguel sah sie nur lächelnd an und

wischte ihr die Tränen aus dem Gesicht. "Du bist überreizt. Wenn man schwanger ist, reagiert man eben ein bißchen emotionaler. Das weiß jedes Kind. Und manchmal sieht man eben auch Gespenster."
"Aber als ich Sabina in deinem Morgenmantel gesehen habe ..."
Der Rest des Satzes ging wieder in lautem Schluchzen unter, doch Miguel wußte ohnehin, was sie sich da gedacht haben mußte. Hm, wenn er ehrlich war, das war schon eine ziemlich mißverständliche Situation gewesen. Es lag an ihm, das alles wieder gutzumachen. "Hör' mal, Teresa. Wir haben heute einen wichtigen Auftritt für diesen Plattenproduzenten. Aber wenn wir fertig sind, machen wir beide uns einen romantischen Abend. Mit Pasta, Wein, Kerzenlicht ... Nur wir zwei. Und dann wird alles wieder gut." Teresa schüttelte verzweifelt den Kopf. "Es wird nie wieder so sein wie vorher."
Miguel wußte wirklich nicht mehr, was er noch alles tun sollte. "Aber glaubst du mir denn immer noch nicht? Zwischen Sabina und mir ist absolut nichts gewesen. Nichts!" Doch Teresa schluchzte nur weiter. "Also, paß auf, Teresa: Wenn du willst, kannst du einfach mit zur Probe kommen. Dann wirst du sehen, daß Sabina und ich nur eine Arbeitsbeziehung haben. Einverstanden?" Teresa nickte schwach.
"Ich will der Band doch nur noch ein letztes Mal helfen. Das haben wir doch schon besprochen. Damit bist du auch einverstanden gewesen. Und dann kümmere ich mich nur noch um dich. Und um unser Baby ..." Teresa blickte ihn dankbar an. Die Worte "unser Baby" aus seinem Mund hatten anscheinend eine magische Wirkung auf sie. Da schien es gar keine Rolle zu spielen, daß das Baby bislang nur als Schachfigur in ihrem falschen Spiel existierte. In solchen Momenten schien es für sie völlig real zu sein.

Kurzschluß – das Ende der Lügen

Der Ablauf der Bandproben im Foxy war mittlerweile schon fast zum Ritual geworden. Die Rollen waren klar verteilt: Die Band stand auf der Bühne und spielte – immer besser und immer mitreißender. Miguel dirigierte und überwachte die Performance, hielt vor allem immer Blickkontakt mit Sabina, der auf Außenstehende tatsächlich wie ein heißer Flirt wirken konnte, zumal Sabina ihren Gesang immer durch aufreizende Hüftbewegungen unterstrich. Annalena war hinter dem Tresen und ging begeistert mit dem Groove mit. Und Teresa stand stocksteif vor dem Tresen – mit verschränkten Armen, zusammengekniffenen Lippen und versteinertem Blick. Daß "You are the one" angeblich ihr Lied war, änderte nichts an ihrer eisig zur Schau gestellten Ablehnung.
"Ihr wart einfach super", rief Miguel begeistert, nachdem der letzte Akkord verklungen war. Sabina sprang mit einem Satz von der Bühne – von Teresas mißtrauischen Blicken begleitet – und stupste ihn freundschaftlich an. "Jetzt übertreib' mal nicht. Du willst uns nur Mut machen für heute abend, wenn dieser Produzent kommt!" Doch Miguel legte ihr sanft den Arm um die Schultern und schmeichelte weiter: "Quatsch! Warum soll ich nicht sagen, daß ich begeistert bin? Ich kenne keine Sängerin, die mehr Power hat, als du!"
Daß Teresa dieses allzu harmonische "Arbeitsverhältnis" ein Dorn im Auge war, war nicht zu übersehen. Das heißt, es wäre nicht zu übersehen gewesen, aber im Moment hatte nun mal keiner Augen für Teresa. Sie mußte ihrer kalten Wut unbedingt Luft machen und wandte sich mit

zischender Stimme Annalena zu: "Also, ich weiß nicht, ob Sabina mit dieser ... Choreographie so gut ankommt!" Aber Annalena hatte spätestens nach dem merkwürdigen Vorfall, als sie Teresa allein im Foxy erwischt hatte, von ihren undurchsichtigen Kommentaren die Nase voll. "Ach, hör' doch endlich auf! Du bist doch nur eifersüchtig", kanzelte sie sie mit einer wegwerfenden Handbewegung ab. Teresas Hände ballten sich zu Fäusten. Am liebsten wäre sie Annalena an die Gurgel gesprungen. Aber das war im Moment wohl nicht ganz der richtige Weg. Sie hatte einen Plan und den mußte sie kühl und gelassen verfolgen. Also zwang sie sich zu einem nachsichtigen Lächeln.
"Warum sollte ich eifersüchtig sein? Da habe ich doch gar keinen Grund zu. Ich mache mir nur ernsthaft Sorgen um den Auftritt vor dem Produzenten. Apropos, wann kommt der heute abend eigentlich vorbei?"
"Ich glaub', so zwischen fünf und sechs", meinte Annalena beiläufig. Zwischen fünf und sechs! Teresa ballte wieder die Faust und schloß die Augen. Und erinnerte sich an den fatalen Augenblick, als die Anlage der Band versagt hatte. Gut, sie hatte noch einige Stunden Zeit und die würde sie zu nutzen wissen. Sie war zu allem entschlossen.

Beim gemeinsamen Kaffeetrinken im Ortruds waren die Bandmitglieder bester Stimmung und absolut zuversichtlich. Diesmal würde es garantiert hinhauen, schließlich hatte bei der Generalprobe alles wie am Schnürchen geklappt. Sogar Teresa machte voll auf gute Laune. Und nachdem sie so kurz vor der Durchführung ihres Plans stand, fiel ihr das auch nicht allzu schwer.
Aber es war vor allem Miguel, der vor Überschwang geradezu sprühte. "Wißt ihr was", verkündete er. "Ich lade euch ein. Bringen Sie uns einfach ... sechs Cappuccino."

"Wenn der Typ uns einen Vertrag gibt, sind wir gemachte Leute", meinte Nina begeistert und zählte im Geiste anscheinend schon das viele Geld, das dann auf sie herabregnen würde.
"Noch ist es nicht so weit", gab Miguel lächelnd zu bedenken. Aber Bedenken wollte jetzt keiner hören.
"Also, ihr könnt sagen, was ihr wollt", sagte Sabina, "ich spüre einfach, daß wir kurz vor dem Durchbruch stehen."
Keinem fiel auf, daß Teresa bei diesem Satz ein verstohlenes Grinsen zeigte. Miguel stimmte Sabina zu: "Vielleicht habt ihr recht. Dann hätte sich die verdammte Arbeit endlich gelohnt." Sabina stieß ihn neckisch von der Seite an. "Ach, tu' doch nicht so! Wir haben doch meistens Spaß miteinander gehabt!"
Teresas Lächeln fror sofort wieder ein. Aber gut, sollten die sich ruhig noch ein wenig freuen. Das böse Erwachen würde sie umso härter treffen, und dann würde sie es sein, die den Spaß hatte. Plötzlich stand sie auf und tat so, als ob ihr siedendheiß etwas eingefallen wäre. "Dio buono, ich hab' ganz vergessen, daß ich noch einen Termin bei meiner Frauenärztin habe", sagte sie in gespielter Verzweiflung in die Runde. "Jetzt gleich?", fragte Miguel enttäuscht.
"Ja, ich bin schon viel zu spät dran."
"Soll ich vielleicht mitkommen?" Doch Teresa legte ihm sanft die Hand auf die Schulter. "Ach nein, nicht nötig. Das schaff' ich schon alleine. Amüsier' dich ruhig noch schön. Ich bin auf jeden Fall rechtzeitig im Foxy. Ich will ja euren großen Auftritt nicht verpassen. Ciao zusammen!"
Miguel war etwas überrumpelt, zuckte aber dann mit den Achseln und wandte sich umso freudiger wieder den anderen Musikern zu. War vielleicht besser, daß sie jetzt ungestört waren. Und Teresa würde schon rechtzeitig wieder zurück sein. Denn den großen Auftritt, den wollte

sie wirklich nicht verpassen. Um keinen Preis der Welt. Schließlich sollte das ihr großer Moment werden und insbesondere auf die Wirkung, die er auf Sabina haben würde, freute sie sich schon lange.

Die Luft im Foxy war rein. Jetzt kam alles auf Schnelligkeit an. So eine unangenehme Überraschung wie beim letzten Mal mit Annalena sollte es nicht mehr geben. Miguel unauffällig den Schlüssel aus der Jackentasche zu ziehen, war schon fast das Komplizierteste an der ganzen Angelegenheit gewesen. Der Rest war jetzt ein Kinderspiel.
Zielstrebig schlich Teresa auf die Bühne zu Enricos Katastrophenverstärker, schnappte sich den immer noch bereitliegenden Schraubenzieher, sah sich noch einmal prüfend um und ging ans Werk. Diesmal gelang es ihr auf Anhieb, die Abdeckplatte an der Rückseite zu entfernen. Ratlos blickte sie auf das Gewirr von Drähten und Widerständen. Denn daß sie, wie sie Annalena damals gesagt hatte, von technischen Dingen keine Ahnung hatte, war nicht gelogen. Was hatte zum Beispiel dieser komische Kippschalter für eine Bedeutung, der auf "Stand By" stand? Weiß der Geier! Kurzentschlossen begann sie einfach, Drähte herauszuziehen und wieder zusammenzuwickeln. Andere Drähte riß sie einfach ab. Was sie eigentlich genau damit bewirken würde, keine Ahnung. Daß die Kiste allerdings nicht mehr laufen würde, soviel stand fest. Zufrieden betrachtete sie ihr Werk. Machte ja richtig Spaß, hier ein bißchen Chaos zu veranstalten. Zur Krönung ihrer Arbeit zog sie noch ein Kabel aus einer Buchse und steckte es grinsend in eine andere.
Und da passierte es. Ein kurzer, dumpfer, nicht einmal besonders lauter Knall und Teresas Körper wurde von einem kräftigen Stromschlag durchgeschüttelt. Und sofort war im ganzen Foxy das Licht ausgegangen. Der

Schlag war so heftig gewesen, daß Teresa richtiggehend zu Boden geschleudert wurde und dabei auch noch hart auf die Hüfte fiel. "Dio buono", jammerte sie schwach in die Dunkelheit hinein, mehr, um sich selbst sprechen zu hören, um sich zu vergewissern, daß sie noch lebte. Im Delirium versuchte sie aufzustehen, sank aber sofort wieder mit schmerzverzerrtem Gesicht in sich zusammen. Ihr wurde schwarz vor Augen. Das war das letzte, an was sie sich später noch erinnern konnte.

Nervös wartete Miguel im Krankenzimmer auf Teresa und vor allem auf das Untersuchungsergebnis. Tausend Fragen schwirrten ihm durch den Kopf. Hatte sie es gut überstanden? Hatte ihr Baby Schaden genommen? Und vor allem immer wieder die eine Frage: Wie war es überhaupt dazu gekommen? Was hatte Teresa im Foxy zu suchen gehabt? An ihrer Anlage? Endlich wurde die Tür aufgerissen und eine ältliche Krankenschwester schob Teresa mit professionellem aufmunternden Lächeln auf ihrem Bett ins Zimmer. Sofort sprang Miguel auf und ergriff Teresas Hand. "Alles okay?" Teresa schien total erschöpft zu sein, zeigte aber ein müdes Lächeln: "Schätze ich lebe noch." Miguel warf der Krankenschwester einen besorgten, fragenden Blick zu. Doch die hatte keinen Augenblick aufgehört, optimistisch in die Gegend zu grinsen. "Kein Grund zur Sorge", teilte sie wie auswendig gelernt mit. "Alles völlig normal."
"Aber sie war doch bewußtlos", meinte Miguel. "Das muß doch ein Mordsschlag gewesen sein! 220 Volt!" 220 Volt, kein Grund für die Schwester, die Mundwinkel eine Etage tiefer zu hängen: "Oft führt der Schreck zur Bewußtlosigkeit", belehrte sie Miguel, "nicht der Stromschlag."
"Ja, aber ... Der verpufft doch nicht einfach im Nichts! Der hinterläßt doch was!" Was wollte der junge Mann

eigentlich? Der sollte doch froh sein, daß nichts passiert war! Geduldig belehrte ihn die Schwester weiter: "Der hinterläßt keineswegs immer was. Und diesmal ist es, soweit bis jetzt ersichtlich, sehr glimpflich abgegangen." Miguel schien noch nicht so ganz überzeugt: "Aber so richtig endgültig ist der Befund noch nicht?" Seine Bedenken hatten aber nur das eine Ergebnis, die Heiterkeit der Schwester noch zu steigern. "Nein, "richtig endgültig" ist er noch nicht. Aber dafür richtig erfreulich. Und das könnten Sie sich ruhig auch mal ansehen lassen, junger Mann!"
Teresa stimmte ihr grinsend zu: "Eben. Man könnte ja glatt meinen, du wärst enttäuscht, daß ich noch lebe." Aber nein, da hatten ihn die Damen doch gründlich mißverstanden. Um zu zeigen, wie abwegig dieser Gedanke war, zwang sich nun auch Miguel zu einem fröhlichen Lachen, setzte sich neben Teresa aufs Bett und ergriff wieder innig ihre Hand: "Quatsch! Ich mein' nur ... Du hättest dich mal sehen sollen, wie du da so dagelegen bist ..."
Bei soviel Innigkeit wollte nun auch die Schwester nicht mehr stören und verließ leise, immer noch lächelnd, das Zimmer.
Teresa tat Miguels Anteilnahme sichtlich gut. "War es so schlimm?" Miguel nickte. "Ja ..." Doch dann hielt er es nicht mehr aus. Daß Teresa das Ganze heil überstanden hatte, das wußte er jetzt. Blieb aber noch eine Frage zu klären: "Was hast du eigentlich gemacht? Warum warst du überhaupt im Foxy und nicht bei deiner Ärztin? Und was hattest du an unserer Anlage zu schaffen?"
Teresa zuckte zusammen. Und erinnerte sich blitzartig an den ganzen Vorfall. Aber es war wohl besser, sich nicht daran zu erinnern und lieber Gedächtnisschwund vorzutäuschen. "Ich ... äh ...was meinst du ..." Für Miguel sah es tatsächlich so aus, als ob sie angestrengt nachdenken

würde. "Ich … Ich weiß nichts mehr! Gar nichts!"
"Und warum du im Foxy warst, weißt du auch nicht mehr?"
Teresa zeigte ein hilfloses Lächeln. "Nein, tut mir leid."
Was blieb Miguel anderes übrig, als sich mit dieser Erklärung erst einmal zufriedenzugeben? Er beschloß, das Thema jetzt auf sich beruhen zu lassen, was Teresa sichtlich erleichterte. Doch plötzlich tat sie so, als ob ihr siedendheiß etwas einfallen würde und mit gut gespielter Besorgnis fragte sie: "Aber eurer Anlage ist doch hoffentlich nichts passiert? Ihr habt doch dem Produzenten vorgespielt?"
Miguel winkte ab. "Das hab' ich abgesagt." Teresa mußte sich zwingen, nicht in Jubel auszubrechen. Stattdessen täuschte sie scheinheilig Mitgefühl und Betroffenheit vor: "Abgesagt? Aber dieser Auftritt war doch so wichtig für euch!" Doch Miguel wollte davon nichts wissen und lächelte sie zärtlich an. "Was ist noch wichtig, verglichen mit dir und dem Baby?" Teresa war ehrlich gerührt und ohne, daß sie irgendetwas dabei vortäuschen mußte flüsterte sie: "Du bist wirklich lieb." Sanft zog sie seinen Kopf zu sich herab und gab ihm einen dankbaren Kuß.
Aber Miguel hatte bereits wieder sorgenvolle Gedanken: "Und was ist mit dem Baby? Was sagt der Arzt?" Wieder stutzte Teresa einen Moment, da ihr dieses Thema jetzt auch alles andere als angenehm war. Aber nur kurz, sie hatte ja inzwischen ziemliche Routine in ihrer Rolle. "Es wird schon alles in Ordnung sein, sonst hätte er ja was gesagt." Diese Auskunft genügte Miguel überhaupt nicht.
"Also du weißt es nicht! Okay, ich geh' sofort zu ihm!"
Schon war er aufgestanden und wollte gehen, aber Teresa gelang es gerade noch, ihn am Ärmel zu packen und ihn zurückzuziehen. "Nein", rief sie entschlossen, in verräterischer Lautstärke. Miguel sah sie völlig überrascht an und Teresa versuchte es auf die vorsichtigere Tour: "Du

erreichst den Arzt jetzt nicht. Ich hab' noch mitbekommen, wie er zu einer Operation gerufen wurde." Miguel war unbeirrt. "Dann frag' ich eben sonstwen! Irgendwer wird schon was wissen!"
Teresa hatte gute Gründe, das zu bezweifeln. "Nein", rief sie erschrocken. "Das bringt gar nichts. Die Krankenschwestern, die dabei waren, sind alle mit in den OP." Miguel atmete tief durch, so ungeduldig wie besorgt. Teresa ergriff tröstend seine Hand: "Sobald die Operation rum ist, frag' ich selber. Es ist garantiert alles in Ordnung. Mach' dir keine Sorgen, mein Schatz!" Miguel sah ein, daß Teresa recht hatte, daß er jetzt außer Warten gar nichts tun konnte. Seufzend setzte er sich wieder auf ihr Bett und strich ihr sanft übers Haar. Und wünschte sich, doch auch etwas von ihrer Tapferkeit, Zuversicht und Gelassenheit zu haben.

Miguel fluchte leise vor sich hin. Warum hatte er sich nur von Teresa überreden lassen, wieder nach Hause zu gehen? Hätte er sich doch denken können, daß ihn das nur noch hilfloser und nervöser machen würde, wenn er ab vom Schuß in der WG rumhängen würde. Jetzt konnte er gar nichts mehr tun, nur noch warten, bis irgendeine telefonische Meldung kam. Das einzig Positive war, daß wenigstens Sabina gekommen war, um ihm seelischen Beistand zu leisten. Ihre Gelassenheit stand in totalem Kontrast zu Miguels Anspannung. Während sie zwei dampfende Kaffeetassen auf den Tisch stellte, hielt er es endgültig nicht mehr aus und sprang zum Telefon. Hastig wählte er die Nummer des Krankenhauses. "Ja, guten Tag. Ich hätt' gern Dr. Schultze gesprochen ... Ach, und wann ist er erreichbar? ... Was, heute nicht mehr ... Vielleicht kann mir ja sonst einer Auskunft geben. Es geht um Frau Lobefaro ... Ja, gut, ich versuch's später noch einmal." Deprimiert legte er auf und wandte sich wieder

Sabina zu. "Verdammt nochmal! Eher erreichst du den Papst als diese blöden Ärzte!" Sabina blickte ihn mitfühlend an. "Aber Teresa wird diesen Schultze doch sicher mal erwischen!"
"Jaaa", seufzte Miguel genervt, "aber wer weiß, wann. Außerdem hätt' ich gern selbst mit ihm gesprochen." Sabina ergriff seine Hand und zog ihn sanft aber nachdrücklich auf einen Stuhl. "Komm', jetzt setz' dich erst mal und trink' 'nen Kaffee." Gut, was sollte er jetzt auch sonst machen? Resigniert setzte sich Miguel und nahm einen Schluck aus seiner Tasse.
Sabina versuchte weiter, ihn zu beruhigen. "Das Baby hat hundertprozentig überlebt. Sonst hättet ihr längst was erfahren." Miguel verbarg seinen Kopf in den Händen. "Ja, aber vielleicht hat's was abbekommen und kommt behindert zur Welt." Sabina war ehrlich betroffen. "Hat denn irgendein Arzt oder 'ne Schwester eine Andeutung in der Richtung gemacht?" Miguel hieb krachend seine Faust auf die Tischplatte, daß der Kaffee aus den Tassen schwappte und Sabina erschrocken zusammenzuckte. "Nichts! Ich weiß gar nichts! Das ist es ja!"
"Hm, ich denke, wenn ein Embryo in der frühen Phase geschädigt wird, dann schafft er es sowieso keine neun Monate." Das sollte eigentlich tröstend klingen, aber Miguel quittierte diese mißglückte Bemerkung nur mit einem finsteren Blick.
Sabina betrachtete ihn nachdenklich. "Irgendwie scheinst du das Kleine ja schon ganz schön ins Herz geschlossen zu haben." Miguel schwieg eine Weile, ohne daß sich seine Miene irgendwie aufhellte. Dann blickte er auf und schaute Sabina todernst in die Augen. "Gar nichts hab' ich! Das ist es ja gerade!"
"Wieso? Was meinst ..."
"Manchmal denk' ich ... irgendwie ... naja ... So schrecklich das klingt: Ich glaub', vielleicht wäre es sogar

besser, wenn Teresa das Baby verlieren würde." Sabina glaubte, sie hätte nicht richtig gehört. "Aber wieso das denn?"
"Ich fühl' mich weder reif fürs Vatersein, noch ... Teresa und ich ... Wie lange kennen wir uns denn schon?" Insbesondere die letzte Bemerkung hörte Sabina gar nicht so ungern. Doch jetzt, in einem solchen Moment, die Lage womöglich noch für sich selbst auszunutzen, das war ihre Sache nicht. Ihre eigenen Interessen und Wünsche stellte sie jetzt völlig zurück und nahm Miguel kameradschaftlich, fast mütterlich in den Arm. "Ach komm! Das ist nur die Angst vor der Verantwortung. Solche Gedanken hat jeder einmal." Miguel warf ihr einen traurigen, zweifelnden Blick zu. "Ja? In so einem Moment?"
"Ach was", wischte Sabina seine Bedenken beiseite. "Ich kenn' dich doch! Wenn dem Baby wirklich etwas zustoßen würde, wärst du garantiert der traurigste Mensch der Welt!" Miguel atmete schwer durch, sagte aber nichts mehr darauf. Er schien sich da nicht so sicher zu sein, aber wer weiß, vielleicht hatte Sabina ja auch recht.

Teresa lag im Bett und las eher gelangweilt in einer Frauenzeitschrift, als sich leise die Tür zu ihrem Krankenzimmer öffnete. Zuerst war nur ein großer Strauß roter Rosen zu sehen, als aber dahinter ihr Miguel zum Vorschein kam, hellte sich ihre Miene auf. "Oh, hallo", rief sie ihm erfreut zu. Miguel überreichte ihr freundlich lächelnd die Blumen.
"Oooh, die sind aber toll", freute sich Teresa und gab ihm einen langen Kuß. "So ein Kollaps hat also auch sein Gutes", meinte sie mit verschmitztem Lächeln. Aber im Moment war es mit Miguels Sinn für witzig-launige Sprüche nicht weit her. Ihn interessierte nur eines wirklich: "Hast du diesen Dr. Schultze endlich erwischt?"

Teresas Lächeln gefror augenblicklich. "Wegen des Babys?"
"Ja!"
Teresa beeilte sich, wieder ein strahlendes Lächeln aufzusetzen. Diesmal war es allerdings ein falsches. "Alles in Ordnung. Nichts passiert." An Miguels Gesicht war keine sichtbare Reaktion zu erkennen. "Und daß es irgendeinen Schaden … Ich meine, daß es vielleicht behindert sein könnte?"
"Völlig ausgeschlossen."
Miguel machte zwar nicht gerade einen Freudensprung, aber eine gewisse Erleichterung war ihm doch deutlich anzumerken. "Na super", meinte er mit leisem Lächeln, setzte sich zu Teresa aufs Bett und nahm sanft ihre Hand. "Und was hat der Doktor zu dir gesagt?" Teresa strahlte ihn an. "Wahrscheinlich komm' ich schon morgen raus!" Miguel war verblüfft und schien damit nicht so recht einverstanden zu sein. "Was, morgen schon?"
"Ja, vorausgesetzt, sie finden nichts, wenn sie mich wegen der Kreislaufschwäche nochmal durchchecken."
"Was für 'ne Kreislaufschwäche?"
"Naja, vielleicht gibt's ja noch einen anderen Grund, weswegen ich zusammengeklappt bin, außer dem Strom." Strom – das erinnerte Miguel wieder an die undurchsichtige Geschichte, die Teresa erst hierhergeführt hatte. "Und du weißt immer noch nicht, wie's zu dem Schlag gekommen ist?" Doch mit dieser Frage war Teresa schon lange nicht mehr in Verlegenheit zu bringen. Mit übertrieben dramatischer Geste deutete sie auf ihren Kopf. "Nichts! Nulla! Tutto vuoto – alles leer!" Miguel seufzte und versuchte einen matten Scherz: "Oh, Teresa! Und was lernen wir daraus? Brauchst du ab jetzt zwei Bodyguards Tag und Nacht?" Teresa lächelte ihn verführerisch an: "Wenn du den Job übernimmst, reicht vielleicht auch einer!"
"Elektrisiert dich dann nichts mehr?"

"Doch, aber nicht so, daß es knallt, sondern so ..." Lustvoll zog sie seinen Kopf zu sich herab und schob ihm forsch die Zunge in den Mund. Doch Miguel war das im Moment, in dieser Situation, doch etwas zuviel. Schließlich hielt sich auch seine Begeisterung für Teresa nach wie vor in Grenzen. So sanft wie möglich befreite er sich wieder. "Erst warten wir mal, was dein Kreislauf sagt", sagte er mit gezwungener Heiterkeit. Teresa zog einen Schmollmund. "Liebe hat meinem Kreislauf noch nie geschadet!" Damit zog sie ihn erneut zu sich herunter. Aber wieder befreite sich Miguel und strich ihr sanft über den Bauch. "Vielleicht. Aber da drin hat auch jemand einiges mitgemacht. Und der braucht jetzt bestimmt etwas Ruhe ..."

Miguel hatte die ganze Nacht bei Teresa im Krankenhaus verbracht und war nicht von ihrer Seite gewichen. So sehr hatte er sich nur auf sie konzentriert, daß er nicht einmal Zeit gefunden hatte, ein paar Worte mit dem Personal zu wechseln. Als er nun wieder zuhause war, war er zwar völlig übermüdet, aber immerhin war er sich in der Nacht über einiges klar geworden. Und er war ganz froh, daß jetzt Sabina da war, jemand, dem er sich mitteilen konnte, mit dem er über seine innersten Gedanken sprechen konnte.
"Du siehst ganz schön fertig aus", meinte Sabina teilnahmsvoll, während sie ihm wieder einmal eine Tasse Kaffee hinstellte. Miguel lächelte sie dankbar an. "Ich seh' nicht nur so aus, ich bin's ... Sorry, daß der Gig geplatzt ist." Sabina, ganz "gute Freundin", wollte jetzt von ihren eigenen Problemen nichts hören. "Es wird 'ne neue Chance kommen ... Wie geht es Teresa?" Miguel nahm einen tiefen Schluck. "Ich war die ganze Nacht im Krankenhaus. Es geht ihr soweit gut."
"Und dem Kind?"

"Dem Gott sei Dank auch." Nachdenklich starrte Miguel in seine Tasse. Nachdem sich beide so eine Zeitlang angeschwiegen hatten, blickte Miguel auf und sah Sabina ernst in die Augen. "Ehrlich gesagt, bis jetzt hab' ich das Kind nicht richtig gewollt. Aber als ich da so nachts im Zimmer saß, hab' ich die ganze Zeit nur an das Baby gedacht. Ich hab' gebetet, zum ersten Mal seit Jahren, gebetet, daß ihm nichts passiert." Sabina nickte ernst, stand auf und setzte sich neben Miguel. Sanft strich sie ihm durchs Haar. "Hm, es ist ihm ja zum Glück nichts passiert."
"Ja ... Aber dir kommen die verrücktesten Gedanken ... Das lief wie 'n Film in meinem Kopf ab. Ich hab' das Baby im Arm gehalten, mit ihm gespielt, ich hab's richtig vor mir gesehen!"
"Ja, manchmal entwickeln Träume eine ungeheure Kraft. Ich kannte da mal so jemanden, der ..."
"Dann lief so 'n Arzt an mir vorbei, der machte so ein ernstes Gesicht und ich dachte, der sagt mir jetzt, daß mein Baby tot ist ... Ich bin fast wahnsinnig geworden!" Sabina nahm seine Hand. "Beruhige dich, Miguel ... Es ist ihm doch nichts passiert." Aber Miguel war jetzt innerlich so aufgewühlt, daß er nicht einmal mehr ruhig sitzen konnte. Wie in Trance riß er sich los, stand auf und begann, unruhig in der Küche auf und ab zu gehen. "Aber es hätte ihm was passieren können! Ich hab' das Gefühl, noch nie die Liebe so stark in mir gefühlt zu haben! Das könnte ich in keinem Lied ausdrücken ... Kannst du das verstehen?"
Sabina wußte nicht, was sie fühlen sollte. Einerseits war es ja positiv, daß Miguel so dachte, aber andererseits ... "Ich versuche, dich zu verstehen. Ja, ich freu' mich für dich, Miguel. Wirklich ... Aber das heißt dann wohl, daß du dich endgültig für Teresa entschieden hast." Statt zu antworten nahm Miguel sanft Sabinas Hand, ihrem Blick wich er aber aus.

Für Sabina war das auch eine Antwort. Es war wie ein stummer Abschiedsgruß. Traurig blickte sie ihn an. "Ich hab's versiebt … Schade, wir hätten 'ne echte Chance auf 'ne tolle Zukunft gehabt." Miguel drückte noch einmal schwer schluckend ihre Hand und sagte nur ein Wort: "Vielleicht."

Endlich war es so weit: Teresa wurde aus dem Krankenhaus entlassen. Und das beste war: Es ging ihr wieder gut. Nichts würde zurückbleiben. Mutter und Kind wohlauf. Miguel hatte es sich natürlich nicht nehmen lassen, sie persönlich abzuholen und war geradezu rührend um sie bemüht. Aufmerksam hakte er Teresa unter und führte sie über den Krankenhausflur.
"Geht's?"
Teresa lächelte ihn dankbar an. "Ja … Ich bin noch etwas wackelig auf den Beinen, aber sonst ist alles in Ordnung."
"Ich halt' dich fest!" Teresa sah ihren galanten Freund verliebt an und gab ihm einen zärtlichen Kuß. Und Miguel blickte kaum weniger strahlend zurück: "Ich kann dir gar nicht sagen, wie froh ich bin, daß euch beiden nichts passiert ist." Damit strich er ihr behutsam über den Bauch. Teresa war das eher unangenehm und sie nahm sanft seine Hand. "Du mußt auch gar nichts sagen, das spür' ich auch so." Miguel erhob mit scherzhafter Strenge seinen Zeigefinger. "Ab jetzt wirst du dich schonen, damit unser Kind gesund zur Welt kommt!"
"Dein Wunsch ist mir Befehl", entgegnete sie locker. Sie war anscheinend schon wieder in so einer Phase, wo sie beinahe selbst glaubte, schwanger zu sein. Doch plötzlich blieb sie stehen. "Mist. Meine Tasche! Ich hab' meine Handtasche im Zimmer vergessen!" Miguel ließ sich nicht lange bitten. "Wart' hier! Ich hol' sie sofort!" Eilig hastete er ins Krankenzimmer zurück. "Ich geh' schon vor und warte dann draußen", rief ihm Teresa hinterher und

ging zielstrebig weiter, ganz ohne ihre vorige Gebrechlichkeit.
Es hatte gar nicht lange gedauert, die Tasche zu finden, als Miguel aber wieder auf den Gang kam, war von Teresa schon nichts mehr zu sehen. Stattdessen stieß er fast mit einem Weißkittel zusammen, der gerade aus einem anderen Krankenzimmer herauskam. "Ach, Dr. Schultze", wandte sich Miguel unschlüssig an ihn. "Entschuldigung, haben Sie Frau Lobefaro gesehen?"
"Soweit ich weiß, ist ihre Freundin bereits nach draußen gegangen", meinte der Arzt desinteressiert. Ach ja, da hatte sie ihm doch sowas hinterhergerufen. "Stimmt, das hat sie ja gesagt ... Also, auf Wiedersehen, Herr Doktor und nochmals Danke für alles." Der Arzt klopfte ihm lächelnd auf die Schulter. Kam ja heutzutage nicht mehr so oft vor, daß die Leute sich noch bedankten. Schon gar nicht bei so vergleichsweise geringfügigen Geschichten. "Ich wünsche Ihnen viel Glück für die Zukunft", meinte er wohlwollend.
"Das haben wir bereits. Teresa und das Baby sind gesund, alles andere ist zweitrangig." Damit griff Miguel strahlend die Hand des Arztes, schüttelte sie kräftig durch und wollte schon weitergehen. Doch der Arzt ließ seine Hand nicht los und legte völlig überrascht seine Stirn in Falten. "Welches Baby?" Miguel blickte ihn verständnislos an. "Na, unser Baby. Das Kind von Teresa und mir."
Dr. Schultze betrachtete Miguel so verblüfft, als hätte der ihm gerade gesagt, daß der Mond aus Käse ist. Dann schüttelte er energisch den Kopf und sagte etwas, von dem er meinte, es müßte den eifrigen jungen Mann beruhigen: "Da machen Sie sich man keine Sorgen! Dem Baby kann gar nichts passiert sein. Frau Lobefaro ist nicht schwanger, so wahr ich Arzt bin." Damit ging er kopfschüttelnd weiter. Miguel blieb wie angewurzelt stehen. So stand er vielleicht fünf Minuten. Die längsten fünf

Minuten in seinem Leben. Dann gab er sich einen Ruck und setzte sich langsam und finster entschlossen in Bewegung.

Miguel hatte lange überlegt, wie er die Sache zum Abschluß bringen sollte. Und er hatte auch lange genug Zeit dazu gehabt. Seinen ersten Impuls, Teresa gleich vor dem Krankenhaus zur Rede zu stellen, hatte er noch mühsam unterdrückt. Und dann ging es einfach nicht mehr. Ihre Freunde hatten nichts besseres zu tun gehabt, als eine spontane kleine Willkommensfeier in der WG zu veranstalten und so waren sie keinen Moment ungestört. Und Miguel war fest entschlossen, die Sache ganz allein mit Teresa zu regeln. Zuschauer konnte er da nicht gebrauchen.
Irgendwann war Teresa dann einfach eingeschlafen und so gab es in der Nacht auch keine Gelegenheit mehr. Aber er, er war die ganze Nacht wachgelegen und immer wieder war die eine Szene vor seinem geistigen Auge aufgetaucht, dieses kurze, fatale Gespräch mit dem Arzt auf dem Krankenhausflur. Jetzt war ein neuer Tag und es würde der letzte Tag dieser schlechten Komödie sein. Daß Teresa am Frühstückstisch auch noch die verkörperte gute Laune war, machte ihn nur noch wütender, so wütend, daß es unmöglich zu übersehen war. "Hast du irgendwas?" fragte Teresa harmlos.
"Ich nicht. Aber du vielleicht?" Teresa schaute ihn verdutzt an. "Ich? Nein ... Mach' dir keine Sorgen, unserem Nachwuchs geht es bestens." Miguel verzog zornig das Gesicht, aber Teresa konnte das nicht mehr bemerken, denn sie war schon aufgesprungen. "Warte mal, ich zeig' dir was!" Damit verschwand sie in Miguels Zimmer. Er blickte ihr kalt hinterher. Nach wenigen Augenblicken war sie freudestrahlend zurück und drückte ihm einen weißen Strampelanzug in die Hand. "Was sagst du dazu?

Ich hab' mir auch schon zwei Namen überlegt. Antonella, wenn es ein Mädchen wird und Antonio bei einem Jungen."
Jetzt war das Maß endgültig voll! Schlagartig fielen Miguel Hunderte ähnlich dreister Bemerkungen ein, die Teresa in letzter Zeit gemacht hatte. Wütend warf er den Anzug in eine Ecke, sprang auf und brüllte Teresa an: "Hör' auf! Hör' endlich mit dieser verdammten Lügerei auf!" Teresa zuckte erschrocken zusammen. "Schatz!? Was ist denn los mit dir?" Miguel ballte die Fäuste. "Was mit mir los ist?? Ich bin ein Idiot! Das ist los! Du lügst mich die ganze Zeit an und ich bin zu blöd, um es zu merken!"
"Aber ..."
Miguel verdoppelte seine Lautstärke nochmals: "Du bist nicht schwanger!!!"
"Natürlich bin ich schwanger. Von dir ..."
Alles, was sie für diesen schwächlichen Verteidigungsversuch erntete, war eine verächtliche Handbewegung. Dann zwang sich Miguel mit Mühe, wieder ein wenig ruhiger zu werden. "Ich habe gestern Dr. Schultze auf dem Gang getroffen. Er ist aus allen Wolken gefallen, als er gehört hat, daß du schwanger sein sollst!"
"Das ... Das ist ein Mißverständnis. Dr. Schultze irrt sich."
Miguel atmete tief durch, packte Teresa am Handgelenk und zog sie unsanft von ihrem Stuhl hoch. "Okay! Gehen wir!"
"Wohin?"
"Zu deiner Frauenärztin! Wenn es einer wissen muß, dann sie!" Teresa riß sich los. Sie sah es ein: Es hatte keinen Sinn mehr. "Laß mich los! Ja, es stimmt. Ich bin nicht schwanger." Miguel ließ sich erschöpft in seinen Stuhl fallen. Teresa hielt das für Enttäuschung und witterte eine letzte Chance. Mit dem schwachen Versuch eines

Lächelns redete sie beschwörend auf Miguel ein: "Aber am Anfang habe ich wirklich geglaubt, daß ich schwanger bin. Als … als ich gesehen hab', wie sehr du dich darüber freust, hab' ich es nicht übers Herz gebracht, dir die Wahrheit zu sagen … Sei nicht mehr böse …" Vorsichtig lehnte sie sich zu ihm hin und flüsterte ihm zärtlich ins Ohr: "Wir können immer noch Kinder bekommen …"
Aber für solche Touren war es jetzt endgültig zu spät. Miguel schob sie hart von sich weg. "Geh' doch ins Bett mit wem du willst! Mit mir jedenfalls nicht!"
"Miguel, aber ich liebe dich doch …"
"Du hast mich belogen … Nennt man das Liebe? Du weißt doch gar nicht, was Liebe wirklich bedeutet!"
Teresa begann laut zu schluchzen. "Wirf nicht alles weg! Ich weiß sehr wohl, was Liebe bedeutet und ich werde es dir beweisen. Du mußt mich nur lassen."
Doch Miguel beachtete das Gejammer schon nicht mehr. Er war nur noch angeekelt. Kurzentschlossen ging er zur Tür, drehte sich noch einmal um und sagte kalt: "Wenn ich zurückkomme, bist du verschwunden! Ich will dich hier nie wieder sehen!" Damit ging er, schloß die Tür hinter sich und ließ Teresa alleine zurück. Im Treppenhaus blieb er noch ein paar Augenblicke stehen und atmete tief durch. Der Alptraum war vorbei. Eine große Lüge lag hinter ihm, vor ihm lag sein Leben und seine Musik. Er war wieder frei.